知音动漫图书 · 漫客小说绘出品

人，皆在草木间。

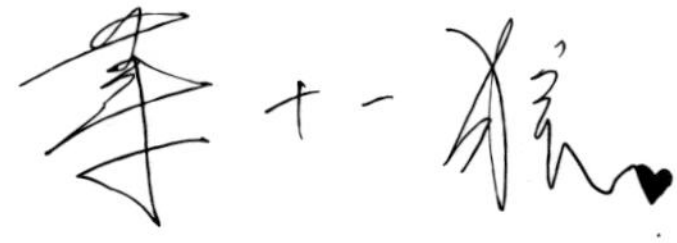

目录

CONTENTS

第一章

康乃馨

KANG NAI XIN

康乃馨，原名香石竹，又名狮头石竹、麝香石竹、大花石竹，属多年生草本植物，花期5月至8月，果期8月至9月。

象征意义：爱、魅力与尊敬。

1

“喂，你这臭小子，别跑！”

老旧小区的某个角落，突然传来划破长空的怒吼，循着声音看过去，就看到一个穿着青布对襟褂子的年轻男人，手里正拿着蒲扇从一间花店里跑出来，而他的前方，是一个奔跑着的黑皮小孩，手里还死死地攥着一枝红色的康乃馨。

小孩就跟那海里的游鱼一样飞速地跑着，一个拐弯就消失在巷子深处。追在他身后的年轻男人眼看追不上了，想着也不能真丢下花店不管不顾去追人，只能大吼一声“别让老子再看到你”，悻悻地转身往回走。

陈冰一大早放了许多向日葵和康乃馨在花店门口招揽客人，五颜六色的花朵与各种绿植搭配，把“百草堂”这旧木头招牌衬得多了几分古韵。这间花店虽然看上去旧了些，但因为有非常多的绿植点缀，倒也显得生机勃勃。

可这依然无法掩盖晦气的事实。

“三天！我接手我爹这破花店才三天，就有熊孩子上门抢劫了！”陈冰对着手机疯狂叨叨，一条条语音信息发了出去。

对方没回话，估计是正在忙，好在陈冰也不是非要等着对方回复，发泄完被抢劫的愤怒之后，就把这事情丢在脑后，开始打理起花店的账目。

开店第三天就遇上小孩抢了一枝康乃馨就跑的倒霉事，陈冰最气的是被抢这件事情本身，倒不是说有多大损失，毕竟一枝康乃馨的进货价格才四五毛，卖出去也就一块五。

关南这地方好歹是省会，说不上穷，但陈冰他家是关南少见的“老破穷”。

这里地理条件极其优越，因此没有建筑商能承包下这一片住宅区的改建工程，于是就造成了现在这样的场景——不远处是成片的高楼大厦和新的金融中心，中间这一大片老破小区就堵在一堆高楼里，要是有剧组来拍戏，大概能同时拍民国片、二十世纪六七十年代的年代片和现代片，还能顺便拍个科幻片。

嗯，风景就是这么复杂。

但这也就是外人看到的风景，真住在这里的老居民，包括陈冰，要是真的嫌弃自己所住的这片区域，那是要遭街坊四邻鄙视的。

先不说他们地理条件的优越性——对面就是南江绿化带，河风醉人，夏天根本不用开空调，一年下来至少能省个千儿八百的电费，就说他们住的这老小区，过于老旧的筒子楼都租给了打工的外地人，本地人住的小区虽然不大，但是通风舒适，老旧却温馨，更难得的是下面菜市场、小诊所等配套设施十分齐全，用老人们的话来说，真要让他们拿钱搬走，他们还不愿意呢！

住着是习惯舒服，就是做生意真的卖不上价儿。

就像陈冰他家这间花店，哪怕路上随便一间花店一枝康乃馨卖五块钱都不带还价的，但只要陈冰敢把他家这“百草堂”的康乃馨涨到两块，就会被邻居老太太骂“老陈家的小子丧了良心了”！

陈冰只能庆幸，这门面是自家老房子改的，除了水电费没有其他费用，不然就他刚开业三天赚到的一百二十块钱，只怕今后只能吃糠咽菜了。

他整理完账目又剪了花枝，终于收拾好了一天的生意，转头也就把被抢的事忘了。他没想到，他那么快就与偷花的小孩有了第二次相遇。

那是几天后，陈冰结束了一天的生意，溜达着去菜市场买菜——倒不是他不愿意去隔了几条街的商场超市买菜，顺便吹冷气，也不是他愿意自己做饭，只是因为他真的穷得慌，两块钱都要算计着花。

结果在菜市场他一眼就看到了不远处那小黑娃鬼鬼祟祟地盯着一个拉着孩子的中年女人，准确地说，是盯着那女人放在口袋里的钱包。

那小黑娃眼睛贼溜溜地左看右看，然后伸手往钱包摸去，而拉着孩子的中年女人显然毫无察觉，眼看着他就要得手……

“让让，让让。”关键时刻，陈冰故作自然地走过去撞了那女人一下。

中年女人一个趔趄，拉着孩子站稳后，转身破口大骂：“哪儿来的王八蛋，走路昂着头不看路……哎哟，陈冰啊，你这是来菜市场买菜啊？”

这中年女人还是个熟人，是陈冰他爹发小周南开的老婆，算是看着陈冰长大的，陈冰管她叫李婶。李婶看到是陈冰，话音顿时一个急拐弯，竖着的眉毛也放了下来，下巴上那层肥肉笑得一颤。她扭着水桶一般粗的腰，尖声说：“是要买啥菜？要不要婶子教你挑菜啊？”

陈冰一听，火速点头，无他，主要是跟着李婶买菜，不但能买到最新鲜可口的，还能减少起码三分之一的价钱——这可是只有长在这条街上的老婶子们才有的特异功能。陈冰一边牵住那小黑娃的手，死死制住他不许他动，一边说：“行，婶子，那我们就靠你了！”

“行，跟着婶儿走，保你不吃亏！”李婶高声笑了，斗志满满地牵着自家小孙女，摩拳擦掌地带着陈冰往全是人的菜市场走去。

“哎，不是，这娃儿是哪个啊，怎么看着眼生啊？”李婶边走边问陈冰。

小黑娃看上去又矮又瘦，才一米五左右，但此时仔细一看，才发现这不是个小孩，应该有十二三岁了，只是又瘦又黑，看上去跟个猴子一样，显得特别小。

陈冰才回来不到两个月，之前又没怎么在家待，他还以为这小黑娃是哪个街坊的孩子，如今李婶都说脸生，那就是说他不是他们桃花井这片儿的孩子。

这小黑娃被抓住，像是被激怒的猫一样，一直挣扎着想跑。陈冰一边下死力气紧紧拽着他，一边赔笑道："朋友家的孩子，这不双休日跑来我这儿玩。"他对着李婶说完，转头一脸威胁地轻声吼那小黑娃："臭小子，跟紧点儿！"

小黑娃顿时恨恨地不出声了。

陈冰就这么拉着不情愿的小黑娃在菜市场挤了一通，然后又拽着他往自家的花店走。他一边走一边冷笑："偷我一块五的康乃馨不说，今天出息了，还想偷钱？我告诉你，你这种小孩就是笨，还不肯好好读书，又蠢又憨的！昨儿是母亲节，你那花偷了是想送人吗？那你可送错了，人家送妈妈康乃馨都是送粉红色的，粉红色的才代表母爱，你偷的那大红色的代表的是热情和魅力，一般是三八节送女同志的。你个蠢孩子，抢都抢不到对的货！"

这话其实带着三分故意。红色康乃馨确实代表的是热情和魅力，但是普通人哪里有那么多讲究，一般只要是康乃馨就行。

陈冰就是欺负这小黑娃不懂，这小孩也确实被糊弄住了，他瞪大眼睛，眼里有种世界崩塌的神情。陈冰内心嘚瑟，"嘿，我还治不了一个笨蛋小孩了！"

其实要是换个地方，小孩这样抢了东西就跑，人家说不定得报警，再见到打一顿也很正常，但是在桃花井这种老旧小区长大的生意人有自己的一套。

小孩嘛，尤其是青春期的小孩，招猫逗狗人憎鬼厌的非常正常，尤其是这小孩抢的还不是钱，是花，还是在母亲节抢的康乃馨，虽然方式不对，但是根子里就不是那种真的行差踏错的孩子。

陈冰想到他爸老陈几十年来一直叨叨，翻来覆去就是"得饶人处且饶人"和"行善积德，为人为己"，如今家里还挂着老头用半拉不成的毛笔字写的"肯心行善是人豪"……

其实陈冰青春期时十分看不惯老头，觉得他一个卖花的把自己当文化人，天天说些虚伪的话，但是如今想到当年的细碎日常，老头念叨了几十年的那些话，到底让陈冰心念一动。

陈冰不由得感慨，自己这个跟着小伙伴去超市偷东西寻求刺激的叛逆少年，如今也成了多管闲事的"老陈"了。

他心中这么想着，手上不免就松了力道。于是一到花店，这小黑娃眼珠一转，逮住了陈冰这一瞬间的走神，如同小炮弹一般冲到了粉色康乃馨那儿，抓了一枝就跑！

“哎，你这小混蛋，给我站住！”这回陈冰手上提了一手的小袋子，不如上回敏捷，只能远远地看着小混蛋一溜烟地跑了，“这小没良心的，跑什么跑！”

陈冰气得不行，又庆幸隔壁几家开杂货店的熟人都不在，没人看到他被同一个小孩抢劫第二次。他带着一肚子气转身进门，“砰”的一声把“百草堂”的门给关上了。

“老陈啊老陈，你说那小孩真是，我还想让他给我好好打个工把两块钱补上，他倒好，跑得比我当年还快。我就说你那套不时兴了，你还不信……”吃完饭，陈冰这口气还没下去呢，他点了香烛，对着两张供着的黑白照片抱怨。

这两张照片一男一女，都是三十岁左右的样子，看上去还很年轻，头发也是黑黝黝的。男人与陈冰有五分相似，都是浓眉大眼、正气十足的长相，看上去英气勃勃。而女人则是瓜子脸，十分秀气，看着就温婉端庄。

当然，只有陈冰知道，英俊飒爽的男人私底下是个耙耳朵，怕老婆还烂好人，而温柔大度的小学语文老师、周围所有同辈心中的女神，私底下是个说一不二的河东狮。而陈冰，就是家里的小可怜，每天被吼还要被念叨。

只可惜，他如今想听也听不到了。

“哎，老头儿，别说，你年轻时候长得还真不错，跟我妈放一起一点儿也不虚。”陈冰看着照片，笑了一下，“我可是找了好久才找到你这张照片，算是完成你临走的交代了啊！都两个月了，你也和我妈会合了吧？希望我妈别嫌弃你比她老了二十岁，都成糟老头子了……”陈冰絮絮叨叨的，轻轻叹了口气。

就在这个时候，突然“叮咚”一声，手机消息的提示音响了起来。

陈冰一点开语音消息，就听到一个激动的男人声音，还有嘈杂的背景音：“冰儿，你居然遇上打劫的了？熊孩子多大，你没受伤吧？”

“就一小屁孩儿，我衣角都没抓到！”这声音瞬间驱散了陈冰的难过，他清清嗓子，不让朋友听出自己的落寞。

陈冰一边拿着手机跟大学室友讲话，一边拿了水壶出门给后面小院刚种下的蔬菜浇水：“回京市？回京市干啥？嘿，开花店怎么了，我这好歹也是继承家族企业，你们还在打工，兄弟我已经是老板了好吗？王胖子你这是妒忌……”

夕阳西下，他有一搭没一搭地和朋友调侃，声音慢悠悠的，搭配着这老旧小区的自行车铃声、学生下课的嬉闹声、孩子被打哭的声音和爹妈怒吼的声音，显得特别悠闲自在。

“那小孩不是我们这儿的，估计抓不到了，他最近估计都不敢来这片了吧……”陈冰慢悠悠地说着，“谁知道啊，小小年纪凶得很，也不知道是谁家的。反正他不到桃花井这边，我也管不着，两枝花而已，就三块钱的事儿，我还能怎么地……是是是，兄弟我确实老了，要换当年，八十里地都能撵上去让丫还钱，哈哈哈……”

之后的一个星期，那小孩确实没再来陈冰的店里，但是他又来桃花井这片儿了。陈冰看到他的时候，他正被周叔抓着打。

周叔那铁砂掌虽然只用了三分力，但陈冰小时候试过，打身上那也足以让人龇牙咧嘴。可那小黑娃偏偏死死咬着唇，也不求饶，黑白分明的眼睛瞪得老大，眼珠似乎要凸出来，特别瘆人，只让人想到拼死一搏想要活下去的兽类。

绝望、凶悍……那是走在悬崖边上的人才有的眼神。

2

“这死小孩，偷了我的东西还瞪人。你是哪家的，叫你爸妈过来领人。嘿，你还瞪我！”周叔眼见是气急了，又要扬起巴掌。

可那死小孩梗着脖子，咬紧牙关不肯说话，只是继续用那种凶悍而又绝望的眼神瞪着周叔。

陈冰看了几眼，一边心里唾弃自己鸡婆，一边又忍不住站了出来，装着一副不解的样子与周叔打招呼："周叔，你这是干啥啊？小猴子，我让你过来拿几样东西，不是跟你说了让你跟周叔说一声，东西记在我名下，我一会儿过来结账的吗？"

周叔顿时愣住了，疑惑地眯着眼睛看他："你认识这娃儿？"

"是，我同学家的孩子，双休日在我这儿放着，让我帮忙看着点儿。"陈冰笑嘻嘻地回话，挤眉弄眼地大声说，"小孩跟我闹脾气呢，气我不许他去网吧打游戏，故意硌硬我呢。周叔，打得好，我让他给我瞎闹腾！"

周围看热闹的大人们于是开始说起话来，还有婶子大声说："哎呀，这小孩也真是，早说是你叫他来的啊，不就不用挨打了。"

"敢拿老周的东西，小猴子，你真的是初生牛犊不怕虎啊！你也不打听打听，周围哪个调皮娃儿没挨过老周的铁砂掌！"有促狭的中年人笑着说。

周围的人也都笑起来，周叔更是被逗得有些不好意思。他其实还是有点儿怀疑的，但见陈冰都这么说了，到底给了小辈一个面子，说："两袋方便面，加起来七块钱，还有一听可乐、一袋卤蛋，一共十一块。"

十一块，陈冰掏钱的时候心都在滴血。

那小黑娃也不作声，就看着陈冰付钱。

周叔走的时候把他外套兜里的方便面和可乐都用小塑料袋装了起来，塞到了他手里。他低着头，就这样默默被陈冰拉到了"百草堂"。

陈冰领着小黑娃进了门，为防止他跑掉，这回十分警惕地反手就关了门，然后才松开小黑娃的手："说，为什么要偷东西？"

陈冰皱眉看着这个脏兮兮的小孩，试图跟他讲道理。但是这小孩仿佛没长耳朵一样，闷头就是不出声，无论陈冰怎么问都一声不吭，像是个哑巴。

陈冰都给气笑了："我这是捡了个现代圣雄甘地啊，非暴力不合作，可以啊小兄弟！"

可是无论是讽刺、挖苦还是认真沟通，人家还真就是不反抗也不出声。

“我算算，今儿十一块，之前两枝康乃馨三块，你一共欠我十四块钱，打不打算还我？”陈冰懒得跟这孩子说下去了。他当时怕周叔生气，真打这小孩一顿，说到底也只是一时不忍心而已，又不沾亲带故，也不是周围邻居家的小孩，既然人家不愿意听，他也懒得继续管闲事。

“还你。”一直不出声的小黑娃突然说话了。

处于变声期的声音粗哑，仿佛砂纸在玻璃上摩擦一样，陈冰觉得耳朵都被刺痛了。

“啊？”陈冰一时没听清楚，思忖了一下才明白这小孩在说啥，他不确定地问，“你刚才说什么，要还钱给我？”

“嗯。”小黑娃惜字如金，想了想，突然从口袋里摸出一个带照片的小牌儿来，粗声粗气地说，“我把这个押这儿，下个星期来赎。”

陈冰接过来一看，不由得瞪大了眼睛——这一米五的小破孩儿居然是个初三学生，他还真是看走眼了。

现在生活条件那么好，上初三的男孩子身高一米五确实太少见了。当然也不是没有，但是人家哪个不是白白净净的，哪会像这个小孩，瘦得吓人，真像个野猴子一样。甭说现在，陈冰小时候都很少见到这么瘦的孩子。

他看看说完这句话又咬着下嘴唇不出声的男孩，心里微微叹了口气，不在意地点点头，说：“行吧……赵小军对吧，就下周啊，不来你就等着我去你们班找你去！”说完，他转身打开了门。

赵小军直接冲了出去，跟身后有狗追一样，很快就不见人影了。

陈冰摇摇头，心中想，多管闲事啊多管闲事。自我唾弃了这么一阵，他晃悠着关了店门，给花草补充了一下水分。

陈冰见前一段时间没卖完的康乃馨开得特别漂亮，便拿了几枝白色康乃馨，一路穿过花店结账台后面的小仓库，进了自家的客厅。

没办法，家里统共就一百多平方米，一间花店就占了一大半。那小仓库以前还是陈冰的卧室，如今也被挤得不行的花店给占用了。客厅才十平方米左右，除了沙发和一台旧电视什么都没了。除此之外就是卧室、厨房和厕所，还有门口圈起来的一个小菜园。

这就是陈冰的爸妈留给他的全部家当了。

陈冰把康乃馨剪了枝，插进小花瓶里，放在父母的遗照前，洁白的花朵衬着袅袅的青烟，显得特别圣洁。

“要不是那个小猴子，我都忘了给你们放点儿花。老头儿你前阵子是不是心里闷气呢，明明你最喜欢花了，我却给忘了……”陈冰说着说着，眼前浮现出老头儿皱着眉教他辨认花草的样子。

陈冰他妈去得早，陈冰刚记事她就走了，留下老陈一个人守着花店养孩子，当然不能说多精细。陈冰可以说是才会走就在叔伯的照料下学着帮他爸看店了。

老陈很喜欢花，青春期的陈冰却十分抗拒，甚至到了厌恶的地步。

陈冰那时候觉得老陈是个正宗的大傻子，每个月赚的钱还不如别人家开杂货店赚的零头，偏偏还摆个文化人的架子，一副爱花爱草的清高模样，实际上连陈冰想要件三百块的夹克都买不起。那段时间他心里不舒服，每天闹得鸡飞狗跳的。

陈冰是怨恨过老陈的，怨恨了十几年。

带着那种怨恨，他打混过一段时间。

在跟那小黑娃差不多大的时候，他为了追求刺激，曾经在周叔的店里面偷过小东西。当时周叔也是个没有经验的年轻人，一时还真没发现。

陈冰永远记得他被抓住时，老陈气喘吁吁地赶过来接他的样子。

陈冰当时觉得，老陈回去大概要把他吊起来打，他都做好了准备，打死也不会向老陈示弱，结果……结果老陈一回家，关了花店门，竟然哭了，还是那种默默抹眼泪、受了天大委屈一样的哭。

陈冰到现在还记得自己当时内心的震撼，后来就变成无奈，到最后变成烦躁，他大吼：“我都没哭，你哭什么？”

“我嫌丢人！”老陈抹着眼泪转头，半天才吼出这么一句话，他气得发抖，哆哆嗦嗦地说，“你、你偷东西，你丢我的人！”

“丢人的是我，又不是你！”陈冰也吼了回去。

老陈当时是怎么回答的来着？

其实记忆有点儿模糊了，陈冰就记得他和老陈从此开始了漫长的拉锯战。

他那尖锐且锋芒毕露的青春期，那些肆无忌惮挥洒人生、走过各种弯路的岁月啊……

“老陈啊，你说你一辈子净做好人好事，怎么走得这么早呢？人家老人都说了，杀人放火金腰带，修桥补路无尸骸……”陈冰脑子里想着往事，嘴里吊儿郎当地说着话，说到最后俩字时突然眼圈一红，他轻声说，“其实我知道，都怪我。你积德行善一辈子，要不是我不争气，把你的福气挥霍完了，你也不会……”他一个大男人，说到这里再也说不下去了，声音已带了点儿哽咽。

“冰儿，上线打游戏了！”

王胖子突然弹了个语音通话过来，打断了陈冰的思绪。

陈冰抹了把脸，深呼吸几下，才按下了接听键。

听了王胖子的邀请，他清清嗓子说：“不打了不打了，我要看电视。嘿，我跟你说，哥们儿今天做了一件特侠义的事情……”许是想分散刚才的悲伤，他也不管人家要不要听，就叽里呱啦地说起了那小孩的事情。

王胖子顿时笑了，斩钉截铁地说：“冰儿，你这是被坑了啊，那熊孩子给你的还不一定是他的校牌呢！”

“不可能，我好歹救了他！”陈冰听这话就不开心了，连声说，“他再怎么也要记我这个情分啊！”

王胖子嘻嘻哈哈，非说陈冰被坑了。

陈冰勃然大怒，决定不跟自己的损友继续说了，直接挂了电话。凉风从外面吹进屋里，透过纱门和窗户送来凉意，他糊里糊涂地睡了过去。

陈冰非常有信心，那小孩虽然叛逆，但这个年纪不是最讲义气的吗，既然说了就一定会来还钱的。

结果还真被损友王胖子说中了，约定还钱的那天，陈冰一边摇着竹编的蒲扇无聊地赶蚊子一边等，到了晚上八点多他关门，那小孩都没来，显然是不打算还钱了。

怎么办，一共就十四块钱，还能真的眼巴巴上门去找吗？

还不是只能算了。

陈冰在心里叹了口气，一瞬间有点儿失望。

但第二天早上一打开花店的门，陈冰就看到一个小信封。他眼睛一凝，拿起来打开，里面装着一叠零碎的钱，一块两块的都有，还有三个是硬币，数一数，刚好十四块钱。陈冰突然一阵欢喜，从昨儿晚上开始的憋闷顿时就散了。紧接着他又紧张起来，因为他看到信封的一角有一点儿血渍。

那小孩不会干了什么坏事吧？

半晌他又安慰自己，不会的，最多十四岁的小破孩能干出啥事儿啊！

他疑神疑鬼地守了一天的店，好歹挨到关了店，陈冰推着电动车，往赵小军给的校牌上的地址赶了过去。

校牌上写的是六中，离陈冰家不算近也不算远，他骑电动车吭哧吭哧快二十分钟才到。到地方时都放学好久了，六中门口稀稀拉拉只剩下一些估计是上艺术班或是拖延了才放学的学生。

陈冰想，这怕是见不到人了。他正踌躇着，突然看到蔫头巴脑的赵小军从学校走了出来。

陈冰见他只是脸上有些青紫，没缺胳膊少腿儿，一直悬着的心才放下了，打算骑车回去。神神道道地跑这么远，他都觉得自己神经病。

就在这个时候，陈冰突然听到一声带着奚落的大叫："喂，捡破烂的！跑什么啊，我这儿有矿泉水瓶子，你给我磕个头我就给你！"然后就是一阵哄堂大笑。

陈冰听得眉头一皱，他扭头一看，不远处跑过来三个营养过剩的男生，他们和赵小军这小黑孩比起来，完全是少年模样，长得也不错，但是那副盛气凌人的表情让他们青春洋溢的脸上带上了不自知的扭曲和恶毒。

“喂，跑什么跑，你不是捡垃圾吗？怎么，现在知道丢人了？”那领头的高个子男生上来就推了赵小军一下。

可能是太瘦了，赵小军往后退了两步才站稳。

“就是，你昨天打架的时候不是挺狠的吗，怎么现在不出声了？”另外一个男生也开口了，他脸上也挂了彩，还有血痕，看上去怪吓人的。听他话里的意思，昨儿他大概和赵小军打了一架，今天是带着朋友来找碴儿的。

“人家昨天是怕我们抢他的垃圾才发疯的！”剩下的那个男生接话道。

这三人一口一个捡垃圾的，又是在校门口，路过的学生三三两两地围成一团开始窃窃私语。

这个年纪的少年人哪个不爱面子？赵小军憋得脸都红了，他捏起拳头就要挥起来，却被人一把制住了。

陈冰看不下去了：“你们在这儿说什么呢？捡垃圾怎么了？捡垃圾碍着你们了？我念书的时候也捡过矿泉水瓶子赚钱给小姑娘送花呢！什么年代了，你们老师没教你们什么是爱护环境，什么叫自力更生啊？自己一块钱都没有赚过就嘲笑别人，什么玩意儿！”

陈冰开口喷了这三个大号熊孩子一脸，然后拉起赵小军就走：“走，我跟你说，别跟这些人打交道，狗眼看人低的东西，也不看看自己挣了几个钱，嘚瑟成这样！”

留下身后几个没反应过来的男生，目瞪口呆。

赵小军也愣了一会儿，然后一把甩开了陈冰的手。

陈冰愣了一下，就见赵小军瞪着眼睛——要是这孩子是只狗，那就差不多是奶狗龇牙了——怒声说：“不用你管，你走！”

“你可给我闭嘴吧！”陈冰一巴掌拍在他脑袋上，然后拉着他强制性地给摁在了电动车上。等后面几个男生反应过来，他们都开出去一条街了。

“你家在哪儿？”陈冰在电动车上大喊。要是顺路就带这娃回去吧，今天是他最后一次多管闲事了。

“说了不要你管！”赵小军也大吼，不知道为什么还带了哭腔。

“到底在哪儿？”

“不要你管，你放我下去！”

“在哪儿？”

“南门口。”赵小军的声音突然弱了下去。

于是陈冰就往赵小军说的地方开。

关南傍晚的风带着股烧烤味儿，其实挺惬意的。可少年的哭声从电动车后座传过来，在烈烈的风中，在车流的车鸣喇叭之中，在醉人的橘色晚霞之中，压抑、隐忍。

3

陈冰假装什么都没听到，顺着车流往南门口去。

到地方陈冰就愣住了。他想过以这小孩的样子、打扮，还有他那副街头巷尾历练出来的狠劲儿，大概不是什么境况很好的家庭，却没想到这小孩的家竟然是这么的……让人看不过去。

倒不是说赵小军家有多破，不但不破，甚至还是个不错的小区，看上去比陈冰家有钱多了。但问题是赵小军这一回去，陈冰还没停稳电动车，就听到一个女人凶悍地大叫：“你还晓得回来啊，还不快去把饭做了！”

如今哪家不是孩子回来家长赶紧给做吃的，轮到赵小军，下了课饿着肚子回来，还得给家里人做饭？

这一听陈冰就走不掉了，但他也不好意思到人家家里去，只能在看着赵小军走进门后，走到隔壁的杂货店买了瓶饮料：“哎，婶子，他家咋回事儿啊？”

这些街头巷尾开店的人知道的八卦最多，听他这么一问，在柜台后面看电视的大婶突然眼冒精光，对着赵小军家做了个鄙视的眼神，压低声音说："那家啊，一家子不地道的穷酸老家雀！"

大婶估计也是憋得慌，竹筒倒豆子一般把知道的关于赵小军家的事都说了出来。

原来赵小军也是个命苦的娃儿。他原先过得好好的，虽然他爸去得早，但他妈妈的工资还算可以，即便日子不算特别宽裕，养着赵小军这个读书的初中生，再加上一个老母亲，也算过得有滋有味。

坏就坏在两年前赵小军他妈妈下夜班，不知道是太晚了没看清还是太疲惫了，开着电动车摔了一跤，原本想着没什么大事，就一直没去医院，结果一个星期后正好好地做着饭呢，突然就倒在地上，最后没抢救过来。

赵小军他外婆太伤心了，加上本来身体就不好，一时没顶住，也去世了。

赵小军彻底成了孤儿。

这已经够惨了，结果没多久他舅舅得了消息，携家带口地从乡下上了门。他这一来，赵小军的日子就更不好过了。

"他家里就三间屋子，他舅舅舅妈一间，两个妹妹一人一间，小军连个自己的房间都没有，据说是睡在厨房里的。作孽啊，这两口子真是下作东西。"这杂货店的老板似乎和赵小军他妈妈的关系还不错，说起来有几分伤心，她感慨道，"这就算了，他们好像还不打算让小军继续念书，说念完初中就让他去找个事情做。小军那么小，能做什么？哎，你是不是老师啊，这个情况小军能告他们吗？拿了人家爹妈的遗产却虐待孩子，应该是能告他们的吧？"说完，大婶一脸期待地看着陈冰。

难怪她愿意讲这么多，原来以为自己是老师。

"有点儿麻烦，得要街坊们做证……"陈冰边想着事儿，边随口说道。

"哎呀，那我可以做证啊。不但我可以做证，小娟那几个玩得好的都在这儿，都可以做证的。老师你坐，我现在就去打电话！"陈冰心里还没想出个章程来，这边大婶却激动了，转头就打起了电话，喊了人来。

这电话一打，不到十分钟就匆匆来了几个三四十岁的女人，有穿着睡衣的，还有头发湿嗒嗒的。这些女人一坐下来就逮着陈冰诉起赵小军的苦来。

听着越来越多的细节，陈冰心里的火也越来越大。

赵小军这舅舅做事真的是绝，那么大点儿的孩子，每天就给两块钱坐车。如今哪个空调车不要两块钱？地铁换乘都要四块钱了。饭钱也不给，每天都说让他带饭吃，可是他舅妈经常不给孩子做饭，难怪赵小军瘦成那样。

“这完全就是虐待！”陈冰拍案而起。

旁边的女人们也连连点头，连声说：“可不是，我们也跟他家吵过，但是那家人特别野蛮，什么都不听，说多了他家男人还要打人。我们也叫小军来家里吃饭，可是那孩子心细，时间久了就开始躲着我们……”

这群女人口中的赵小军，和陈冰之前所见到的那个执拗、野蛮又凶狠的小孩似乎是两个完全不同的人——她们口中的赵小军腼腆、乖巧，是个读书好又心细的孩子，还是个被舅舅虐待的小可怜。

正说着，陈冰猛地听到院子里传来一声大吼：“你要死啊，夹那么多菜，我们吃啥？”然后就看到门开了，赵小军端着个大碗兔子一样地蹿出来，身后还有个拿着扫帚的女人在追。

赵小军跑着跑着突然看到陈冰，顿时愣了一下，脸上露出羞窘来，把手中的大碗都放了下来，似乎想藏起来。

但是他还没想好怎么办，身后的女人就追上来了，然后她就被人拦了下来。

“你谁啊？我管教孩子，你挡什么路！”女人上下打量陈冰。

中袖对襟汉服褂子、深蓝色布裤子，脚上穿着双人字拖，如此不修边幅的样子，要不是小伙子特别高人又精神，只怕就要变成天桥底下算命的大爷，怎么看都不是重要人物。于是这女人就要挥手赶他。

结果陈冰一开口，就把人镇住了：“我是赵小军的老师，我发现你有虐待小孩的嫌疑。”

“什么？小军的班主任不是个女的吗？”女人怀疑地问。

“她怀孕休假了，我是才接手的。”

他这一开口，顿时把赵小军的舅妈糊弄得一愣一愣的，但是她虐待赵小军那么久，在周围邻居都看不过去的情况下还能我行我素，就不是个讲道理的人。

“关你屁事啊，我是他的舅妈，我管教我外甥哪里轮得到你说话？你给我滚开！”说着她竟挥舞着扫把准备继续揍人。

“行啊，我今儿带赵小军走，你和你老公就等着接律师函吧！”陈冰被扫把拍了几下，疼得不行，火气也上来了，转头对赵小军说：“走。”

赵小军愣了一下，眼角处刚才哭过的痕迹还没有消退。他看陈冰往电动车那边走，沉默了。他看看舅妈，又看看陈冰，脸上浮现出挣扎的神色，但很快就眼神一沉，扭头向陈冰冲了过去。

“开电动车的死穷鬼，还律师函，你快点儿发，我好怕哦！”身后，赵小军的舅妈还在大声骂着，话语中夹杂着奚落，得意得不行。

陈冰火冒三丈，回家之后就给王胖子打了个语音电话：“胖子，你有没有认识的朋友在做法律援助的？”

“啊？”王胖子愣了。

陈冰一口气说了赵小军的事：“这孩子的舅舅和舅妈太不是人了，什么年代了，还不给饭吃，简直不是人！可惜他妈妈没留下遗嘱。”

要说之前陈冰还只是看小孩可怜，又想到些自己少年时候的日子，才随手拉他一把，如今就是真动气了，把这事当一回事儿了。

那头王胖子听了也严肃起来，他连声问了几句，然后说：“我在同学群问一下，看看有没有在关南那边做民间法律援助的，要是有的话，我就把联系方式给你。冰儿你别气，这种事情只要能找到其他有血缘的监护人，就很好处理！”

陈冰被王胖子安慰了一阵，才吐出胸中的浊气，挂了电话。

“等着啊！”挂完电话，他转身进了厨房，咚咚咚咚做了三菜一汤，才招呼小孩，“过来吃！”

赵小军一上桌，就看到满满一大碗油亮油亮的辣椒炒肉、一盘咸蛋黄炒茄子和一盘剁椒蒸排骨，统统都是有油水的东西，陈冰往日炒一个就能当主菜的那种。

赵小军是真的饿坏了，端起饭碗就狼吞虎咽起来，那么个瘦皮猴一般的孩子，竟然连吃了三大碗饭，菜也都吃干净了。

“可以了，可以了，别吃了啊，剩那么点儿没事的。”吃到最后，陈冰都有些胆战心惊了，实在是怕这孩子胀死。

吃完饭，陈冰指了指后面：“那儿是洗手间，你一会儿歇一下就去洗漱。今晚我给你支个小床……”

他还没说到律师的事情呢，赵小军就说话了：“你为什么这么帮我？”他的眼神很复杂，甚至带着点儿警惕和沧桑，一点儿都不像个初三的学生。

陈冰愣了一下，突然笑了：“为什么帮你？”他的眼神越过赵小军，看着他身后的黑白照片，轻声说，“我不是帮你，我是帮老陈积德呢。”

赵小军显然没听懂。

也许是回来关南这两个月，每个晚上都没人说话，也许是突然就有了倾诉欲，陈冰拿了两听冰可乐，拉开拉环灌了一口，突然说：“你小子走运啊，换成一年前的我，才懒得管你。”

陈冰说的是大实话。

一年前，陈冰还觉得他爸是个烂好人，甚至是恨着老陈的。

老陈这辈子是个好人，对别人家的孩子比对自己家娃都好，谁遇到难事找他，没钱也会出三分力气。然而又能怎么样呢，老陈穷了一辈子，陈冰上学期间没有名牌衣服，也没有名牌鞋子，一个书包初中背三年，高中继续背三年。

在老陈攒了半辈子的钱、准备买个新房子，却在陈冰的期待中把这笔钱全借给重病的朋友之后，父子俩的矛盾到了不可调和的地步。

那时的陈冰觉得自己比他爸聪明，比他爸出息，他铆足了劲儿想向老陈证明，老陈那一套是错误的。

陈冰上的是京市最好的大学，当年还是顶着高考状元的名头从桃花井出去的，可谓是光宗耀祖。他学的是对外贸易，大三时就去了全球五百强的公司实习，如果事情顺利，他一毕业就可以拿到差不多五位数的工资。

可就在一年前的夏天，陈冰难得回家休息的那两个星期，他和几个好朋友大晚上去郊区玩什么“午夜心慌慌”游戏，倒霉地遇到了一起十年难得一遇的大案子——他们不巧撞见了一起绑架案。

绑架犯本来是路过关南换车，结果遇到他们几个傻大胆，当场就把他们逮住了。差一点儿，陈冰就交代在路上了。得亏他爸老陈的一个在工地上做事的朋友见到那群人带着他们走了之后，开了工地上的车一路跟着，还报了警。

那一路的惊恐，陈冰这辈子都无法忘怀。他更无法忘怀的是，当他差点儿被杀鸡儆猴时，是那位叔叔冲出来，挡在了他的前面。

那叔叔比他还矮半个头，却举着工地上的铁锹跟人对峙了几分钟，最后还被捅了一刀，这才拖延了时间，等到了警察。

那位叔叔最终被救了回来，休养了两个多月。毫发无伤的陈冰提了钱和礼物去道谢时，那赵叔叔憨厚一笑，说：“提这个做什么，拿回去，当年要不是你爸仁义，你赵叔叔我差点儿就家破人亡了。”到最后他也没收下那两万块钱。

赵叔叔还给他讲了他爸这些年做的事情。陈冰那时候才知道，他爸虽然没什么钱，又抠门儿，但那不是他没本事，是他真的安贫乐道。

而且真出了事的时候，提着三十万现金上门的人都有……但老陈这人啊，不乐意拿人情换钱，一辈子就活了个清高。

只是陈冰知道的时候，他爸已经进 ICU 了。

陈冰宁可一辈子都不知道这些……

这些隐秘的话陈冰没有跟任何人说过，此刻却自然而然地说了出来。他背负这种内疚感太久了，他太疲惫了，眼前这个跟自己萍水相逢的小孩，反而成了最好的倾诉对象。

陈冰自嘲地笑了笑，对听呆了的赵小军说：“我跟你说这些干什么。反正呢，你撞上我也是有缘，我就顺手帮帮你，你啊，以后别去抢东西、偷东西了，未来的路还长着呢。你这么干，你那没良心的舅舅舅妈可不会难受，倒是你妈在天有灵，看着不得难受死啊。”

赵小军的眉眼顿时就耷拉下来，他沉默了一会儿，才轻声说 ：“那天……我想给我妈送枝花。他们清明没给我妈扫墓，人家说只有孤魂野鬼才没供奉，我妈又不是孤魂野鬼，清明怎么能没人上香……还有那天，我就是太饿了……我不想偷东西的，我就是太饿了……”他说得颠三倒四的，说着说着，眼泪一滴滴地掉下来，然后就压抑不住地哭了起来。

半大的小子又瘦又黑，看上去一点儿也不好看，像是满身毛发都杂乱结块的流浪动物，他哭着说 ：“在菜市场我是想干脆就偷东西的，可是后来不是，我就是饿……我好饿，我好饿啊……”

丰足年代，这么个半大孩子却哭着喊饿，直听得人心里发酸。

陈冰第一次与这么大的孩子相处，他一个大老爷们儿哪里知道怎么安慰，只能拍着赵小军的背，笨拙地说：“没事，没事，你没偷东西，咱们不是买了吗？没偷，没偷……”

“我没偷……哇……”本来还努力憋着泪的赵小军仿佛得到了许可一样，突然就抱住陈冰号啕大哭起来，哭得上气不接下气。

哎，还是个半大孩子呢。

陈冰没阻止他，哭吧，哭完了才能继续好好生活。

4

赵小军穿着干净的衬衫和裤子，也剃了头发，顿时显得精神许多。

他这事儿办得挺快，王胖子的同学里还真有没进律师事务所，没在法律界拼杀，而是回来做民间法律援助的。但凡做这些的，心里都有些柔软，何况孩子和老人被虐待更是任何人都忍不了的大事，这不，加班加点盯了三个月，赵小军总算结束了在陈冰家里搭小床的生活，有了新的监护人。

据说新监护人挺靠谱的，就是住在外地，因此赵小军就要离开了。

转学手续已经办完了，也许是对未来有了希望，赵小军的精神特别好，临走之前还来与大家告别。他谢了提供法律援助的叔叔阿姨，第二个跑去的地方就是陈冰的花店。

这天儿已经热起来了，可如今的陈冰得了他爹老陈八分真传，不但抠门儿地没开空调，电风扇都舍不得开，正拿着个破蒲扇扇啊扇，一身黏糊糊的汗。

“陈叔，我买花。”赵小军进门就是一嗓子，把打盹儿的陈冰吓醒了。

陈冰今日穿着件汉服褂子，上面还绣着一根兰草，看着挺简约舒适的，搭配的棉布裤子看上去也是极好的料子。他身材高大，穿着这一身倒像是什么时装模特似的，站在这店里，不像是在花店，倒像是在什么拍摄现场。

只是他本人丝毫没有这种自觉，拿着老陈传下来的旧蒲扇，竖起眉毛就骂：“买花就买花，你吼什么吼，吓死老子了！”末了又看着偷笑的赵小军，补上一句，“还有，什么陈叔，叫陈哥！”

“知道了陈叔，我买花，看我妈去。”赵小军左耳朵进右耳朵出，对陈冰说，“我要一束粉色康乃馨。”

陈冰站起来，却不是去拿粉色康乃馨，而是起身走到白色康乃馨旁，叹了口气说：“给你包一束白色康乃馨吧。”

“啊？为什么？”赵小军觉得奇怪，“不是你说送妈妈都送粉色康乃馨吗？”

“送什么都行，咱们没那么多讲究……你今天去跟你妈道别，接下来就要好几年不见了，正式一点儿吧，白色康乃馨比较合适。”陈冰轻声说着，挑了花朵特别大的白色康乃馨，剪枝包了起来。

他边包装边对赵小军说：“白色康乃馨是用以悼念母亲的。一九〇六年，费城的安娜·贾维斯的母亲去世了，她是第一个提出佩戴白色康乃馨来纪念母亲的人，也是她发起和倡议设定的母亲节。当时马克·吐温还特地给她写信赞扬她的举动，并决定也佩戴白色康乃馨来纪念母亲。在这一系列活动之后的两年后，才有了费城第一个关于母亲节的活动……拿着吧，这束花不算你钱，就当是你这两个多月帮我打理家务顺便照顾小菜园的报酬吧。”说完，陈冰把这束白色康乃馨递给赵小军。

“原来一个品种的花还有这么多门道。”赵小军接过花，忍不住喃喃开口。

“花草本身是没有意义的，是人赋予了它们意义。”陈冰摇着蒲扇，说，“你可以理解为人类孤独渺小，所以要一再确定活着的意义，也可以理解为……商家开门都是要赚钱的嘛，多搞点儿噱头才会有人上当啊！哈哈哈哈哈！”他笑得粗狂，看上去像个傻子。

赵小军抱着手里的康乃馨，闻着淡淡的花香味，轻声说："不是，花草是有意义的。”他抬头看陈冰，“所以我想再买一枝花。”

赵小军抱着花束，走到红色康乃馨旁边，拿出最大最红的那一枝，让陈冰包好。

“我可认真跟你说啊，你要是送给舍不得分别的女同学，那康乃馨可不是什么好选择。那儿有红玫瑰、粉玫瑰、黄玫瑰，不行你送两朵月季……”陈冰一边用小小的三角形纸把这枝康乃馨包起来，一边碎碎念着。

看赵小军那小子偏就一副铁了心的样子，他只能叹了口气，把这枝康乃馨递过去，没好气地说："得了，你就送康乃馨吧，失恋了可别找我哭！”

“送给你。”赵小军接过去，然后又直直地伸手，把这枝包装好的红色康乃馨递给陈冰。

陈冰一下子愣住了。

赵小军最近吃得好，长高了一大截，看着是半大小伙子的样子了。他的眼神还是黑白分明，但是却不再是小野兽一般凶狠烈性，而是像只被驯服的狗儿一般带着柔软。

他轻声说："花草是有意义的，比如我送给陈叔你这枝康乃馨，我不用说你就会知道，我尊敬你、感激你，还有……特别特别特别喜欢你！”小孩说到最后几个字，脸色爆红。

陈冰看他又羞又窘的样子，心里感动，却不想丢人地表现出来，于是嘴巴上就忍不住调侃小孩分散注意力："哟，那我谢谢你的喜欢啊！"

他伸手想接过那枝康乃馨，赵小军的手却用力拽住了，陈冰愣了一下，抬头就看到小孩认认真真的表情。

像是在说某种誓言，赵小军用少年人特有的坚定与纯真说："陈叔，不是伯伯阿姨的福气用完了，是他们积攒了太多福气，所以去天上享福了。你留在这儿，是因为你是我的福气，是伯伯阿姨留给大家的福气。"

这话说得铿锵有力，陈冰听得愣住了。半晌，他笑着说："你这破小孩说什么大话呢，你懂个屁！快滚蛋，记得好好念书，再不学好，有的是人揍你！"说完，就将赵小军赶了出去。

赵小军不说话，因为他看到陈冰眼圈红了。他那些话发自肺腑，前一段时间，他的人生几乎走到了悬崖边上……

那天在菜市场，他是真的打算当个小偷的。他想，算了，也许他注定就是这个命运，就像他舅妈每天骂的一样，他就是个没福气的、克亲人的人，所以饿肚子是上天对他的惩罚，他注定是在烂泥里打滚、不配得到幸福的人。

那天赵小军伸出手的时候，心里想的全是"就这样吧，我就干脆当个小偷，当个让所有人唾弃的坏人，无所谓了"！

可是，有人一把拉住了他。

妈妈去世之后，那是第一次有人不嫌弃他，拉住了他的手，拉住了站在悬崖边的他。

这个人虽然一副不修边幅的样子，但是居然对着他这么不学好的人说"那你说好的，给我还钱啊"。

他信任他。

在目睹他抢花、逃跑和偷窃之后，他还是信任他，像是侠客信任萍水相逢的朋友。

赵小军不想辜负这个人对他的信任，所以他饿着肚子去捡瓶子换钱，把钱还了。

他以为这就是最后的结局了，没想到这一次萍水相逢却改变了他的一生。

对于陈叔来说，这或许是很平常的一件小事，可是对于赵小军来说，这是他会一辈子记得的大事。他感激陈叔，深切地感激和崇拜他。

他不想陈叔皱着眉，不想他苦笑，不想他一脸不在意，眼里却藏着深深的痛苦，所以他咬牙，克制着尴尬和羞耻说出了自己的心声，然后红着脸跑出了“百草堂”。

他不知道，在他说完这一番话离开后，陈冰一转头，眼泪就下来了。

陈冰拿着那枝红色康乃馨，泪眼模糊得几乎看不清楚花朵上的褶皱：“老陈啊，这破小孩咋这么贴心呢。”他拿卫生纸狠狠地擤鼻涕，可是止都止不住的眼泪瞬间就打湿了纸巾。

其实没有人知道，陈冰在送走他爸之后一直很迷茫，他突然就不知道该做什么了。

原本他憋了二十几年，就是想向老陈证明他是对的，后来出了事，就变成了要让老陈过上要啥有啥的好日子，想让老陈心服口服地说上一句“你是对的”。

结果老陈出事之后陈冰才发现，死亡是很突然的，奋斗一辈子，也抵不过突然而来的意外。

陈冰不知道要为了谁去奋斗，也不知道要为了什么奋斗了。他像是悬在水里、眼看要溺水而死的人，心里惶恐又十分压抑，过得浑浑噩噩的。

“我要怎么度过这一辈子？”陈冰一直问自己。

然而在今天之前，他都没有找到答案。他不知道失去血浓于水的亲人之后，要怎么安然地度过这一生。就像是离开了族群的动物，陈冰觉得自己完全迷失了，甚至快要失去活着的勇气。

此刻，他拿着手上这枝艳红的康乃馨，环顾这间花店，四周柜子上放着各种植物，大面积的绿色和缤纷的花朵把这间小小陋室点缀得色彩斑斓，仿佛小型的花园一般，望出去，一眼就是滚滚红尘。

外面是车水马龙，是人间烟火，里面是千姿百态的草木，安静、自在、逍遥，却又享受人间百态。

“百草堂”啊……

这一刻，陈冰眼里虽然还含着泪水，却好像终于看到了他爸老陈看到过的景色——这“百草堂”，其实是百味人间啊！

老陈优哉游哉地躲在这里，认认真真地过了一辈子。他没有虚度他的人生，他活得有意义又有尊严。他把普通如流水的日常过成了一个普通人的灿烂一生。

陈冰突然想起两个月前，他在关南一医院看到的景象。

那时候老陈住在ICU，生命垂危。

当时距离陈冰被绑架刚过了一年，这一年陈冰跟他爸的关系好了许多，只是那时候父子俩正在吵架——临近大学毕业，陈冰他爸的意思是他留在京市可以，但是将来还是要回关南，但是陈冰不愿意，他认为做对外贸易回关南等于自废武功，他这辈子就要扎根京市。两人为这事闹别扭，结果老陈大早上出门进花，在桃花井外面那条街上遇到个酒驾的，花了几十万，到底是没救下来。

陈冰心急火燎地赶回来，看到的就是一群人围着医生问怎么抢救，还有人说“别怕花钱，我们都有钱，我可以出五万”。这一开口，众人顿时都喊起来，从几千到几十万的都有。

陈冰身上一分钱都没有，而ICU住一天就要一万多块，他哪里拿得出来，全是这些人送过来的钱。

肇事者没两天就抓到了，赔了钱之后陈冰就把钱都还了回去。他永远记得那群陌生人的样子和表情，无论是拿手帕包着钱的颤巍巍的老太太，还是提着三十万现金的中年人，他都记得。

一个普通的花店老板，活着的时候穷得给自己儿子买双五百块钱的球鞋都能心疼一个月，出了事却有人拿着这老头儿一辈子都赚不到的钱扔过来，对着老头儿害怕的儿子说：“别怕啊，叔这儿有钱，尽管治，小冰你别怕。”

陈冰不知道他爸到底是怎么认识那么多人的，老头儿一辈子待在花店，怎么会和那么多人有交情呢？又是怎么让这么多人心甘情愿帮他的呢？

他原本觉得，大约是他把老陈一辈子积的德都花完了，所以他活了下来，老陈却没熬过来。他很痛苦，最痛苦的时候甚至躲在屋子里喝酒，想着活着有什么意思呢。

可是此刻，陈冰看着手上的康乃馨，那艳红的颜色璀璨夺目，如燃烧的烈火一般。

他突然知道老陈为何在这间小花店耗了一辈子了。

他突然知道，自己想要过怎样的一生了。

老陈的这一辈子啊，其实是极好、极其划算的一辈子，可惜他现在才明白。

“叮咚”，手机上有信息传来。

“冰儿，你真要留在关南那旮旯了？老大说你这个月回来，职位还给你留着，办公桌都没给你收走呢。冰儿，你给个准话，你到底回不回来啊？”不是王胖子，是同系和他一起实习的兄弟白三才，他这会儿讲话鬼鬼祟祟的，估计是躲在茶水间发语音信息。

“不回去了。”陈冰之前一直没回他的消息，这回却轻声而坚定地说，“我要看着老陈半辈子的心血，看着这百草堂呢。”说完，他放下手机，把那枝红色康乃馨珍而重之地插起来，放在收银台上。

身后迎客的风铃叮当作响，陈冰回头微笑：“欢迎光临，您要买什么花？”顿了顿，他又说，“这里的每种花都有它的意义，麻烦先问一下，您要送给什么人？”

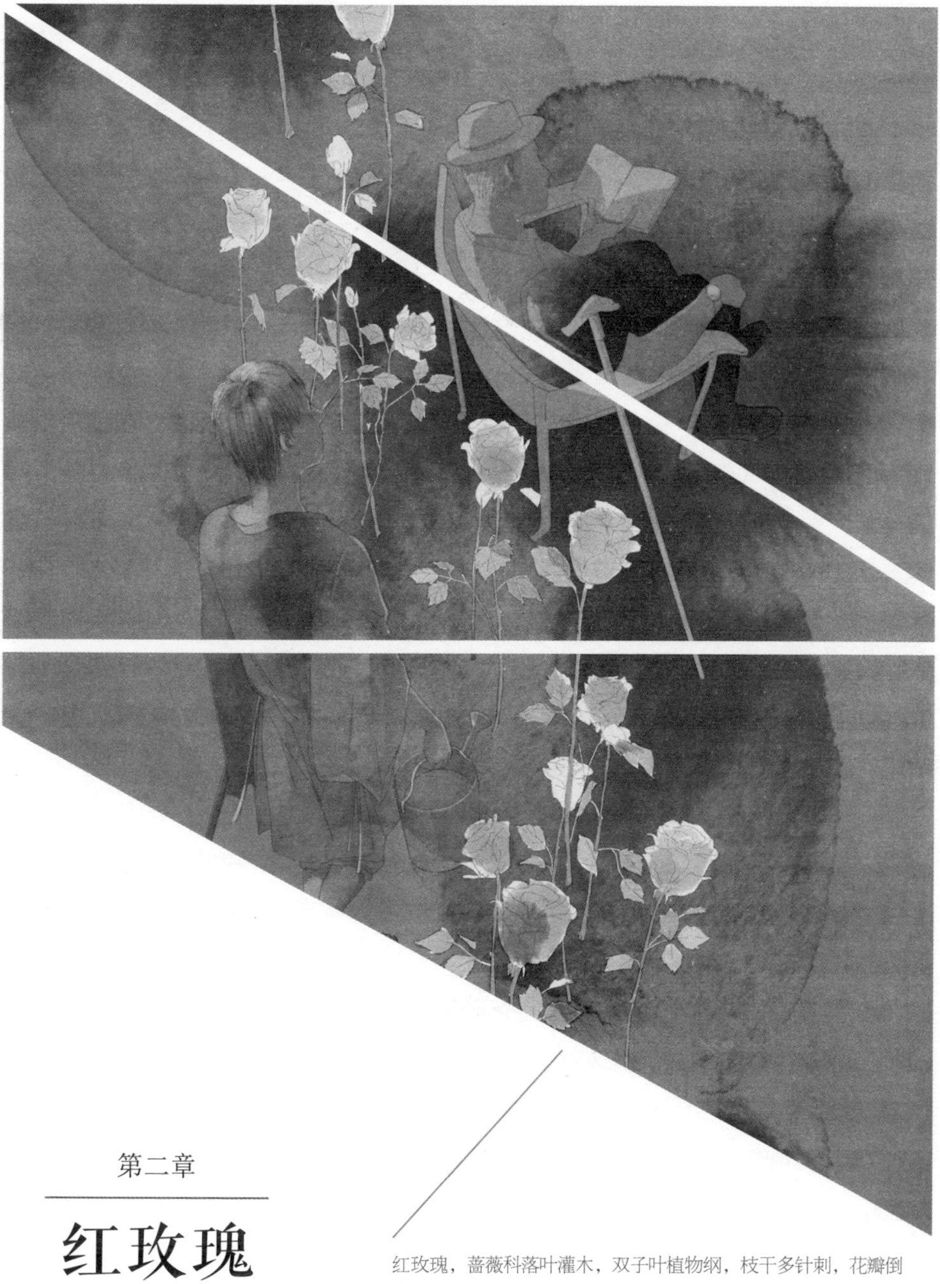

第二章

红玫瑰

HONG MEI GUI

红玫瑰，蔷薇科落叶灌木，双子叶植物纲，枝干多针刺，花瓣倒卵形，喜阳光充足，耐寒耐旱。花期5月至6月，果期8月至9月。象征意义：一生挚爱、真爱与浪漫。

1

陈冰被人碰瓷了。

看着大热天躺在地上不起来的白发老大爷，陈冰的内心是绝望的。他好声好气地对老大爷说："大爷，您看看，我是个骑电动车的，我没钱，真没钱！"

这话可一点儿都没夸张，自从几个月前回到关南继承老陈那间花店，陈冰的生活水准就到达了人生的最低点，怎么形容呢，就是大早上去街边吃鸡蛋饼都不敢加蛋的那种。陈冰有时候都有幻觉，搞不清楚自己身上的味儿到底是因舍不得开空调而攒出的汗臭味还是穷酸味儿。

他都这么惨了，这个老大爷居然还逮着他碰瓷，陈冰觉得这世界也太无理取闹了！

"我不要钱！"结果这碰瓷老大爷一听到陈冰的话还来劲了，他翻身坐起来，生龙活虎地说，"我就要你后座上的那束玫瑰花！那么大，是不是有九十九朵啊？"

得！这老大爷压根儿就没打算掩饰他来碰瓷的目的，也丝毫没有掩饰他根本没被撞伤、就是想讹人的心。

陈冰都快被这大爷气笑了，他无奈地说："大爷，这个年纪还搞浪漫啊？平常我也能给您一两枝，这是给客人送去的，一枝都不能少！"

"谁说我只要一两枝的，我要一束，一大束！"大爷显然对陈冰的反应十分不满，一个打滚爬起来，抓住陈冰不放，"我不管，反正我今儿必须搞到玫瑰花！"

陈冰眼前一黑，心想，我上辈子是做了什么孽啊！

2

"我也不是真的占你便宜啊小伙子！虽然我身上没带钱，但是等两天我肯定给你结账，你放心！"

花店里，刚送完顾客定的玫瑰花，又被迫带着老大爷环绕大半个关南的陈冰简直无语了。这位大爷是看准了讹上他了，坐在电动车上死都不下去，陈冰只得带着他回了"百草堂"，准备拿一束玫瑰送这个瘟神。

好在这老大爷不是真的无赖，他一边背着手精神矍铄地打量"百草堂"，一边跟陈冰说着话。不管说的是不是真的，陈冰倒也没那么气了。

大爷左顾右盼，看到了"百草堂"的木头牌匾，点头说："嗯，叫百草堂，挺不错，这个名字比什么花儿朵儿都大气，可以！"

陈冰听着心中一软。他看了眼样貌老迈却精神矍铄的老爷子，这老人家虽然不讲道理，但是说话条理分明，穿着打扮看得出来非富即贵，应当不是真的会去碰瓷的人，更像是背着子侄溜出来玩儿的老顽童。

陈冰心里的芥蒂本来就不大，老大爷这把年纪了，他也不会真和人计较什么，便笑了笑说："老陈在这儿肯定能跟您聊得开心。这名字是他在听我初中背书的时候取的，就那《从百草园到三味书屋》，他就爱搞这些附庸风雅的事儿，觉得有文化。"

人老成精，老大爷也不问老陈在哪儿，又说起了别的："把空调开了啊，外面那么大的太阳，你都不热的吗？”

陈冰尴尬地张开嘴巴，十分光棍地趁机对老大爷哭穷："我怕热，可是我更怕电费单啊大爷！您都不知道我多穷，我这花店已经连续三个月月利润只有一千二了！一千二是什么概念，除了水电费之外我每个月伙食费就只能卡在五百块钱，比大学生还穷！”

言下之意，大爷你可别找我碰瓷了，人家是哭穷，但是他这可不一样，是真的穷。

大爷显然也被陈冰报出来的数字震惊到了，他看了看陈冰，惊讶地说："不得了，不得了，你是老头子这十年来见到的年轻人里面收入最低的一个……比我大孙子打暑假工的收入还低啊！关南这边这么穷吗？”

“不是关南穷，是我穷。”陈冰捂脸，觉得有些羞愧，然后又倔强地说，“都怪这个冷漠的社会，现代人是怎么回事，除了追妹子的小伙子，其他人居然都不买花，简直是麻木不仁！”

老大爷倒是没跟陈冰一起痛斥现代人居然都不买花的麻木，他怜悯地看了陈冰一眼，还是没忘记自己的初衷，说:“你快给我包一束九十九朵的玫瑰花！”

大约是考虑到陈冰的贫穷，为了安抚陈冰的心，老大爷想了想，从脖子里扯出一条金项链来。那金项链上挂着一枚素白的银戒指，一看就知道不是老爷子的尺寸，应当是枚女戒。

老大爷小心翼翼地把银戒指从金项链上取下来，然后把金项链往陈冰手上一塞，说："呐，我现在身上真的没钱，但是大爷也不是真的要占你便宜。你给我包一束花，再带我去一个地方，这条项链就送你了。”

陈冰跟大爷哭穷，是提防着大爷万一真是个碰瓷的，可没想到这大爷居然这么光棍，竟然摸出金项链给他。陈冰心中顿时定了下来，最后一丝怀疑也没了，赶紧说："大爷，那倒不用，您到时候给我玫瑰花的钱就行。今天是七夕，玫瑰卖得贵，平常一百六十八块一束九十九朵的玫瑰花，今儿可要二百九十八块，大爷您要送什么人，如果是别的红花，价钱可划算得很……”

陈冰这也是为了老大爷着想，只是他这话还没说完，就被大爷打断了："要红玫瑰。"

这老大爷从遇到的时候起就嬉笑怒骂没个正形儿，此刻却突然严肃起来。陈冰这才猛地发现，这位头发花白的老人，五官居然十分周正，显然年轻的时候也是个俊朗男人。

他的表情严肃认真，甚至带着一点儿压抑的庄严和神圣，他轻声说："我要送给我的爱人，只要红玫瑰。"

这下陈冰就不劝了，他点头大声说："好嘞，九十九朵红玫瑰，大爷您先坐着哈，我马上就包好了！"

因着他爹老陈从小就拿他当童工用，包花这活儿陈冰从小做到大，只是小时候让他觉得烦躁的事，如今却别有乐趣。他想象着老大爷的爱人是怎么样的，又想着老大爷离家出走给老伴买花，难道是做错了事情要哄人？

和其他店铺比起来，这是开花店最独特的一种快乐。来买花的人大多眼睛发亮，都在想着收花的那个人是什么表情，脸上带着压抑不住的快乐和向往。

陈冰手脚利落，很快用老式报纸款的包花纸包好了一束美丽复古造型的玫瑰花束，是更为典雅的长方形，下面扎着红蝴蝶结，看上去就像是沉睡的红宝石束一般，让人只觉得眼前一亮。

老大爷显然也对这束花十分满意，他激动地接过那束花，甚至有点儿微微颤抖，但是他很快就平静下来了，轻声说："你……你带我去一个地方吧，这金项链给你。"

"不用了大爷。"陈冰再次拒绝，"送您回家是不是？您放心，等您和大娘和好了，拿到零花钱，再来花店给花的钱就行。您家在哪儿，我带您回去！"说着，陈冰就拿了电动车的头盔，脸上还带着几分笑意。

"不是去家里……你带我去梨花山公墓吧。"

"您说什么？"陈冰一时没反应过来，脱口而出。几乎是才说出口，他就反应过来了，大爷这个年纪，在七夕节去公墓里送一束红玫瑰……还能是因为什么？必然是老伴儿去世了。他这话问的，真是戳了大爷的心窝子了。

“没事。”老大爷显然看出了陈冰的内疚，他摇摇头，脸上露出一丝豁达，“虽然受过苦，但是她下半辈子过得很安宁，这也是有福气的，比起我那些早早死在战乱、一辈子没享过福的朋友亲人，已经算很好啦。”

老大爷说得有点儿伤感，陈冰听着也不知该说什么，这种时代带来的特殊经历，并不是干瘪的安慰能安抚的。他拍了拍老大爷的背，并不说话，而是带着老大爷，开着电动车，一路往梨花山公墓去了。

3

“你这个后生体力也太差了！缺乏锻炼，你这样是不行的！”

梨花山公墓的半山腰上，一个穿着对襟青褂的高大俊秀小伙子正一脸菜色，身边则是一个头发全白、和他一样高大的老人。只是小伙子喘如老狗，而老大爷动作却十分矫健，嘲笑的声音也中气十足。

正是陈冰和老大爷。

陈冰觉得自己上了个大当。这是十几分钟之前，对他说“你不陪我上山？你这后生就不怕大爷我晕倒在山上没有人发现吗？我可是个老人家”的人吗？大爷这身体素质也太变态了！陈冰觉得自己简直愧对自己二十出头的年纪。

早知道这大爷身体素质比自己还好，陈冰觉得他应该果断坚持去隔壁那条道看老陈——关南就一个公墓，陈冰的爸妈也都葬在这里。

好在这个精神打击持续了一会儿，两人终于爬到了半山腰，陈冰发现老大爷停了下来，站在一座看上去并没有什么特别的墓碑前。

陈冰在不远处停下来。这是他从小养成的习惯，老陈自诩是个读书人，陈家祖辈更是诗书传家，沦落到穷困潦倒也不忘教导陈冰一些礼仪，比如最简单的非礼勿视、非礼勿听、非礼勿言。

老大爷抱着玫瑰花，显然是希望和自己的爱人说说心里话的，陈冰可不想走过去打扰他们二人的私下相处。这想法在有些人看来很可笑，毕竟两人如今一生一死，但是陈冰并不这么觉得。

他站得远远的，只看到老大爷面前的墓碑是这些年关南的新款式，还镶嵌着照片，照片上是个上了年纪、戴着珍珠耳环的妇人。

陈冰刚打算礼貌地转身，突然听到老大爷轻声问了句什么，他走过去，只听到老大爷又开口问："她是不是很漂亮？"

陈冰转头看了看大爷，发现他似乎没注意自己，也根本没有打算得到回答。

"我和她是青梅竹马。"老大爷的声音带着一点儿颤抖。

陈冰礼貌地转身不看，而是看着山下的关南市。

今天是七夕，年轻的情侣们抱着花穿行在大街上，他们的笑容热烈而璀璨，带着希望和朝气。没有人知道，在冰冷静谧的公墓里，一个老迈的男人正抚摸着墓碑，深沉悼念他一生挚爱的爱人。

"她从小就长得漂亮，和村里那些五大三粗的黑妞一点儿都不一样，连名字都不一样，其他姑娘都叫大妞、二妞，只有她，她叫花儿……她长得也像花儿一样，白白的，小小的，眼睛又大又圆，从小就漂亮，村里的男娃儿都喜欢绕着她跑。"老大爷轻声说着话，像是回到了很多年前的时光。

在那些时光里，一个土匪一般的黑皮小男孩和一个叫陈花的小女孩从小一起长大。

诗仙李白写过关于青梅竹马的美丽诗句，"郎骑竹马来，绕床弄青梅。同居长干里，两小无嫌猜"，但那不是属于黑皮小子和少女陈花的故事。他们的故事虽曾有过这样天真无忧的岁月，但与诗仙李白笔下的故事比起来，却另有它自己的滋味。

首先，黑皮小子不算是个温柔完美的竹马。

在老大爷的口中，这个黑皮小子是村中所有孩子心中的恶霸，霸占着温柔、漂亮的小姑娘陈花，不许其他男孩和她玩，若是看到了，就要偷偷抓着人家一顿好揍，并且坚持不懈，一直持续了十几年。

“当年花儿看到那些留学回来的新式学生谈恋爱都带着红玫瑰，还说什么红玫瑰代表真心爱你，她虽嘴上不说，但眼里是羡慕的……”老大爷的话里带着苦涩，显然想起来了那些少年窘迫的时光。可惜啊，当时年少，生活拮据，纵然有心想要给自己爱的人一座高山，却连一片绿叶都掏不出来。

那时的黑皮少年已经初初有了男人的轮廓，他严肃地对着少女陈花发誓，一字一句郑重无比：“花儿你等着，等我有钱，一定给你买一大束红玫瑰，最少有三十……不，最少有五十朵！”

“那么多太费钱了，你、你就送我三朵吧！”秀美的少女听完，瞪大眼睛纠结了半晌，最终舍不得地把数量定成了三朵。

“你怎么这么抠儿呢！”黑皮少年笑陈花，豪气万千地说，“放心，我一定给你送一大束，大到你的怀里都抱不下的那种！”

大爷说到此时已经颤抖得不行，陈冰正考虑要不要转身过去安慰他，就听大爷一声大吼：“花儿你对不起我，你居然跟人结婚生娃了，你说了等我回来的，我可一辈子除了你没别的媳妇。花儿你出来，你出来跟我说清楚，你到底嫁给哪个家伙了！”

这一声灵魂呐喊信息量太大，陈冰顿时惊呆了，又是送花又是回忆了半天，敢情这不是他老婆？！

4

最后陈冰和老大爷是逃着下山的。

倒不是因为大爷号丧一般的喊叫太扰民被公墓管理员驱赶——事实上公墓管理员估计都习惯这种等级的哭号了——是因为有人来追大爷了。

当时陈冰正被大爷话里的信息量震撼得呆住，就见大爷突然一抹脸上的眼泪，炯炯有神地说：“有人来了！”

陈冰当时还没反应过来，大爷却突然脸色一变，做出了令陈冰震惊的举动——他趴在地上，像是电影里的特种兵一样仔细听了一会儿，然后说：“有人来了，还不少，快走！”说着他站起来猫着腰，示意陈冰跟上。

陈冰当时就被这件事如今的发展给镇住了，不知道为什么就跟着大爷猫着腰走起来，走到一半他问：“不是，大爷，我真没看到有人啊！”而且就算是有人，为什么他们要这么鬼鬼祟祟地跑啊？

不过问到一半，陈冰突然悟了。这大爷一把年纪，身上没带钱和手机，还要碰瓷玫瑰花来看青梅竹马的初恋……那还能被谁追？那必然是他家里的老婆孩子啊！这是什么狗血的老年家庭伦理故事哟！

陈冰一时风中凌乱，带着老大爷一溜烟地骑着电动车直接冲回了“百草堂”。

“大爷，您这初恋也看了，玫瑰花也送了，一会儿在外面遛遛就回家吧？”到了花店，陈冰奢侈地拿了两根老冰棍儿和老大爷一人一根，一边吃一边劝老大爷，“有什么坎儿是过不去的，都一辈子了，何必惦记初恋，忘了眼前陪伴您的人呢？”

“你说什么呢？”老大爷茫然地反问了一句，半天才想明白了陈冰的意思，顿时暴跳如雷地大吼，“我就没结婚，一辈子就花儿一个媳妇，哪里来的老伴儿！”

陈冰这才想起来，在墓地时老大爷嘶吼的那些话里，似乎是有一句“我这辈子就你这么一个媳妇”。但这事儿也不怪他，毕竟老大爷的话里信息量太大，他一时忘记一两句实在是再正常不过。

那追他的人是怎么回事？

“那是我领养的战友的儿子！”老大爷气哼哼地说，“臭小子长大了不学好，天天管我，生了个儿子也不学好，学着他爹天天管我！不让吃红烧肉，我周建国活着还有什么意思！”

陈冰听得冷汗都要冒出来了，大爷您不瞅瞅自己什么年纪了，还想天天吃红烧肉，也不想想身体受不受得了，这要是自家长辈陈冰都得管啊！

这边陈冰对素未谋面的老大爷的儿孙表示同情，那边老大爷还在愤愤不平："而且我那大孙子学的还是什么软件技术，给我的手机里装了定位，我去哪个战友家偷吃都能被逮住！"

言下之意，这还是惯犯。陈冰对老大爷的儿孙的同情顿时由三分增长到了五分，也终于明白了这位老大爷离家出走没有带手机的原因。

陈冰忍着笑意说："那您这不回去也不是个事儿啊。"

"我这不是来你这儿查消息了嘛！"老大爷看着陈冰桌上的电脑，说，"你快打开，我托了战友打听消息，但是不敢和他通电话，怕被我大孙子找到。我让他查到了花儿的孩子们在哪儿、是干什么的就给我发消息，就是他告诉我花儿去世，葬在关南梨花山公墓的。"

敢情还赖上他了！陈冰简直要叹气了，他这一天被老大爷闹得是鸡飞狗跳，只想快点儿把这大爷送走，但还是打开了电脑，登上大爷说的让战友孩子给偷偷帮忙申请的邮箱，飞速点开。

陈冰蹲在一边并不看屏幕，而是后知后觉地有点儿警惕地看着大爷问："等等大爷，您不会是真的打算对情敌家做点儿什么不对的事情吧？！"

"哼！"周建国老大爷戴着眼镜阴恻恻地笑，不像反派，更像老顽童，但他自己不觉得，自认为十分阴险地说，"等我看看资料，要是那个野男人和他的娃对花儿好就算了，要是他们对花儿不好，哼哼……"

大概是想到花儿被欺负的画面了，老大爷的表情带着几分火气，显然是被自己想象的画面给气到了。他怒声说："那野男人可以跟花儿过完一辈子是多大的福气，要是还敢对花儿不好，我就揍死丫的！你知道当时我打了多少小伙子才让他们都不敢追花儿？我从八岁开始打身边的小男孩，打到十六岁我参军……"说着说着，他气得眼圈都有些发红，"他这辈子有福气了。我打了几年仗，回去娶的媳妇，都没留一个月……"

陈冰看得又好笑又有点儿心疼老大爷，这么大把年纪了还在吃这种醋，真不知道怎么劝，他硬着头皮搭话："老爷子，您先把资料看完，先别气。"

"看什么看，看得我火大，我好不容易追到的媳妇！"老大爷指着电脑屏幕上的资料，声音里的火气没了几分，倒是委屈大了，哼哼唧唧地说，“要不是我打仗回来，发现城都被临死反扑的敌人烧了，找不到人……要不是我以为她死了……我能便宜这个孙子？！”

老大爷、老大爷那媳妇儿和娶了她的人都是无辜的，老大爷难受委屈也能理解，问题是这事儿怎么劝都是意难平。

要是自己喜欢一个姑娘还娶了她，结果分散后自己以为所爱的人已经死了，孑然一身地过了大半辈子，却得知自己所爱的人没有死，还嫁了别人，最终找到的时候只能看到一座墓碑，只能捏着鼻子看她和另一个人的一生，才能知道这些年爱的姑娘过得好不好……陈冰想想就觉得要窒息了。

陈冰心里闷得慌，又听说老人当年是因为打仗才和媳妇离散，对这个老人就敬重起来。一个为国家奉献了一生的老英雄，他所经历的苦难都是为了这个国度后来的每一个人，所以他的难过让人无法忽视，无法轻描淡写。

陈冰不想看到这个老人难受，打起精神劝他：“老爷子您想想，您爱人这些年多了一个爱她的人照顾她、安慰她，陪她度过艰苦的日子，其实也是她的幸福啊。”

陈冰是真的这么想的，虽然自己心里苦，但是比起自己苦，宁可自己爱的姑娘有人照顾，不用独自面对这个世界的风霜雨雪。尤其是那个年代，连温饱都要努力奋斗的岁月，一个女人自己过，活不活得下来都是个大问题。

陈冰的话让老大爷冷静了下来，他一摸脸，嘟囔着说：“我知道，我心里其实挺高兴花儿有人照顾的，但是不妨碍我闹心！”说到这里，老大爷提高声音，说，“让我仔细看看这些资料，要是他们对花儿好就算了，要是不好，哼哼……”说着，老大爷就把眼镜又戴上，气哼哼地继续看起来。

陈冰看老大爷打起精神来，心里一松，起身打算给他做点儿清淡可口的东西，闹了一天了，恐怕老人家也饿了。

刚做完饭，他就听到客厅传来老大爷一声大吼！

陈冰吓了一跳，冲出去一看，老大爷正满脸惊恐地看着电脑，整个人就像是被什么吓住了一样，捂着胸口脸色发白，激动得像是要喘不过气了！

糟糕，老大爷好像有心脏方面的问题！

陈冰意识到这点，忙一丢锅铲冲过去，在老大爷颤抖的手的引导下找到药，飞速塞到了他嘴里。

老大爷吃了药，缓了好一会儿才缓过神来。

“吓死我了，老爷子，您有心脏病还在外面跑来跑去！您疯了啊！”陈冰被吓得要死，就这么一分多钟，他身上的T恤都被冷汗打湿了。

“很少发作，你怎么跟我孙子一样一惊一乍的。”老大爷缓过神来不以为然地说。

该说不愧是战火里走出来的老一辈吗，刚才在鬼门关打了一个转，转头还嫌弃陈冰一惊一乍。陈冰都要被老大爷气乐了。

这时候，老大爷气喘匀了，又看了一眼电脑里的资料，半晌才百感交集地转头对惊魂未定的陈冰讷讷地说：“花儿没跟人结婚……那是我儿子。”

“您说什么？”陈冰茫然地问了一声才反应过来，他瞪大眼睛，“什么？您爱人没改嫁，您还有个儿子？！”

“对，我有个儿子，叫周爱国，我儿子都有孙子了！”老大爷开始还有点儿痴痴呆呆的，这会儿也才反应过来，说到后来眼睛里面突然放出光来，大声说，“花儿怀的是我的娃，我的娃……哇……花儿你怎么那么傻，你一个人这些年到底怎么养活一个娃的啊！”

“你怎么不嫁个人，你命好苦啊！那个缺德的混账小子真不是个东西，都不挑个好时候出来，我苦命的花儿啊……”还没开心三秒，老大爷似乎突然想到一个女人带着一个娃，在那个缺衣少食的年代熬过来，不知过得多辛苦，他一下子就崩溃了，滚在沙发上大喊，“都是我的错，都是我没早点儿找到你们娘儿俩。花儿我对不起你，我周建国是混账……”

老人没心脏病陈冰都担心，这会儿知道老人心脏不太好，还这么大喊大叫的，陈冰觉得自己的心脏病都要出来了，可是老人劝不住，显然是真的伤心了，眼圈红得不行。

陈冰没办法了，飞快凑到电脑屏幕前，想联系老人的亲人赶紧过来，不然真怕老人家劝不住有个好歹。这么一看，陈冰震惊了——屏幕上那一家人的脸，他无比熟悉。

就在陈冰震撼得呆住的时候，楼上传来一声带着哭腔的大吼："我不要你们管我！"

然后是女孩的哭声、脚步声。

脚步声下了楼，停在了陈冰的门外。

门被敲响了。

陈冰震撼地转头，讷讷地对老大爷说："老爷子，您先别忙着伤心，您重孙女在门外。"

周建国老爷子瞪大眼睛，被这个消息震撼到了，一时竟止住了动作。

5

关南是一座温柔秀美的小城，小到很多大城市长大的人可能无法想象的地步。除了那仅有的几座大厦和商业大楼之外，就没有其他高楼，所以这里除了钱多得烧得慌的人，其他基本都是骑电动车的，毕竟只要电动车就足够在城市里迅捷移动了。

老爷子的爱人是在关南度过的下半辈子，而在关南这种地方，那个年代从外地迁徙过来定居的人基本就在桃花井这一带，所以看起来巧，仔细想想，也不意外。

只是没想到这么近。

陈冰再三确认了照片和地址，人名、地名都对得上，再无一丝疑问。

老爷子显然也被这个消息震撼到了，他一边催促陈冰快去开门，别让小姑娘大黑天的往外跑，一边整理自己的头发、擦眼泪，生怕自己在重孙女面前的第一次登场留下什么不靠谱的印象。

陈冰看他冷静下来，才带着对命运无常和巧合的震惊去开了门。

他开门的时候整个人还是蒙的，打开门就看到门口正挂着眼泪的周楠楠。小姑娘盘亮条顺，又高又瘦，巴掌脸天鹅颈，从小就是桃花井社区的一枝花，这会儿一打开门，简直让整个屋子都亮了，只可惜委委屈屈的，漂亮的脸上都是泪水。

一进来，小姑娘就嘟起嘴巴对着陈冰"嗷"的一声哭，拉长声音喊："陈冰哥……"然后就一把抱着陈冰哭起来，鼻涕眼泪都下来了。

陈冰心里叹了口气，拉着小姑娘就往里面的客厅走。

其实陈冰只比周楠楠大了五岁，但是他当年混得厉害，可以算是桃花井社区那一批小孩心中的保护神和老大——当年陈冰就负责给被欺负的小孩们找场子，让人不敢在学校欺负他们，如今长大了，一个个见到陈冰还是跟小鸡崽见到老母鸡一样，受了什么委屈就爱来找他。

所以说，也不单是老陈这么多年爱管闲事，让街坊邻居大人小孩养成了出了什么事儿首先去老陈家的习惯，陈冰自己也是这种人。

周楠楠不知道她哥今天一天过得多精彩，心情正复杂着呢。她着急说自己的委屈，结果一进门就看到沙发上坐着个陌生的老头，看上去年纪很大了，比她爷爷还老，但是眼神锐利端肃，看上去威严又有压迫力，似乎老迈的只是他的躯体，他的灵魂依然年轻而英姿勃发。

只是这位威严的老人家似乎不是桃花井的任何一个长辈，为什么会出现在陈冰哥家里呢？

周楠楠心里疑惑，但小姑娘很有礼貌，还是乖乖地点头打招呼："爷爷好。"

周建国猛地站起来，盯着周楠楠看，嘴里连声念叨："太像了，这也太像了！"

陈冰明白。他刚才也在资料里面看到了年轻时的陈花的照片，似乎和墓地里面的那张照片是一样的，大约是这些年来陈花唯一一张留在人间的影像。

那是个温婉又温柔的半身像，和关南这边爽辣活泼的女孩不一样。照片里，陈花的脸庞细腻柔和，带着浅浅的笑容，她微微侧着脸庞对镜头微笑，就像是江南烟雨瞬间扑面而来，泛着朦胧的雨水与春桃的气息。

周楠楠与陈花的长相极其相似，几乎可以说是同一张脸换了一个时空，只是周楠楠更加青春时尚一些，因为没有经历过什么颠簸和痛苦，于是眼里没有那三分轻愁，而是完完全全的天真烂漫，让人只觉得眼前一亮。

对于周建国老大爷来说，这几乎就是使其站立不稳的震撼。他死死地盯着周楠楠，眼睛一眨不眨。

周楠楠有些被这个奇怪的爷爷吓到了，她有点儿害怕，往陈冰身边走了几步。

陈冰生怕老大爷又发病，上前扶住他，对周楠楠说："楠楠，你坐，刚才是怎么了，又跟家里人吵架了？"

果然，陈冰这么一说，老大爷意识到自己重孙女脸上还有泪水，显然是被欺负了，顿时就不乐意了。他几乎是瞬间就皱起眉，恶狠狠地看着周楠楠，显然只等自己重孙女说出谁欺负她，就要去找人拼命！

戎马半生的老爷子身上煞气很重，一认真就让人无法忽视，陈冰捅了他的腰一下，示意他别吓到小姑娘了，他这才反应过来，尴尬地笑笑，笨拙地讨好说："别怕啊，爷爷刚才、刚才发呆呢！闺女，你遇到什么不开心的事儿了？"

陈冰都要笑了，没想到能看到这个老爷子这么笨拙的一面。不过周楠楠显然没注意到，因为他问到了她心里正委屈的地方。周楠楠嘴一扁，眼泪唰地一下就下来了。

老大爷是真心疼了，主要是这个重孙女长得太像当年的陈花了。老大爷完全没辙，求助地对陈冰使眼色，让他赶紧把小姑娘哄好。

即便老大爷不这么做，陈冰也要哄小丫头的，他都已经习惯哄这帮小孩了，这会儿就直接问："你先说说，看是什么事儿，哥能帮上你不？"

"我高考成绩出来了！"周楠楠哭得上气不接下气。

老大爷急了："是考得不好吗？没关系，不喜欢今年考上的大学，咱们可以复读啊！”

这话说得，小姑娘哭着还不忘记瞪这奇怪的老爷爷一眼，没好气地说：“不是成绩，我成绩可好了！虽然没有陈冰哥好，但我也是今年省里面的第三名！”

哟，重孙女这么争气，周建国老爷子脸上都要放出光来了，瞬间笑得嘴咧到了耳根。

“那是怎么的？”陈冰知道周楠楠成绩好，当年他高考完小姑娘才刚考上高中，上的是他的母校，以初中组第一名的成绩入学。陈冰当年接送这小丫头一学期，就为了替她挡那些烂桃花，跟小姑娘关系特别好，知道她的底细，这会儿也不惊讶，他奇怪地问：“是不是分数没到你想上的大学？你不是跟我说你想上京市的燕京大学？”

周建国老爷子听得是眉开眼笑，这重孙女好啊，争气又心里有志气，哪个上了年纪的人不喜欢家里这样上进的后辈？

谁知道周楠楠听着更难过了，眼泪一下子就落了下来。她还没来得及诉说委屈，就突然听到门外传来敲门声，显然是周楠楠的家里人不放心，跟着追下来了。

6

“楠楠你放心，你想念哪里就念哪里，这是你的人生，你自己决定。但是你一会儿别急着和家里人吵架，慢慢跟你爸妈和爷爷说，好吗？”

门外人还等着，陈冰不可能不让人进来，再说这一家人的问题，肯定还是要当面谈了才能解开心结。

陈冰叮嘱完，看到周楠楠扁着嘴点头，又看看老大爷，这会儿刚见到自己的重孙女，正手忙脚乱地哄小姑娘，又是递纸又是递水的，根本不关注其他人。

老大爷这会儿已经哄得周楠楠心情稍微好了点儿，周楠楠还在迷迷糊糊地问老大爷是谁，两人居然就这么聊了起来。

见气氛没有那么差，陈冰才放心起身去开门。

门外站着两个人，一个拄着拐杖气呼呼的老头，长得五分像周建国，一看就知道是老大爷的儿子；另一个更像当年的陈花一些，眉目柔和，看上去四十左右，是周爱国的儿子周华。

说实话，陈冰都快忘记陈奶奶到底长什么样子了，他从小看到的陈奶奶就是很老的样子，差点儿以为那个温柔的奶奶一辈子都是老人的样子，忘了她也曾年轻过，也曾风华正茂过。

这也导致他当时在墓地远远看到陈奶奶的墓碑时，都没想到那个秀美年轻的陈花就是桃花井的陈奶奶。

陈冰只记得陈奶奶身上带着的糖果和糕点的香气，以及她卖剩下来偷偷送给他们吃的软绵绵、甜丝丝的点心。

就像那些点心一样，陈奶奶的性格也是温柔的，说话声也是柔柔的，而周华的性格就像足了陈奶奶。

只是和陈奶奶的外柔内刚不一样，周华是真的性子软和，他的一贯宗旨是小时候听他爸的，结婚了听老婆的。

听刚才楼上那个动静，大概周楠楠她妈是支持她的。周楠楠的妈妈性子泼辣、爽利，许是和性子强硬的公公吵了一架，这会儿就没下来。

周华不放心他爸拄着拐杖下楼，这会儿正陪着。他最近也不好过，家里天天吵架，他性子软，夹在中间左右都是被骂的炮灰。

陈冰对他们一家的情况门儿清。

大家互相知根知底就是这点好，陈冰一开门，周爱国老爷子就气势汹汹地开口说："小冰，楠楠在你家吧？"

看到陈冰点头，周爱国老爷子拄着拐杖就往里走，直接穿过花店收银台后面的小仓库，进了陈冰家的客厅。他走进去嘴里还在骂："这个丫头真是不知礼数，这么晚了还跑来你家。小冰，不好意思，爷爷这就带她走。"

"我不回去！"周楠楠听到爷爷的话就不开心，刚才被周建国老爷子哄得好不容易没哭的她瞬间又再次掉出了眼泪来，看得老爷子心疼得不行。

她带着哭腔说："我就要去京市念大学，我要去燕京大学！我考上了凭什么不去！我不花家里的钱，老师说了，学校和市里的奖金加起来有四万，我自己付学费！"

周建国老爷子看到周爱国拄着个拐杖进来，心中更是一阵酸涩。

这看起来已经是小老头的老人就是他的儿子，那和他五分相似的脸，自己绝对不可能认错，这就是他的儿子。

一生父子流落异地，有幸相聚的时候，竟然都已经白发苍苍。

周建国既感慨又激动，想要抱一抱自己的儿子，可是心中又羞愧自己一辈子没尽到过父亲的责任。他心中百感交集，站在原地竟是痴了。

陈冰生怕老大爷发病，飞快跑过去搀扶住他，轻声给他打气："老爷子，您可不能晕啊，这会儿晕了再躺半个月可是黄花菜都凉了！"

这话给了老大爷勇气，周建国老爷子抖了几下，硬是站稳了。

而那边爷孙俩根本没发现这里的插曲，吵得是一塌糊涂。

周爱国听到孙女的话，顿时气得不行，拐杖敲地，怒声说："京市隔得多远你知道吗？坐飞机过去都得几个小时！你跑那么远，一年到头家里人都见不到一面，你在外面出什么事儿、被人欺负，家里人都只能干着急！咱们关南大学也是重点大学，你去关南大学还不是一样的吗？你别以为爷爷是害你，真到了外面叫天天不应、叫地地不灵的你就知道了！"

"我不去！"周楠楠一听哭得更厉害了。爷爷是个一根筋，爸爸又是做不了主的，唯一帮她的妈妈这会儿还在楼上，孤立无援的周楠楠彻底哭得停不下来了。

"燕京大学和关南大学都是一样的，你听谁说的？"紧张的气氛中，周建国老爷子再也憋不住了。他有些生气也有些愧疚，生气的是自己的儿子显然是个糊涂虫，竟然连这么重要的事情都搞不清楚，但是又觉得是自己这么多年不在，这孩子没爹，估计也没怎么念过书，糊涂一些也是情有可原的。

老大爷想到这里，又心疼儿子，不想让他在小辈面前丢了脸面，放缓了语气轻声说："燕京大学不只是学习的氛围，最主要是它聚集了咱们国家最高精尖的人才，还有大量的前沿学术信息，在那里就算是个中等的学生，出来之后眼界也会开阔许多。而且一个孩子一辈子不离开家里，她怎么成长，怎么去面对未来的风雨？我知道你是关心孩子，但是有时候溺爱孩子等于害了孩子，越是优秀的孩子，越要放他们出去历练，这样他们才能成长得更好。"

不得不说，周建国老爷子看着一路都不靠谱，但是一认真起来就能发现，这位老人家其实十分有智慧，看得十分长远。

他语气很软，可算是推心置腹，但问题是周爱国不但不觉得得到了劝慰，还疑惑地看了他一眼，转头问陈冰："这老头子是谁？"

陈冰有点儿尴尬，不知道要怎么说。

"老人家，我看你年纪比我还大，"周爱国看了看周建国，说，"我也不说你了。只是这是我家的事情，还请你不要插手。"

言下之意，他尊老爱幼，但是家里的私事，与外人无关。

说罢，他就对周楠楠说："还不回去？！"

周楠楠哭得直抽抽，但还是不情不愿地站了起来。

周建国看着最像陈花的重孙女哭成这样，也忍不住了，到底是戎马一生的老人，脾气上来了，他一把拦住周楠楠，对周爱国说："你这人怎么就说不听？那可是全国最高学府！这孩子这么优秀，你就这么糟蹋人才，简直是愚蠢！"

"关你屁事！这可是我孙女，我老周家的事情还轮不到外人插嘴！"周爱国也火大了，他何尝不知道自己孙女优秀？可是她一个小姑娘，水灵灵十七岁的年纪，在关南就惹得一群臭小子围着她打转，全家盯着尚有臭小子在楼下大声表白，跟盯着花朵的蜜蜂一样烦死个人，这要是独自一人去了京市，孤身一人的万一真遇到坏人，那可是后悔一辈子的大事！

周爱国有他自己的考量，他不是不心疼自己的孙女，但是他更怕孙女出事！

因此周建国这么一说话，周爱国就觉得这老人简直是站着说话不腰疼，这会儿火气也上来了，直接骂出声。

“这也是我孙女！”周建国有着战场上历练出来的火暴脾气，最是吃软不吃硬，这会儿见儿子这么跟他顶着，火气也上来了，拦在吓呆的周楠楠前面，大声说，“周爱国，我是你爹！我重孙女要去哪里上学，她太爷爷我说了算！”

周爱国愣了一下，下一刻猛地挥舞起拐杖，就要跟周建国老爷子拼命，口里还暴怒着大喊：“我是你爹！”

眼见着两个白发苍苍的老人就要打在一起！

7

三楼的周家，所有人都坐在客厅里，沉默地看着对方。

“所以周爷爷,这位老人家真是你爸！”陈冰不知道为什么自己也要上三楼，甚至还担任两方人马沟通的桥梁，他内心是迷惑的，但还是硬着头皮在上楼之后讲解了事情的来龙去脉，毕竟他是整个事件的见证者。

陈冰把全部事情说完，又把搬上楼来的电脑打开，按指纹解锁之后给大家看：“不信你们看电脑，我刚才看到你们的资料了，他真是陈奶奶的爱人，是周爷爷你的亲爹、楠楠的太爷爷！”

周爱国老爷子沉默了半晌，也不去看电脑，也不去看周建国。他不动，家里的小辈谁都不敢动。

半晌，周爱国说话了：“我爹死了六十几年了！”

“我没死,我这些年一直在找你和你妈！”周建国知道这时候他要是不开口，以后也别想认回家人了，他赶紧开口，眼巴巴地看着自己的儿子，指着电脑说，“不信你看，我托当年的战友找了很久，这么多年了，到今年我才得到你们娘儿俩的消息……我连夜跑来的关南……”

周爱国沉默着不说话，他看着周建国，神情莫测。

倒是一边的周楠楠十分好奇，她胆子最大，走过去就看了起来。

那里面的资料十分详细可信，周楠楠看得惊讶极了，她转头看着周建国，刚才她就奇怪，这个老爷爷对她太热情、太照顾了，她哭的时候，这个老人家忙得团团转，弄得她都不好意思了，原以为他只是个脾气好的老人，没想到却是自己的太爷爷！

周楠楠看着周建国老爷子，难掩诧异地问出声："太爷爷？！"

"哎，哎，是我，我是太爷爷，乖孙女！"周建国老爷子被这一声"太爷爷"喊得通体舒畅，眼睛都要眯起来，他搜了搜身上，发现什么都没带，赶紧说，"太爷爷出来得急，什么都没带，等空下来太爷爷一定给你补送礼物啊！"

周楠楠看着资料，再看看老人，震撼得不行。

但是小姑娘没一会儿便回过神，大约是突然想到了刚刚太爷爷和爷爷的争吵，想到了太爷爷十分支持她去燕京大学念书，又想到老人家从见面开始格外殷勤的态度……周楠楠眼睛转了一圈，突然甜丝丝地说："太爷爷，你现在住在京市？"

"是啊。"周建国老爷子被这个长得像陈花年轻时候的重孙女这一声声"太爷爷"哄得是七荤八素，连连点头。

周楠楠顿时笑了出来，这一瞬间，小姑娘觉得自己找到了靠山，她开心地说："那我能去京市念燕京大学吗，太爷爷？"

周建国能说什么，那必须是可以啊，他百分之一百支持！

周楠楠看向周爱国。周爱国皱眉想骂周楠楠胡闹，但是陈冰拿着电脑走过去，向他解释那些证件和档案……

周建国老爷子的战友显然是个十分稳重的人，这事儿牵涉也十分重大，档案很细，里面连周爱国的出生证明以及后面在医院比对的证明都有，十分详细，绝对不可能作假。

他们家如每一个桃花井社区的家庭一样，一穷二白的，其实也没什么好骗的，这老人一身威严气度，还是京市的人，想来没必要远赴万里之外就为了骗他们。

这资料一看就知道是真的。

周爱国一张老脸从震惊到平静，他转头看了看眼巴巴地看着他的周建国，突然说："就算你是我亲爹，又怎么样？"

在场所有人都愣了，这是什么意思？

"周爷爷，您这是……"陈冰都给整迷糊了，疑惑地发问。

"我没有爹。"周爱国一拄拐杖，从沙发上站起身，掷地有声地说，"小时候，我妈背着我，刚出月子就下地种田的时候，我没爹；长大了别人骂我是野种的时候，我没爹；到后来我妈累得一身病，我一边上班一边照顾她和生完孩子的媳妇的时候，我没爹；再后来我的腿在干活的时候摔坏了，瘸着腿找不到工作，只能一家人摆个小摊赚钱贴补家用的时候，我也没爹……我周爱国这辈子没爹，这个时候了，也不需要一个突然蹦出来的爹来管我们家的事儿！我先回房间了，你们送客！"

周爱国说完，转身就往房间里走。老人的背挺得笔直，拄着拐杖走得飞快，像是背后有什么东西在追他一样。

周楠楠左看右看，方才脸上还泛着的喜色已经被担心替代了。

陈冰看周建国老爷子脸色惨白，说不出话来。他知道周爷爷心里恨，从他说的那些话就能知道，周爷爷其实不是不需要爹，是他恨，他最辛苦、最需要一个强有力的长辈拉他一把的时候，他的父亲一直不在。

换成任何一个人，可能都无法原谅这样的父亲。在最痛苦、最无助、最幼小的时候，他不在。而那个时候，才是孩子们最需要父亲的时候。

正是因为陈冰懂，所以他才不想这一对父子错过。他大声喊："周爷爷，你不听一下老爷子的解释吗？！他当年不是抛弃你们，他是去打仗了，去保家卫国了啊！他回来找你们找了很久，可是整个村子都被烧了，人都被杀了大半，地上全是尸体，老爷子在死人堆里面扒拉了几天几夜也没找到你们，最后他累昏过去，是被战友从死人堆里面背回去的！"

这些都是他们骑着电动车在路上的时候，老爷子随口风轻云淡地说出来的往事，他说得轻描淡写，但是陈冰可以想象那个画面、那种绝望。

“周爷爷，你爸是这个国家的英雄，他没有照顾好你，是因为他去当我们每个人的英雄去了啊！”陈冰大声说着，生怕周爷爷走掉，说着说着眼里已经有了泪水，“周爷爷，我知道你难过，但是、但是你能不能稍微听一听老爷子这些年做了什么，再决定要不要给他机会？他、他真的不是坏人，他不是那种抛妻弃子的混账，他这些年一直没再婚，一直一个人过……他值得你给他一点儿时间和一个机会，好不好？”

周爱国停住了脚步。

他没回头，但是陈冰知道他动摇了，不由得心中狂喜。

他推了一把老大爷，老大爷全身一个哆嗦，惨白的脸有了一丝血色，他颤抖着声音连声说：“对、对，我忘了说了，我这些年一直在找你们娘儿俩，可是我找不到消息。你娘当年走的时候没有户籍，当时我们杀了最后反扑屠村的那些敌人之后，救下来的人都说她死了，所以我一直以为你们死了。直到前年遇到一个同村的老人，他说他是和你娘一起跑的，那时候我才知道花儿当年没死，才知道你们还活着。爱国，你叫爱国对吧，我、我知道是我的错，是我的错……我没忘记你们，你看，这是当年走之前你娘偷偷塞给我的银戒指，这些年我一直戴着，就当你娘陪着我了……我是真不知道……”

老大爷说着，哆哆嗦嗦地掏出来一条金链子，上面挂着一枚素白的银戒指，正是之前跟陈冰说用来抵押玫瑰花钱的金链子，陈冰退还给他之后，他又用这链子把银戒指挂了回去。

陈冰当时就猜测，这枚戒指可能对老人有特别的意义，没想到竟是当年他和陈花奶奶的定情信物。

老大爷说到这里说不下去了，他看着胸口的银戒指，突然一滴眼泪滴了上去。

陈冰跟着这老大爷跑了一路，老爷子眼圈红过、撒泼打滚过，但他曾是个战士，他一直没哭。此刻他的眼泪再也止不住，唰地一下就流了下来，让他说话的语调都无法稳定。

“你一直在找我们？你没再结婚？”周爱国突然转过身，看着老爷子。

“没有，我这辈子就你娘一个媳妇。当年我还叫周铁蛋的时候就跟花儿发过誓，我这辈子就爱她一个人。”周建国老爷子老泪纵横，“我对不起你们娘儿俩，我这辈子吐口吐沫就是钉，没一句说出口的话落空过……除了对你们娘儿俩。”

“我答应要送你娘玫瑰花，让她插在窗台上，结果我没做到；我答应她打完仗回来照顾她一辈子，我也没做到；我答应她如果我们有了孩子，我一定好好教他，我也没做到……她却为了我这样的人等了一辈子，吃了一辈子苦，我对不起她，我对不起她……我周建国上对得起国家，下对得起战友、对得起身边的人，一生问心无愧，可我愧对你们。你们是我最在意的人，可是我一生唯一辜负的，就是我最爱的人。”

这话沧桑痛苦，让人潸然泪下。

周爱国看着自己六十几年来第一次见面的亲爹，沉默着，良久他突然轻声说：“我妈说我爸是个英雄，可是我这辈子都恨他。”

周建国老爷子全身一颤。

周爱国继续说：“我恨他，因为如果他在家，我妈就不会一个人种田养活我，累得一身病，后来没享几年福就去了；我也不会被同辈的小孩追着骂野种，也不会被人欺负，大年三十也会有人举着我看灯，在我断腿一家人都没了收入的时候，也会有个人让我休息一下，不会因为挣扎着去找事情做，落下这跛脚的毛病……”

他越说，周建国老爷子就越是难过，他老泪纵横，泪水一直没断过，听到最后，老爷子的背弯了下来。他自见面开始就健康得不像话，看上去老迈，但是灵魂还像个年轻人，活泼且充满童趣，但是这一刻，陈冰看到他的灵魂出现了老态。

陈冰心里难过，想说什么，但是周爱国继续说话了：“可是你确实是个英雄。”

陈冰看周爱国，他脸上不知何时也已经满是泪水，他轻声说：“我恨你，但是我更尊敬你。我知道你做的一切有多荣耀，我知道是因为有无数个像你这样的人，才让我们每个人如今有这样好的生活……”他脸上带着泪水，哽咽地说，“我恨了你一辈子，活到头发现，我最恨的，是你没有陪陪我。”

老人泣不成声，像是当年那个眨巴眼睛、一脸羡慕地看着别人家孩子被爸爸抱着的小孩。他轻声说：“我刚才得知你还活着，我好怕你一辈子都知道我们，却不想找我妈，不想找我，我怕这只是你临终之时想见见我们的自私心愿……那我真的会恨你一辈子！”

周建国老爷子的眼泪就如同山洪一般，完全止不住了。

陈冰脸上也都是泪水，他看老大爷愣住了，显然是一时不知道儿子是什么意思，到底是原谅他了还是在抱怨。他上前推了一把老大爷，带着笑意和泪意说：“还等什么啊老爷子，快抱抱您儿子啊！”

难道还等傲娇的周爷爷自己说“爸，您能抱一下我吗”？这倔老头只怕憋到死都不会说出这种直白的话，哪怕他非常想，可能想了一辈子！

周建国老爷子全身一颤，猛地大步走过去，一把抱住了头发花白、老迈的儿子，大声说：“儿子，这么多年，你是好样的！你撑起了一个家，是个真正的男子汉！爹以你为傲！”

周爱国哭出声来。在父亲面前，他终于可以痛陈这些年的心酸，终于可以从一家之主变成那个哭着喊痛的孩子。

俗语说“父母是横隔在死神与我们之间的墙壁”，又说“只要父母还在，你就可以永远是孩子”，周爱国一生艰辛痛苦，从未有过正常的童年，而在这一刻，在他白发苍苍的时候，他终于成了一个孩子。

他躲在父亲的怀里哭泣，就像是天要塌下来一般，他娇气又幼稚，带着软弱的泪。

可是没关系，他有爸爸了。他会如同一座山一样挡在他的头上，让他放心软弱，放心号啕大哭。

“太爷爷、爷爷！”周楠楠看得大哭，拉着她爸周华也走过去，一家人抱在了一起。

时隔六十几年，天各一方的家人们在这一刻，在这间简陋破旧的房子里相拥而泣，以泪水来庆祝这跨越千山万水的重逢。

时间嘲弄我们、击打我们，时间如烈火一般炙烤我们，有些人在这烈火之中破裂死去，而有些人铁骨铮铮，熬过那些艰辛痛苦，被锻造成了华美的瓷。

伤口随着时间变成流光溢彩的花纹，都是时间给我们的馈赠。

这是一个人，对时间最好的回答。

8

“小冰，来，给老爷子我包一束红玫瑰，要九十九朵啊！”

大早上的，“百草堂”就来了大生意。

“好嘞，是去看陈奶奶吧？”陈冰笑着回答，手上动作不停，开始迅速包起花来。

周建国老爷子可算是他最近唯一的大财主了。这位老爷子最近天天买花，而且全是红玫瑰，每天九十九朵，然后由重孙女骑车带着去梨花山公墓，去看他媳妇儿。

这是最后一天了，明天，老爷子就要带着孩子们离开了。

这也是很正常的，周楠楠要上大学，而老爷子在京市住了一辈子，那边医疗条件比较好，一家人想团聚在一起，自然是看老人家的情况。

最主要是一直追着老爷子跑的人也终于追到了这里，是老爷子收养的战友的孩子。

两方人马一见面，周爱国那几天都十分暴躁，他爹居然收养了别人的儿子，给别人当爹！傲娇的周爷爷每天都在给他爹找麻烦，但是周建国老爷子的心态仿佛老来得幼子，不但不觉得麻烦，反而每天乐呵呵的。

至于他收养的那孩子，觉得周爷爷委屈了这么多年不容易，便每天带着儿子顺着他来，家里可算是十分热闹，闹出不少好玩的事情。

最终决定举家上京也是因为周爱国觉得他不去便宜这个义弟了，他的爹，他要霸占!

于是这事儿就这么定了下来。

明天要走了，周建国老爷子十分不舍，但是眉眼之间又带着几分人逢喜事精神爽的希望。

他抱着一束玫瑰花，对陈冰笑了一下，轻声说："小冰，老头我最感谢的就是你了，以后遇到什么难事儿，记得给爷爷打电话。"

"我能遇到什么难事儿，您老别瞎操心了啊，以后就开开心心和家里人一起过日子，改天回来，我再带您去逛咱们关南！"陈冰笑着与老人道别。

老爷子转身出去，怀里抱着一捧巨大的玫瑰，他似乎想在这几天，把那些年少时候没送出去的花全部补上。

如那些无法补上的爱语。

他们之间可以说是造化弄人，可以说是天不从人愿，可以说是有情人为天困，但是不能说谁对不起谁。

他们都做得太好了，在未曾见面的大半生里，他们一定也曾遇到过更好的人，但是他们在毫无希望的日子里，依然做到了当初年少时许下的诺言——一生一世一双人。

我只有你，你只有我，哪怕乾坤颠倒、沧海桑田，哪怕时局变幻、烽火连天。

心中挚爱，不为外物所移。

如红玫瑰的花语，一生挚爱。

他们的爱情是这滚滚红尘之中，大多数人都做不到的奇迹。

陈冰相信，就算当年的黑皮小子没有钱为她送上一朵红玫瑰，陈奶奶也一定是知道当年那个周铁蛋对她多么深爱，所以才能在分开的那么多年里，一直坚信着这份爱，甚至只靠着这份爱和信念，独自养大了他们的孩子。

爱不只是火红的玫瑰可以表达。

在那个黝黑的小子偷偷揍每一个少女陈花的追求者的时候，在他搞到稀罕的吃食揣在怀里悄悄拉着女孩在角落分吃的时候，在他临走的时候把全部身家都塞给女孩生怕她活不下去的时候，在他求着村里女孩照顾着点儿陈花的时候……那些爱就是火热的玫瑰啊，早已经随着这些细节，递到了女孩的手中。

她早就收到了他的鲜花，只是那个蠢小子不懂而已。

尾声

风起来了，关南的夏天真长啊，像是永远不会结束一样，就如那些恒久的、跨越时间与空间都无法磨灭的爱，都是那么美好的存在啊！

白发的老人已经走出了花店，怀里抱着一大束鲜花，而陈冰似乎看到了，白发的老人拿起那束火红的玫瑰，递给了面前温婉如同江南烟雨的女人。

你看，我真挚热烈的爱，跨越六七十个春夏秋冬，终于还是递给你了。

你收到了吗，我的爱人？

第三章

向日葵

XIANG RI KUI

向日葵，又名朝阳花，是菊科、向日葵属的植物，一年生，最高可达九米，主要生长区域为草原或开阔干燥地区。果实可食用，花穗、茎秆可做饲料及工业原料，综合利用性强。

花语：光辉、高傲、沉默的爱、忠诚。

1

陈冰路过巷子口的时候，完全没想到自己会被打劫，还是被条狗打劫。

说出去谁信！

可这是真事儿。

那天陈冰骑着电动车，车把上挂着他才买的烧鹅，香味随风飘散八百米。他一边陶醉地吸着烧鹅的香气，一边满口口水地想着赶紧回家，然后好好享用烧鹅。

就在这个时候，陈冰突然发现巷子里有只很大的黑背犬。这狗皮毛油亮，满身腱子肉，看着英武又吓人，它蹲坐在路边，和隔壁路过的拿着烤肠的小男孩看上去差不多高。

当时陈冰还有些担心这狗很凶，吓到开开心心举着烤肠的小男孩。因为他看得出来，这狗很饿，看着那烤肠一脸想吃的表情。

就在陈冰担心小孩被打劫的时候，令他震惊的一幕出现了！

小男孩路过大黑背，居然不知道轻重地主动停下来，转身奶声奶气地惊呼："大狗狗！"然后伸出小手、踮着脚去摸这黑背的大脑袋。

陈冰一颗心提到了嗓子眼，结果下一秒，那一身彪悍之气、神色严肃的黑背居然主动低下头，化身乖巧的大布娃娃，给小孩子摸头。

陈冰一颗心瞬间归位，露出了笑容。这狗训练得真好，脾气真温驯，应该是附近人家养的吧？

见小男孩举着烤肠摇摇摆摆地走进了巷子里的一户民居，陈冰放下心来，骑着电动车打算跟着从这条巷子穿过去，然后他就被这狗盯上了！

和刚才面对小男孩的态度完全不一样，这狗耸了耸鼻子，大约是嗅到了陈冰车上烧鹅的味道，突然就抖抖油光水滑的皮毛，站起身，拦在陈冰车前一步一步向他逼近，肌肉线条十分流畅。

“你干啥？不是吧，刚才你在小孩面前那么乖巧听话，转头就来打劫我？！”陈冰觉得这狗简直不可思议。它这是干啥，道德标准这么高，居然还知道不劫弱小吗？

可是不管陈冰怎么惊叹，这巨大的黑背严肃着一张脸、满身腱子肉地一步步走过来的样子实在是可怕，他感觉不像是面对狗狗，倒像是面对什么狼之类的野兽一样，背上的汗瞬间就冒了出来。

“算老子倒霉！”最后，陈冰顶不住黑背这股气势，只得丢下这么一句话，把自己特地从江边打包买来的烧鹅一把扯下来往地上一丢。

果然，黑背走过去慢悠悠地开始吃，吃之前还鄙视地看他一眼，人性十足，气得陈冰简直想捶胸顿足。

可他没有办法，只能心疼地看了烧鹅两眼，恨恨地骑着电动车回去了。

他的烧鹅，他花了七十块钱巨款买回来打算改善伙食的鲁记烧鹅！

陈冰带着心疼和不舍回到家，都不知道跟谁吐槽他居然被狗打劫了，却没想到，这打劫……只是一个开始。

两天之后，大半夜的，陈冰突然听到窸窸窣窣的声音从客厅里面传出来。

他这间营业额艰难维持在三千左右的小破花店居然也有贼惦记？！

这一瞬间，陈冰内心涌起的竟然不是对贼的恐惧和慌张，而是一股狂怒。

如果硬要打个比方的话，就是那种穷到极限，手里只剩下一个馒头，这时对面走过来一人要打劫你时那种暴跳如雷的心情。

反了天了！前几天买的烧鹅还没吃到嘴就被迫全喂了狗不说，这几天都恨不得一块钱当十块钱用，就为了攒钱买点儿好吃的，他都这么惨了，居然还有贼要偷他！

陈冰怒从心底起恶向胆边生，抓起床头一个羽毛球拍就悄悄从卧室里走出来，打算跟那个贼拼了。

他摸出卧室走到客厅，就看到一团巨大的黑影，而那黑影居然不是在翻抽屉找值钱的东西，而是正鬼鬼祟祟地偷吃陈冰放在茶几上的剩菜——这小偷还挺会吃，居然挑的是陈冰特地留下来明天中午加餐的烧鸡！

陈冰这下更不乐意了，他闭了闭眼睛猛地打开灯，准备杀这个黑影一个措手不及，同时口里冷冷地说:“哥们儿，这大晚上的……妈呀，你哪儿来的？！”

原本打算冷嘲热讽加上武力威胁，结果灯打开一看清楚，陈冰顿时就吓得连手里的羽毛球拍都差点儿没拿稳。

不能怪陈冰大惊小怪，实在是这大晚上潜入的不是贼……不对，贼还是贼，但是这个贼不是个人，它是只狗！还是一只皮毛油光水滑，英俊严肃得一塌糊涂的……黑背。

黑背本来就是大型犬，这只更是十分壮硕，走动的时候肌肉线条明显流畅，一看就知道不是个好相与的家伙。

要是真的对上一个小偷小摸的贼都还好，但是这大型犬陈冰还真有点儿怵了。他吓得往后退了几步，把羽毛球拍横在自己的胸前做出戒备的姿势，心里想着到底是先逃出门去还是躲回房间。

陈冰满脑子都是问号，他定睛一看，那黑背居然以毫不掩饰的嘲讽眼神打量了一下自己，发现他不是个威胁后又转过身，好整以暇地吃起剩下的那半只烧鸡来。

黑背吃得十分香甜，而陈冰觉得有种淡淡的被鄙视的感觉。他看着黑背英俊的面容和贱脾气，突然更怒了——这不是前几天在江边巷子那儿打劫他烧鹅的那只黑背吗？

这狗是盯上他了吗？！

“喂，你到底谁家的啊？”陈冰这会儿倒是不怕这黑背了。

这狗长得十分凶悍，但是仔细观察一下就会发现这狗大约是有人养的，都快成精了，聪明得很，还挑食得厉害，吃烧鸡都避过旁边那份炒胡萝卜，一看就知道不是外面那种流浪狗。

陈冰试探着靠近它，发现这黑背虽然似乎有点儿鄙视他，但是却没什么攻击性，只是在陈冰的手伸过去的时候十分高冷地伸出大爪子，一爪把陈冰的手给踩在桌上——这是不给摸的意思。

一副骄傲尊贵的样子，偏生一身毛又厚又亮，看得人眼馋得狠。哪有人类能抗拒这种毛茸茸的诱惑？

陈冰也不能免俗，可尽管他垂涎三尺，这黑背就是不给面子，一下也不让他摸。

陈冰试探了好几次都折戟，困意实在上来了，他伸了个懒腰，对着黑背说：“行吧，大哥，你吃饱了就赶紧回家去。求求你下次别偷吃我的口粮了，要不你换着来，我给你介绍我们隔壁，那里都是江边别墅，都是有钱人，比我这儿好多了！”说完，陈冰也不管这只狗了，伸着懒腰去补觉了。

他没看到的是，背后那黑背扑扇了一下耳朵，很有灵性地歪头看了会儿，然后跳上沙发，团成一个圈，就这么闭上眼睛睡了。

陈冰这一觉睡醒，才发现他家就这么多了一个钉子户。

陈冰一大早接花店的货，来来去去地干活，小孩一般高大的黑背就趴在门口看着，像是认准了陈冰这儿一样一点儿也不挪窝，倒像是在看店子一样。

“小冰，这狗来富，你是要发了，所以招狗！”

陈冰脑袋疼，他对旁边搭话的杂货店老板娘高姐说：“它这么大，我怕吓得客人不敢上门啊，而且我哪里有钱养它啊！”

虽然陈冰喜欢猫狗，小时候家里还养过一只叫“皮蛋”的大黄猫，但是黑背可不是一般的狗，这狗一天的伙食费只怕比他都多，他肯定养不起。

然而黑背虽然听着他的话翻着小白眼，却硬是不肯走——陈冰狠下心轰它走，它不叫也不装可怜，就一直蹲在门口。

陈冰到底是舍不得打一只无辜的小动物，最后只能捏着鼻子让它躺屋里，别吓着小孩。

这狗就这么留下了。

伙食费是真的惊人，陈冰买便宜的肝脏和下水给它煮狗饭吃，它一顿能吃一大盆。但是有个好处就是自从陈冰接纳它之后，黑背就给摸了。

不过它给陈冰开放抚摸的地方有限，只有脑袋和背，脖子是不许摸的，肚皮更是想都别想。

陈冰试了无数次，黑背十分警惕，每次都能在他探出罪恶之爪的时候伸出大爪子拍飞他。陈冰试多了就知道没希望，只能放弃了。

陈冰感觉自己很卑微，但是他就是没出息的“毛绒控”，只能一边卑微一边委屈撸毛。

“小黑啊小黑，你之前的主人到底是哪里的啊，你是怎么跑到我这儿来的呢？”

“小黑”是陈冰给狗取的名字，陈冰喊这个名字时，它心情好也搭理一下，心情不好就扇扇耳朵假装没听到。这会儿大概是陈冰说到它不想面对的话题了，它扇扇耳朵，继续闭着眼睛，享受陈冰给它摸背。

这狗训练得太好了，这么大一只，做事却极有分寸，很快就在桃花井社区打响了名号，如今连小孩都不怕它了。

隔壁高妞妞才五岁，每天从幼儿园回来的第一件事就是来陈冰家的“百草堂”花店看小黑，摸摸小黑的鼻子和大脑袋，才恋恋不舍地回去洗手吃饭。

大人就更不用说了，年纪大一些的街坊叔伯都说这狗是狗王，灵性得很，甚至还有人当着陈冰的面用牛肉诱惑小黑，说想带小黑回家去，弄得陈冰哭笑不得。

而从部队退役的小刘特地跟陈冰说，这黑背感觉训练有素，怕不是专门训过，一般的狗再机灵，身上也没有这种彪悍之气。

不过这些陈冰其实都不在意，倒是小刘最后说的那番话，让他有点儿上心。小刘说，小黑看着健壮，但其实已经是一只老狗了，它的鼻尖四周毛色很浅，看着至少有七八岁。

小刘在退伍之前就是专门养军犬的兵，他说的话可信度很高，陈冰听着就越发在意。他犹豫了很久，想着这要真的是军犬，怎么会突然到他家里赖着不走了？可是要不是军犬，这狗一身的彪悍之气，又特别精神、特别通人性，实在不像是一般的宠物狗。

这就像是受过训练的军人一样，哪怕是经常去健身房锻炼的人，气质也绝对比不上军人。

陈冰想不通，但又怕真是走失的军犬，于是打电话给派出所。派出所那边查了几天告诉他，关南市这边没有军犬走失，让他放心。

陈冰还用自家花店的官方社交账号发了一张小黑的照片，然后写“寻找主人”，可惜一直没有人联系他。

陈冰一开始还在努力找小黑的主人，后来和小黑朝夕相处，你糙我也糙，洗澡一起洗，饭桌上你吃一口我吃一口，晚上睡觉陈冰一半小黑四仰八叉地睡一半……时间久了，一人一狗的感情越来越好，陈冰甚至觉得跟小黑恨不得是拜把子兄弟了，也就没再想过找小黑的主人了。

陈冰想着可能是大家误会了，也许小黑就是受过训练的走失宠物犬，既然没有人要，那就是缘分，他就养着呗，虽然小黑除了洗澡还是不给他摸脑袋和背以外的地方，对他这个主人还没有对高妞妞一干小孩一半亲切。

小孩子们怎么逗小黑都不生气，甚至还翻肚皮给高妞妞摸，高妞妞拿着花店里的花给小黑顶着它都能乖乖配合……一系列差别待遇让陈冰十分妒忌，但是如今小黑是他的狗了，他总有一天能撸到小黑软绵绵的肚皮！陈冰心中涌起豪情壮志。

这心里一定，日子就越发安稳，小黑每天跟着进进出出的，桃花井社区的人们已经彻底习惯了小黑的存在。

大早上陈冰犯懒不想去买早餐，众人就会看到一只大黑狗叼着个篮子到米粉店门口排队，所有人都习以为常地打着哈欠，还有人跟大黑狗打招呼："哟，小黑，又是你买早餐啊！"

小黑就很英俊靠谱地点点头跟人家打招呼。

轮到它的时候，米粉店的老板就会问它："小黑，两碗麻辣牛肉粉，一碗不放辣多放肉丝哦？"

小黑就伸着脑袋让这米粉店的老板娘拿篮子取走里面的钱，然后看着两碗米粉放到篮子里面，再叼着一路走回去。

一开始还有人逗它，拿了钱不给米粉或者只给一碗，小黑也不凶人家，就突然站起来趴在收银台上对着人家看，龇着牙一副要吓人的样子，店家一给它就乖了，让所有人都大笑出声，都说小黑真的聪明。

日子久了，陈冰越来越懒，渐渐早饭是小黑买，菜也是小黑买。大家都羡慕陈冰，这小黑都顶得上个干活的人了。

陈冰这日子过得舒坦，直到过了两个多月，在某个晚上起床尿尿的时候发现小黑不见了，没睡在床上也不在客厅。陈冰吓得瞌睡都没了，找了一圈才发现，小黑真的彻底消失了！

2

难道是把小黑压迫得太狠了所以它打算抛弃我这个懒货主人，再换一个家骗吃骗喝？陈冰顿时开始自我反思。

一晚上没睡好，天色泛鱼肚白的时候，陈冰听到客厅传来动静，他悄悄地顺着没关紧的房门一看，就看到小黑极其矫健地顺着围墙从外面纵身跃进来，然后悄无声息地摸黑进门，进了房间，跳上床蜷着睡了。

跟做贼一样，这狗难不成还有秘密？

白天，陈冰嗑着瓜子偷看盘在花店墙角补觉的小黑，心中疑惑重重，这狗大晚上出去干啥呢？

他打着哈欠，想了半天又觉得自己十分无聊，还不兴人家大晚上出门去找女朋友吗？万一是看上哪家的美貌小母狗了呢？他这神神道道的，显然是最近生意太不好无聊了，居然都开始过问一只狗的私生活了！

陈冰边嗑着瓜子边看电视，自我反省了好久，没一会儿就有生意上门，一天的营业开始了，彻底让陈冰把胡思乱想丢在了脑后。

只是这一晚上两晚上就算了，他发现小黑连续一个星期都半夜准点出门，然后凌晨五点多回来。这下，陈冰彻底地燃起了好奇心！

行吧，就算是自己变态吧。陈冰想，他还非得要搞清楚是哪里的漂亮小母狗，居然把小黑迷得天天晚上夜不归宿！

当然，最主要的是陈冰担心这狗不会是白天在自己这儿骗吃、骗喝、骗感情，晚上还有另一个家回去睡觉吧？！

可别说，新闻里还真报道过这种狗，一只狗吃两家饭，午饭在一家吃，晚饭在另一家吃，可谓是狗中花心大萝卜。

小黑，你要是这种花心狗，我、我就、我就跟你主人举报你！陈冰在寒风中暗暗想着，眼神坚毅。

没错，这天大晚上的，陈冰居然在跟踪自己家的狗。

这要是老陈在，肯定又是那副阴阳怪气的样子夸奖他了："行啊陈冰，越来越有出息了啊！"

但是陈冰可顾不上那些，他远远地跟在小黑后面，只觉得十分刺激。小黑太机警，而狗的听觉、嗅觉本身就比人类好很多，陈冰骑着电动车跟得很远很远，甚至连续好几个晚上跟丢，最终花了一个多星期才彻底搞清楚小黑每天晚上去的地方——江边一个非常偏僻的棚户区。

那里人员复杂又流动性极强，住在那里的人基本上都是外来人士，并且还有一些无业人员，总之，正常的市民一般都不会去那个地方。如今关南要做整改，那地方已经确定将要重新规划成为新区，到时候这群人都要被疏散，所以已经有一些人早早找到地方搬走了。

小黑一只狗来这地方干吗？

陈冰跟踪成功的这晚上，瞪大眼睛看了大半夜，就看到小黑远远地蹲坐在小土坡上，一直深沉地看着那片棚户区，仿佛电影里面的一帧剪影一样。

陈冰越看越迷糊，完全搞不懂小黑到底在干吗，它天天晚上跑来这个地方，就为了远远地看着这棚户区？这是图什么啊！

等了一晚上都没等到小黑召唤小母狗，确定了它真的只是围观棚户区，陈冰彻底迷茫了。

第二天，他一边打着哈欠一边在心里唾弃自己神经病，跟踪一只狗跟踪了十来天，就为了弄清楚大晚上的狗在干啥！

而且不知道是不是错觉，陈冰总觉得小黑知道他在跟踪它，早上看到陈冰打哈欠的时候，小黑的眼神里面写满了赤裸裸的嘲讽。

陈冰安慰自己，一定是错觉，一定是自己想太多了。

“冰儿啊，你这几天怎么回事，怎么一天天的一副睡不饱的样子啊？”隔壁的高婶偶尔到花店里来串门，一般都是家里做了好吃的给陈冰捎带一小碗，或是买了什么水果、副食吃不完匀一点儿给陈冰，中间还会夹杂着唠一下最近的生活。

陈冰这时候就会挑几枝不能再放的鲜花给高婶，让她带回去插在结账台前赏心悦目一下。

这都是老社区习以为常的邻居情谊，讲究的是一个你来我往的情分，要是真的拿了特别好的，人家还不收呢。

“最近没睡好。”陈冰这会儿打起精神，给高婶挑了几枝没卖完的满天星，中间夹了一枝还能放一周左右的绣球花。

他顺便又给高婶带着的高妞妞递一枝还能开个几天的向日葵，小姑娘两手握着巨大的向日葵花，像是打着一把小伞一样，看着人心都化了。

高妞妞最喜欢的就是像小太阳一样暖黄色的向日葵，小黑不知为何也十分喜欢这花，此刻看到高妞妞拿花逗它，罕见地摇着尾巴舔高妞妞，把小姑娘逗得开心直笑。

而高婶他们这个年纪的人，喜欢的就是一个艳丽锦绣，看到绣球花就十分开心，接过来眉飞色舞地说："你最近可小心点儿啊，听说最近小偷多，快入冬了，贼都要冲业绩过年了哟！"

"那倒是！"陈冰点头，十分赞同地说，"过年前三个月最猖狂！"

"去年老周家不是就进贼了吗，你小周婶丢了一对金耳环，足足五克重，两千多块钱呢！她今年家里就装了防盗网了！"高婶说到这个就眉飞色舞，一迭声讲述小周婶子当时的抓狂和号啕大哭。

陈冰还真记得，去年这时候他刚好回来过寒假，大早上就听到小周婶举着自家的锅盖和一个铁锤，一边像敲着号令天下的锣鼓一样敲打锅盖，一边疯狂辱骂小偷。

这事儿其他地方的人听着估计觉得十分不可思议，弄丢了东西不是应该马上报警吗？敲锣打鼓地骂人除了发泄怒火又能顶什么用呢？

但是在桃花井，这还真是再正常不过的事情。

桃花井的人都是市井人，平常什么都不讲究，就讲究一个痛快，往小了说就是我开心那所有事情都好说，我要是不开心那就对不起了，全世界都得先给我的脾气让路。所以小周婶丢了东西，敲锣打鼓地骂三天贼，在外人看起来十分奇怪，搁在外面小区估计物业都要收到投诉，但是在桃花井，所有人都在旁边看热闹，跟小周婶玩得好的人还给鼓掌喝彩，整得像是演出一样热闹，过后大半年，还能拿来当茶余饭后的话题。

高婶眉飞色舞地说了半天，才意犹未尽地再次叮嘱陈冰："你注意点儿啊，最近大家都在防备小偷呐，今年可不能再让他们偷走东西了！"

“好，高婶你放心，我这屋子除了花，贼来了也没别的偷！”陈冰哈哈地笑着和高婶打招呼，心里一点儿都不担心自己遭贼的事儿。

他没想到，过了几天，他就被人追上门了——他家出了家贼了，还是“狗”赃俱获的那种！

3

家贼被抓住的时候垂头丧气，表情里透出一股子心虚来，两只又大又精神的耳朵第一次趴了下来，显然也明白自己给陈冰惹麻烦了。

“你真的要管管小黑了啊小冰，小黑最近性子变野了！”

“是啊，大马路上的它对着妞妞她们叫，把小孩都吓哭了！”

……

邻居们显然也被吓到了，还有点儿生气，堵在花店七嘴八舌地让陈冰给个说法，又指着小黑说它闯的祸。

一旁的高妞妞眼睛红红的，肉乎乎的小拳头还在揉眼睛，显然刚刚才哭过一场。

陈冰听着街坊们的话，半天才弄明白，原来是小黑今天在桃花井社区外头的大街上遛弯，恰好就看到妞妞跟奶奶一起回来，不知道为什么，它突然就冲过去对着高奶奶和高妞妞大叫起来，把所有人都吓了一跳，赶忙护着小孩回来。小黑气势汹汹地跟了一路，到了门口才自己溜回花店。

“这、这怎么可能啊，小黑不是跟妞妞关系最好的吗？”陈冰听着都觉得匪夷所思。

要说小黑凶孙家那两个没事撩闲揪狗耳朵的双胞胎，陈冰是信的，但是高妞妞可是小黑最喜欢的小孩，小姑娘在小黑这里可是最高待遇，连肚皮都会翻起来给摸的那种！陈冰至今都没这种待遇呢。所以要说别的他信，可是说小黑凶妞妞，陈冰是真的不信。

“是真的啊，小黑今天凶死了，吓人得很！”高奶奶是当事人，她没事也不可能冤枉小黑。何况一同接孙子孙女回来的几个奶奶都是这么说，显然这话不可能作假。

陈冰看着小黑，只见小黑垂着耳朵，黑黑的大眼睛看着他，显然是心虚了。

“小黑不可能突然发脾气。”倒是旁边的小刘开口了，他在部队养过狗，比较有经验，这会儿看着小黑一脸的若有所思，半晌说，“是不是没绝育，小黑有点儿躁动啊？”

“哈？”陈冰完全没想到这个，他看了看小黑，又看了看小刘，疑惑地问，“……绝育？”

“对对，冰儿啊，你别怪奶奶说话不好听，你看看妞妞都被吓得哭成什么样子了！你家小黑这么大，你要是不管好它，那别怪奶奶到时候不顾这么多年的情分啊！”

小黑平日看着脾气好、十分通人性，一严肃起来展露出攻击性，众人才发现小黑其实十分可怕，高奶奶显然是被吓坏了，说话也没有顾忌，脸上也没什么好脸色。

跟着高奶奶一起的几个老人也搭腔，直说小黑是个祸害，甚至劝陈冰快扔了小黑。

“我明天就带它去兽医那里问问，看看是不是需要绝育。这几天我保证看好它！”陈冰连连保证，好不容易才让这些奶奶消了怒火，高奶奶这才抱着哭得打嗝的高妞妞回家了。

趴在地上的小黑好像听懂了什么，尾巴一夹，英俊的狗脸上第一次出现了惊恐。

第二天早上，陈冰一起床，就看到小黑鬼鬼祟祟地踮着大爪子在走路，已经悄无声息地走到门口，显然是想偷偷溜掉……

“小黑！”陈冰提高声音一喊。

小黑一个哆嗦，猛地放开四爪，疯狂奔跑起来！

陈冰猛地一个鹞子翻身，穿着一身睡衣疯狂去追！

“小黑，不许跑！”

小黑跑得飞快，可惜不熟悉地形，花店里花和盆盆罐罐又比较多，阻碍了小黑的速度，陈冰终于在大门口一把薅住了小黑的大尾巴，逮住了畏罪潜逃的小黑。

陈冰邪恶一笑，要不是长得浓眉大眼，看上去绝对像是电视里的反派，他揪住小黑的后脖子说：“跑什么跑，今儿必须得跟我去咨询一下绝育的事情，反了天了，你居然敢吓人！”

其实陈冰还是觉得这事儿只怕有什么误会，小黑十分通人性，又那么喜欢高妞妞，怎么可能突然吼高妞妞？但是昨天大家都太生气了，而且万一小黑真的是身体有什么问题才躁动呢？所以陈冰最终还是决定去找兽医看一看，解决这个隐患。

“嗷呜嗷呜！”小黑英雄落难，急得直叫。

两人闹成一团的时候，陈冰突然听到高叔的声音。

高叔是高妞妞的爸爸，是个做体力活的，说话声音十分洪亮，正常的一个招呼也好像在喊一样，他大声跟陈冰打招呼：“冰儿，你快来，高叔来给小黑道谢了！”

陈冰一下子愣住了，他茫然地想，高叔这是不是说反话故意怼他？

他带着小黑走到花店门口，就看到高叔带着高奶奶、高婶和高妞妞，一家人全部都来了。

“怎么回事啊？”陈冰看见他们居然还带着大包小包，里面不是猪下水就是猪排骨，还有大块大块新鲜的肉，像是搬来了半头猪，顿时更迷惑了。

陈冰的迷惑很快得到了解答，高叔是个爽快人，他开口就说：“这些都是买给小黑的，冰儿啊，你一定要收着。你不知道，小黑昨儿是救了我们一家的命了！”

高叔擦了擦汗，把肉全部放在地上，竟然是完全不让陈冰拒绝的架势。

陈冰只觉得奇怪，等高叔和高奶奶一通话说罢他才明白，昨儿桃花井隔壁的社区出大事了，两个放学走路回家的小学生不见了，家长连夜报警查了监控，只看到两个小孩是跟着路边的中年女人走了。

而哭得打嗝的高妞妞今天睡了一觉才平静下来，小姑娘太小了，说话都有些混乱，昨天吓到忘记了，今天一看到新闻就突然指着电视说："小黑哥哥昨天吼的是这个阿姨！阿姨昨天要带我去吃冰激凌！"

一家人顿时被吓到了，连番细致地追问下来，才知道昨天小黑突然吼人的真相。

原来当时高奶奶就在桃花井社区门口和几个老姐妹聊天，一群老人没什么戒心，聊天的时候不免就没怎么关注小孩，而小黑当时遛弯回来的时候，正看到高妞妞被那个陌生阿姨半强迫拉着，懵懂地跟着阿姨去吃冰激凌。

也就是说，昨儿高妞妞遇到人贩子了！人贩子还下手了！要不是小黑，今儿失踪的小孩就要加上高妞妞了！

陈冰听着也吓了一跳，他赶紧问："失踪了几个小孩？找到人了没啊？"

"我只知道隔壁失踪了两个。警方说这帮人是流窜作案，好像是路过C市的，但是那帮人又贼又狠，抓到这个女人估计也找不到孩子了，这帮天杀的转手就会把孩子直接卖出去，他们自己都不知道孩子最后的去向……"高叔说起来也是咬牙切齿，他是有小孩的人，平日最恨的就是这帮拐卖孩子的人渣。

陈冰听着也觉得唏嘘，这世界上坏人很多，但是专门盯着孩子的人也算是坏人中最为人所不齿的一类人了，这帮人可谓是丧尽天良，完全是行走在人间的恶鬼。哪家稍微一个不醒神，小孩被拐走，不但小孩不知道要遭多少罪，大人更是一辈子都要受到内心的折磨，多少家庭就是因为这些人最终家破人亡。

"幸亏昨天咱们小黑机灵，救了妞妞的命了！"高奶奶昨天骂得凶，今天却完全是一副感激涕零的样子。老人家说着都后怕，感动地蹲下来摸着小黑的脑袋，眼圈有点儿红，认认真真地说："小黑啊，是奶奶老糊涂，昨天冤枉你了，你别跟奶奶置气。你多吃点儿肉长壮一点儿，看你瘦的，不够奶奶再给你买哦！

冰儿，你可记得给我们小黑吃哦！”

后面那句话是叮嘱陈冰的，显然从今儿起，小黑的待遇就超过陈冰这个从小被高奶奶看着长大的小辈了。

这老人家心里一爱护起人来，也是真的十分盲目，小黑那一身腱子肉，被高妞妞抱着喊“谢谢小黑哥哥”的时候还得微微趴下来点儿才能让小姑娘刚好抱住，高奶奶居然还一脸怜爱地说它太瘦了，真是令陈冰叹为观止。

之前的事果然是个误会，小黑还保护了小孩，陈冰顿时松了一口气。

“成，我一会儿就给小黑做！”陈冰知道他们是真心感激小黑、要给小黑加餐，也就笑着答应了下来。

高叔和高奶奶把东西送到，又聊了一会儿天，这才打算离开。临走时，大概也是为了感谢陈冰，高叔非要掏钱买一束花，他爽朗地说：“昨儿家里人都吓坏了，冰儿你给我搞点儿喜气的花儿，我摆在家里去去晦气！”

高叔是照顾生意，偏说得让人无法拒绝，陈冰心里有点儿熨帖，不好意思拒绝这些长辈的好意，干脆地说：“那就摆点儿向日葵吧，这个花儿摆在室内颜色最亮眼，看到了就心情好！”

高妞妞最喜欢这种明媚阳光的花，平日来花店最喜欢抓着这花儿玩，给小黑戴花扮家家之类的。

陈冰包了一大束给两人，收了个折扣价，这才送他们离开。

转头陈冰就笑喷了，原来刚才妞妞为了感谢小黑哥哥，又给小黑哥哥装扮了一番，此刻小黑一身黝黑的皮毛闪亮亮的，趴在那儿一身腱子肉，但是脑袋上顶着个巨大的向日葵。大约是从陈冰搭配的花束之中寻找到的灵感，妞妞还给它爪子上放了一堆粉百合，当然更多的是小姑娘最喜欢的金灿灿向日葵，连背上都被放了十几枝。

小黑被没入了金色和粉色的花海之中，仿佛猛男戴花一般，加上一脸无奈的表情，看着就十分搞笑。

陈冰觉得特别有意思，“咔擦”给小黑拍了张照片，然后给小黑看：“老祖宗说鲜花配美人，你这是鲜花配靓仔，哈哈哈，怎么这么好笑！”

小黑伸头过来认认真真看了一眼，闭上眼睛拒绝再看，又从鼻子里喷了一口气，仿佛在无奈叹气一样。

陈冰笑着起身给它炖肉吃。

那几天，小黑吃得满嘴流油，整个体态看上去更加健壮俊朗。陈冰偶尔从送它的肉里切点儿边角料给自己炒肉末茄子之类的吃吃，小黑也假装没看到他的猥琐行径，只是用鄙视的眼神看他一眼，算是默许了陈冰的蹭饭行为。

一人一狗就这么在桃花井闲散地过着，结果冰箱里的肉还没吃完，小黑又失踪了，不是大晚上偷跑，是第二天还没回来，真正地失去了踪迹。

4

陈冰一开始还以为小黑又去幽会了。

他曾经无聊地跟踪小黑十几个夜晚，知道小黑半夜偷跑出去就是为了去江边那个土坡那里远眺，知道了小黑是只无聊的狗。所以陈冰一开始压根儿没担心，隔壁高婶问起小黑今儿早上怎么没出来，他还笑嘻嘻地说它估计是去遛弯了。

结果到了中午小黑还没回来，陈冰顿时就有些担心了。

小黑是只生活极其有规律的狗，比陈冰的生活都有规律，陈冰经常感慨，小黑要是个人，肯定是个精英。它就算是去遛弯，中午之前肯定要回家，而且它巡视的地盘只有桃花井那么大，怎么也不可能一个上午还没回来。

陈冰心里有些慌，他实在是坐不住了，午饭都没吃就出门去找小黑，结果问了一圈，桃花井的人上午都没看到过小黑。

那它到底是去哪里了？

陈冰这下真的是六神无主了，他突然想起来他跟踪小黑去过的土坡，打算骑着电动车去那地方看看。可别是小黑昨天夜里跑出去的路上被车撞了或者是被偷狗的给抓走了！

陈冰心里急得跟油煎一样，飞快地往花店赶，回去骑上电动车，连花店门都没关，只匆匆跟高婶打了个招呼让她帮忙看着点儿，就一路往江边那个棚户区赶去。

陈冰一路上开得很慢，注意着路边有没有小黑的踪迹，偶尔还大喊两声，就这么一路赶到土坡，已经是下午太阳最烈的时候。他下了车就直接往土坡那里跑过去，就看到土坡上的杂草乱乱的，有被压倒过的痕迹，陈冰不确定是不是小黑，蹲下身拨开杂草，立刻发现一点儿浅浅的狗脚印。

是小黑！

昨天夜里下了一点儿小雨，土坡有些湿润，小黑的脚印还算清晰，陈冰看着，顿时就更担心了，昨天是怎么回事，小黑怎么来了这里就没回家？他左看右看，一路跟着脚印下了土坡，然而脚印上了马路就彻底失去了踪迹。

陈冰看着前方那乱七八糟的江边棚户区，皱起了眉。他心里沉甸甸的，这地方的人素质不高，若是昨天夜里小黑来这里玩，然后被这里的人看到，小黑那一身腱子肉怎么也有六七十斤，好这一口的人看到了小黑，那不就跟普通人在超市看到一大堆牛肉一样……想到小黑可能被人打了当肉炖了，陈冰顿时心里一紧，他站起身，咬牙就往城中村走。

他走得很慢，左顾右盼的，看上去十分鬼祟。但是陈冰顾不得了，生要见狗死要见尸，无论如何都要找到小黑，要是小黑只是受伤还好说，要是它真的被人打了吃了，今儿他可能就真的要和人打一架了。

只是陈冰万万没想到，他还没走到最里面，就突然看到前方不远处有三个和他神态极其相似的人，只是都不如陈冰高大，俱是矮小、相貌猥琐的样子。陈冰正想上去问问他们看没看到一只大黑狗，结果刚一打招呼，暗处就猛地冲出来一群穿着警服的人。

一米八五的陈冰还没来得及喊一句“警察叔叔我只是来找狗”就被按倒在地，疼得龇牙咧嘴，手直接被反着“咔咔”两声上了手铐。那一瞬间，陈冰微妙地感觉到了被捆着的猪的心情。

“长官，小哥，警察叔叔，我是来找狗的！”一路被押着走出去的时候，陈冰终于找到了机会开口解释。他觉得自己大概是运气不好，误入了什么执法现场，并且因为在偷看哪家有小黑的踪迹，形貌太过猥琐，所以才被误会了。

“有什么话局子里面去说！”警察冷哼一声，显然是不相信陈冰的话。

当然，主要还是因为每个被抓的人都在声嘶力竭地大喊“冤枉啊，警察乱抓人啊！救命啊”，吵得陈冰脑袋都疼。

“他们到底是干什么的啊兄弟？”陈冰上了车,忍不住问身边押解他的警察。

押解陈冰的是个脸嫩的警察，看上去和陈冰差不多大，不过二十三四岁的样子，但是气质很是精悍，陈冰对他感觉极其亲切。

“怎么,你自己干什么的你不知道？”只可惜警察小哥对他的感觉却十分差，他冷哼一声，嘲讽地说，“你这忘性可真是大。”

“我真不是和他们一起的！”陈冰觉得自己真的是冤枉，一路上絮絮叨叨说自己是来找狗的。

但是警察小哥对他的态度就是压根儿一个字都不信，押他下车的时候还跟朋友嘲讽地笑：“这个人是我最近见到最好笑的了，他说他在抓捕现场找狗！”

其他人顿时也露出嘲讽的笑来，一个上了点儿年纪的领队大声说：“你说这些人有手有脚，干什么事儿不好干这种丧天良的事情，现在知道编瞎话知道害怕了？晚了！都给我送去，一个个问，一定要问出那些受害者的下落！”

陈冰想说他真的是去找狗的，虽然这会儿他自己都觉得自己这理由有点儿匪夷所思，但问题是他就是这么倒霉不凑巧啊！

“警察叔叔你们相信我啊，我真的是好人，你摸我兜里的手机，对对，你看，锁屏就是我家狗，它昨晚跑出来了，我真的是来找它的啊！”

陈冰身边那警察听他吼得头疼，从兜里摸出他的手机，打算收缴起来，免得他继续鬼吼鬼叫，结果不小心按亮了屏幕，上面赫然是小黑被高妞妞盛装打扮之后的造型，一脸的坚强忍耐。

“警察叔叔你看，这就是我家小黑！”陈冰准备长篇大论地说服压根儿不信他的警察小哥，他担心他万一真的被拘留，到时候小黑真的被人炖了，那他就要哭了。

就在这个时候，一个精悍男人擦身而过，刚好看到了陈冰手机那亮起来的屏幕，突然停住失声说：“这是我的狗！”

陈冰顿时愣住了。

半小时之后，被查清籍贯就是关南，并且早上还在找狗的陈冰终于被取掉了手铐。他此时与小黑的主人在警察局面对面坐着，相顾无言。

没错，小黑的主人。

它真的是离家出走。

只是让陈冰没想到的是，小黑的离家出走与一般的狗走失或是迷路完全不一样。它是主动离开的，就如同它现在主动离开陈冰一样。

5

小黑的主人是个退伍军人。

他看上去十分憔悴，眼角发红，唇色发白，尽管脸色很差，看上去像是很久没有休息好，但他坐着的时候十分笔挺，看着仿佛一棵白杨树。

“我叫路杨。”路杨自我介绍，他就是小黑的原主人。

路杨和小黑是在他服役期间认识的。

路杨服役的地方是偏远的边疆地区，那里条件十分艰苦，而且常年要与一些凶恶的违法之徒斗争，十分危险。唯一庆幸的是路杨退役的时候，刚巧也到了小黑退役的时候。

那时候小黑七岁，本来还不到退役时间，但是因为受过伤，军医判定小黑身体超负荷，已经不适合艰苦的任务，于是当时和小黑搭档的路杨趁机打了报告，最终得到了抚养小黑的资格，带着小黑回到了老家。

回到老家之后，小黑和路杨都受到了家里的热烈欢迎，尤其是路杨的侄女路西西，更是和小黑迅速建立起了友情，小姑娘经常带着小黑在家门口玩耍。那时候路杨一家人都很开心，和小黑相处得极好。

说到这里，为了让陈冰相信，路杨拿出手机给陈冰看小黑和路西西的照片，小姑娘穿着花裙子站在向日葵前面，旁边的大黑背英俊又威风，满脸无奈地头顶着小姑娘给它戴着的巨大葵花。

陈冰瞬间就明白了小黑对小孩子的宽容，也明白了为什么高妞妞给它打扮时它虽然满脸无奈，但总是乖巧配合，和面对陈冰时那种不给撸的高冷和嘲讽完全像两只狗！

陈冰心里酸酸的，继续听路杨说。

路杨的表情从轻柔变得严肃起来，说："本来都好好的，只是后来……"

后来就出事儿了。

那天路西西正在家门口玩，嫂子在门口做针线活，而小黑就趴在门口睡觉。突然路杨的嫂子听到狗叫，跑出门的时候，就看到一辆面包车飞快从门口开走，而小黑似乎是被人打了一棍，凄惨地叫着，嗷嗷地冲那面包车大吼。

路杨的嫂子左右环顾没看到路西西，顿时就明白了什么，也撕心裂肺地喊着追那面包车。但是人怎么追得过车子，路杨的嫂子喊着亲朋好友一起追出去，连夜报警追查，依然没拦住那辆面包车。

路家当天乱成了一锅粥，等路杨下班回来找小黑的时候，突然发现小黑不见了。

"我一直在找刀锋，也在找我侄女。我听说拐走我家西西的人贩子出现在C市，可我嫂子因为西西的事情一直在生病，我哥要照顾她，所以我就赶紧请假赶来了。"路杨一口气说完。他显然是没看到网络上陈冰发布的小黑的信息，所以直到今天不小心看到陈冰手机上的照片，才得知刀锋也在C市。

陈冰敏锐地意识到了什么。他原以为小黑每天晚上做贼一样偷偷跑到江边那个棚户区远眺是在勾搭小母狗，但是如果小黑是退役军犬，那么有很大的可能，它是在盯梢！

“让我想想……这次警察抓人，抓的是人贩子吗？”陈冰开口问。

他突然想到了桃花井社区那次被小黑凶的人贩子。小黑一直都非常温和，突然那么凶地提醒高奶奶，有没有可能是它当时认出了人贩子？

陈冰把自己的推测一说，路杨就激动起来，他连声说：“刀锋是受过专业训练的，它一定是嗅出了人贩子的气味！你说它半夜失踪了？我有个猜想……刀锋可能是一路跟踪着那群人贩子，它现在没出现，有可能是在跟踪他们转移！”

这话一说，旁边的警察顿时就眼睛放光，连声问：“你确定吗？如果还有漏网之鱼，那你能找到小黑跟踪的痕迹吗？”

“可以！我小侄女不在被解救的小孩里面，他们一定是带着一部分小孩转移了，如果刀锋真的跟着他们，按照以前的受训习惯，它一定会沿途给人留记号！”路杨顿时也兴奋起来。

“我也要去！”陈冰不甘示弱，他咬牙说，“我是小黑的主人，我要带它回家。”

不管它是刀锋还是什么灵性的千里追凶的退役狗王，反正陈冰就记得它是自己的小黑，每天叼着篮子买米粉回家、吃着肉还能把陈冰特地掺进去的胡萝卜吐出来的小黑。

路杨闻声转头，陈冰和他对视，两人眼中噼里啪啦都是火光。

“你别闹，办案呢！”抓陈冰的警察小哥不耐烦极了，说什么也不肯让陈冰跟着去，路杨跟着是因为对方是受过训练能帮上忙的助力，陈冰去还真是没什么帮助。

“只要人贩子不出C市，我就能帮上忙！”陈冰赶紧开口，甚至拿出他以前遇到的绑架案来说，“你们别忘了前几年我被绑架过，城郊那一带我特别熟，尤其是一些工地和废旧厂子，我全部都踩过点，如果人贩子现在还没彻底离开

C 市，你们要搜查起来，带着我绝对有用！”

这倒是大实话，陈冰当年中二期爱作死，最爱的就是各种探险，半夜去城郊废弃的旧钢铁厂探险之类的事情没少做，还真是知道不少那些常人都不知道的地方。

最终陈冰还是跟着一起出发了，因为警方在 C 市部署了追缉拐卖团伙的关卡，考虑到这个因素，这帮人极有可能正潜伏在城郊，而且陈冰好歹也是个一米八几的大男人，关键时刻应该不会掉链子。

一行人就这么一路到了江边那个棚户区，路杨才找了一会儿就指出了小黑留下的信号。

众人顿时大喜，跟着路杨的指示，一路摩拳擦掌，直追而去。

只是后来陈冰回想起来，都不知道自己这时候做出跟着一起出发找小黑的决定，到底是对是错。

因为陈冰看到了让他难以忘怀的一幕，那一幕几乎灼伤他的视网膜，让他在接下来的大半年里总是做噩梦。

他看到小黑巨大的身躯挡在弱小的孩子们前方，龇牙咧嘴地对着人贩子大吼。

小黑从来没这么凶狠过，也从未这么狼狈过。

它满身是血，身上都是伤痕。

它的四肢都在打战，几乎是靠着坚强的毅力，才努力站直和人贩子对峙。

“刀锋！西西！”

“小黑！”

陈冰和路杨一起冲了过去。

路杨的小侄女看到叔叔，“哇”的一声大哭出来，而陈冰则是冲过去接住了一看到他们就突然放松、整个身体重重摔倒在地的小黑。

陈冰一摸到小黑才发现，它全身都是血，漆黑的毛凌乱不堪，脚掌上都是磨破的痕迹，显然这一夜的狂奔，已经把小黑的体力压榨到了极限。

它看到陈冰和路杨的时候，眼里泛着惊喜的光。

没见过的人很难想象这一幕，但是此刻陈冰感觉到了，他觉得小黑就像个人一样，它虽然不会说话，但是任何人都能看明白它的意思。

“刀锋，你看，是西西，你救了西西，你救了西西！”路杨抱着路西西给小黑看。

小黑看着路西西，眼里露出了喜悦和放松。

“小黑，你坚持住，我这就送你去医院。”陈冰抱着小黑，差点儿没抱起来。

路西西看到小黑这副样子，顿时哭得更厉害了，大喊着：“刀锋哥哥！舅舅，刀锋哥哥刚才被坏人打，保护西西……”

所有人都在急切地奔跑着，人贩子全部落网，小孩子中有些还在生病，根本没有得到救治，还有些营养不良，看到大人之后情绪直接崩溃。

陈冰抱着小黑，路杨带着西西，一行人直接驱车赶往市里的宠物医院。

小黑的身体本来很好，但它确实已是只老狗了，这一路奔波，又为了保护那帮小孩受了伤，几乎已经站不起来了。

半路上，小黑突然挣扎着坐起来，用大脑袋顶了顶路杨，然后转头又蹭了蹭陈冰。

这只骄傲的黑背从来没对陈冰这么温柔过，它的温柔原本只针对西西和妞妞这样的小姑娘，对陈冰这类的成年男人就只有矜持和骄傲，此刻是陈冰第一次感觉到小黑的温和。

小姑娘路西西“哇”地就哭了，小孩儿灵性，大约是感觉到了什么。

陈冰听着小姑娘的哭声，再也憋不住，眼泪瞬间就下来了。他也隐约感觉到，小黑似乎是在道别。

“别，小黑，你再坚持一下，小黑……”陈冰抱着小黑，仿佛这样就能抓住它离开的脚步一样。

路杨一路上都冷着脸追人贩子，此刻看着小黑，眼圈也红了：“刀锋，你可以的，咱们那么多次都化险为夷了，你别放弃……”他哽咽着轻声对小黑说话。

可是这一次，小黑知道自己大约是真的坚持不下去了。

它看了看陈冰和路杨，又温柔地看了看哭得打嗝的路西西，它挣扎了一下，大概是想安慰小姑娘，可是似乎再也挤不出一点儿力气了。半晌，它趴在陈冰的腿上，开始大口大口抽气起来。

它艰难地用湿漉漉的眼睛看着泣不成声的陈冰，把大爪子轻轻地挪到陈冰的手边，就像是第一次见面时，追着人贩子到了 C 市的大狗对着猥琐伸出手要摸毛的陈冰伸出爪子。

只是这一次不是阻止，而是温柔的、轻飘飘的，带着体温的绒毛似乎在轻声说："给你摸一下，别哭了。"

接着，小黑做了一个动作，陈冰直接崩溃了，他嗷地大哭出声，像是被人打了一棍子似的——小黑聚集起全身力气，微微翻了个身，对他露出了一点儿肚皮。

陈冰哭得撕心裂肺，彻底失去了控制。他才养了小黑大半年，此刻亲手感觉到体温从小黑的身体里流走，像是心里被剜掉了一块肉一样，疼得说不出话，哭得身体都在颤抖。

这是父亲死后第一个一直陪着他的朋友和家人，陈冰痛哭的时候才发现，原来不知什么时候，他已把小黑当作家人了。

他的又一个家人走了。

6

"我把小黑葬在梨花山宠物公墓里。"一周之后，路杨来到了"百草堂"花店，一句话就把陈冰吓了一跳。

"我觉得小黑会想留在这里。"路杨看着陈冰，看着这满院子的花草，突然轻声说，"你知道吗，刀锋这辈子过得很累。"

从生下来开始就被挑选，然后接受训练，作为一只狗，它就像个坚毅的军人一样，悍勇、坚强、奋不顾身，它从血与火中一次次地幸存下来，是永远背负责任与希望的存在。直到退役之后，它才稍微歇息了一阵子，可惜马上就遇到了剧变。

“我打听了一圈，所有人都说小黑在你这里过得很好，大家都很喜欢它。”路杨轻声说着，他勾着头，露出了内疚的表情，“刀锋很喜欢这里，也喜欢这里的人……是我对不住它，明明说好退役之后让它享福的。”

路杨的声音里带着悲怆，他觉得自己对不住自己的战友，说好让它享福，结果小侄女出事，全家都在痛苦难过、茫然无措的时候，只有刀锋一直没放弃，追到了千里之外，把当初的小主人找了回来。而他又担心小侄女又担心刀锋，结果谁都没照顾到。

那天冲进去时，他本来想先看刀锋，结果发现侄女之后就先去抱住侄女查看伤势了，而陈冰却一直只看着刀锋。所以临终的时候，刀锋选择了成为小黑，趴在陈冰的腿上闭上眼睛。

“也好，它当了一辈子军犬，最后选择当个普通的、被主人心疼的小狗，也是好事……”路杨说着，眼泪一下子没忍住，他转过头，闷声闷气地说，“我就是想感谢一下你，那什么，我走了……”

陈冰看着他转身离去，偷偷擦着眼睛，心里明白路杨在想什么。这个耿直的小伙子觉得最后小黑没选他，一定是怨上他、不喜欢他这个战友和主人了。

“我才妒忌你！”陈冰突然提高声音，看着路杨转过身，他又想到了小黑，鼻头一酸，带着妒忌说，“小黑它又是打劫又是闯到我家赖上我，最后走的时候都怕你伤心，看我哭得上气不接下气的还让我亲手送它走，它还真是逮着我一个人坑……”

路杨显然从来没从这个思路想过，他是个耿直的人，顿时就愣住了，手足无措的，显然是觉得自家战友不会这么坑。

眼见着路杨尴尬得手足无措，陈冰一笑，说：“不过我不介意，话说……临走之前，我们再去看看小黑吧？”他看看花店里烈日一般的向日葵，轻声说，

“带一束花去。”

“好、好！”路杨认真地点了点头。

“要我说，这向日葵还真是衬小黑，你看这张照片……”陈冰给路杨看他当时随手拍的照片，路杨连连点头夸精神。

两人看着小黑无奈的表情，泪里面又带上了点儿笑容。

路杨加了陈冰的微信，让陈冰赶紧把这张照片发给他，同时也把小黑和路西西的合照发给陈冰。

“退役之后第一次去玩就是去花田，刀锋和西西那天都好开心……”路杨轻声说起小黑的往事。

两张照片，精悍的大狗分别蹲坐和趴在向日葵前，金灿灿的黄花衬着一身油光水滑的皮毛，如果不是那无奈的表情，就更英俊非凡了。

“黑色和金色真配，妞妞和西西挺会搭配的。”陈冰的鼻子有点儿酸，怕路杨看出来，轻笑一声说。

“是挺配的，好看。”路杨点头同意。

“向日葵的花语也很适合小黑。”陈冰轻声说着，“就带向日葵去见它吧。”

那只英俊又沉默的大狗，全如向日葵的花语一般，有所有最高的美好品格——忠诚、光辉，以及沉默的爱。

小黑不会说话，但是它的一生闪耀着光辉与忠诚，它沉默地守护了无数人，最终临走的时候，带走了无数热泪。

陈冰有些怀念那个夜晚和那只风尘仆仆的大狗。

“高奶奶给你加餐的肉还没吃完呢，小黑。”陈冰打开冰箱看到那些肉，眼泪瞬间就下来了，怎么也止不住。

此后，陈冰习惯了在客厅放一枝向日葵，只是那只皮毛黑亮的大黑狗永远不会再回来了，只剩下那枝向日葵孤零零地在客厅里，明明是金灿灿的花，却越发显出一股子孤单清冷来。

花开花谢，向日葵的季节很快过去了。

小黑啊小黑，如果有来生，你别当威风凛凛的军犬了，你来“百草堂”当一只傻乎乎的小狗吧，每天就吃吃喝喝，趴在门口晒太阳，没有责任，没有压力，看到喜欢的小姑娘就翻肚皮给她们摸，遇到不喜欢的人就拿屁股对着他们，好不好？

我们约定了，好吗？

陈冰把向日葵放在小黑的照片前，照片里的大黑狗英俊非凡地蹲坐着，眼神里似乎有温柔的光。

如太阳一般。

第四章

百　合

BAI　HE

百合，多年生草本球根植物，又名百合蒜、中逢花、夜合花。花大呈漏斗形，果长卵圆形，俱钝菱。性喜凉爽耐寒，耐旱惧水，花期7月，果期7月至10月。

花语：百年好合、美好家庭、伟大的爱。

1

“陈思远，你给我站住！”

一大早的，南都花园小区外突然响起了一声暴喝！

南都花园是关南新建的高档小区，住在这儿的基本都是高级白领，说话向来轻声细语的，猛地听到这么一声暴喝，众人顿时都吃惊地看向声音来源，只见门外站着个一脸寒霜的高大年轻人。

已经是初秋，其他人都穿上了外套甚至毛衣，这个年轻人却只穿着一身简单的复古风格对襟褂子，蓝衣黑裤，脚上居然还趿拉着拖鞋。但这颇有天桥底下练太极的大爷风范的装扮，硬是被这年轻人靠着过硬的身高和外貌穿出了一股子复古的雅痞范儿。

只是，他看上去脸色十分不好。

陈冰也没办法脸色好。

昨晚，陈奶奶大半夜的一个人拖着行李回了桃花井，不管众人怎么问她都只说想老街坊邻居了，要回来住。可是老人憔悴的神情骗不了人，谁都知道定然是出了什么事儿，于是桃花井的老人家们闹了大半夜。

陈冰好不容易哄着几个老人家去休息了，就骑着电动车赶来了南都花园，可是这小区不像那种可以随意出入的老小区，他在这儿蹲了快两个小时才等到要等的人。

被陈冰喊住的陈思远西装革履，还戴着副金丝眼镜，看上去眉清目秀的，颇有几分成功人士的样子。他转头看到陈冰，眼中闪过一丝慌张，接着转身就想跑。但是他那瘦弱的小身板怎么可能跑得过陈冰，只见陈冰几步上前，跟拎小鸡一般抓住他，怒声说："你小子还想跑？！"

"你放开我！"陈思远自小在桃花井长大，他们那辈儿叛逆过的孩子都怕陈冰，如今猛地看到他，第一反应就是跑，这会儿被抓住了，陈思远才想起他都二十几岁的人了，陈冰又不会打他，跑什么？

想到这里，陈思远有了底气，挣扎着摆脱陈冰，又飞快地掸了掸自己的衣领，不满地嘟囔："我这套西装三千多呢！"

陈冰看着面前的陈思远，努力压抑自己的怒气："你买一套西装花三千多，却把你奶奶赶回筒子楼住？"

"你说什么呢！"陈思远差点儿原地跳起来，看到周围的人都在看他，忙压低了声音，"陈冰哥，你可不能冤枉我，我怎么会赶我奶奶，是她自己非要回去住！我怕她一个人住没钱花，还说了一个月给她一千块钱呢！"

陈冰差点儿被这小子气笑了。

一千块钱，放在桃花井社区的老人手里确实是一笔大钱，但那是建立在一家人都住在桃花井，一千块钱都是给老人自己零花的基础上，也是建立在各家小孩都正常打着工，手头也不宽余的基础上，更是建立在这家孩子没有把老人奋斗一辈子攒的钱都榨干的基础上。

陈思远的底细，桃花井的人哪有不知道的？他自小读书争气，陈爷爷陈奶奶靠推着小车炸串串供他上大学，后来陈爷爷去世，陈奶奶怕他住在老房子里以后娶媳妇人家看不上，把棺材本拿出来给他买了南都花园的房——首付四十几万，那可是陈奶奶攒了一辈子的钱。要不是桃花井的筒子楼太小太破实在卖不掉，陈奶奶早把筒子楼卖掉，帮陈思远多付一点儿首付了。

当时陈思远还发誓以后一定会好好照顾奶奶。后来他毕业找到好工作，一个月起薪六千多的时候，桃花井的老人都感慨地说陈奶奶一辈子过得苦，但是好歹把陈思远供出来了，以后可以享福了。这话等过了两年，陈思远的工资涨到一万二之后更是经常被提起。

等到陈奶奶把陈爷爷过世之后厂子里给的最后一笔抚恤金给了陈思远用来装修，而陈思远在装修好之后把陈奶奶带去新房生活之后，桃花井的老人对陈奶奶便只剩下羡慕了。

谁知道陈奶奶搬过去没半年，突然大半夜背着个大包袱、拖着个半旧的行李箱，连棉被都带着，回到了桃花井社区。

老人说是自己硬要回来住的，脸上还挤着三分笑，只是桃花井的人一起相处几十年，谁看不出陈奶奶的言不由衷，看不出她眼底的难过？

"可是思远那个臭小子发生了什么事儿了？"陈奶奶的老姐妹一开始以为是陈思远这孩子出事了，保不住新房子才要搬回来住，都替陈奶奶着急。

可陈奶奶咬死了就是自己要回来，众人也只能安慰她回来也好。

都是相熟的邻居，一群老姐妹带着家里的年轻人帮陈奶奶收拾好屋子，又陪着说了会儿话才散了。

陈冰帮着搬了半天的行李，又帮着打扫了许久没人住的筒子楼，回家只在沙发上眯了两个小时就出来找陈思远了。

那筒子楼连厕所都是公用的，老人家再恋旧也知道哪里住得舒服，怎么可能自己要求搬回这个暖气都没有的破烂老房子，一定是陈思远这混账伤了老人的心了！

"我也是没办法了啊。"陈思远看着陈冰，脸上露出一股子委屈来，他大吐苦水，"陈冰哥，真的不是我不愿意孝顺奶奶，我要是真不愿意孝顺她，我当初为什么眼巴巴地把我奶奶接过来啊？是我奶奶说她住不惯，非要搬回去，我拦都拦不住……"

看陈思远这样子，似乎没说假话，可是陈奶奶那表情绝对是受了大委屈的。这到底是怎么回事？

陈冰一时搞不清楚这里面到底有什么事儿，但是他来也不是逼陈思远马上接陈奶奶回去的，毕竟这家务事儿外人再怎么管都到底隔了一层。他也不和陈思远纠结这个，想着干脆给陈奶奶多争取点儿赡养费，开口就说："好，我不管你奶搬回去的事儿，但是一个月一千块钱太少了，陈奶奶年纪那么大了，吃饭买菜不说，还容易有个头疼脑热的，看点儿小病一个月至少都得两三百，你……"

"小远啊，你把这饭带上！"突然，一个女人的声音远远传来，打断了他们的谈话。

陈思远的表情一瞬间就变了，露出一股子极强的心虚来。

陈冰心中疑惑，顺着那声音看过去，就看到一个五十出头的女人，穿着一身簇新的鲜绿色裙子，黝黑的脸上带着点儿喜悦和讨好的笑容。

即便这人打扮得鲜亮，也能一眼看出来是常年务农出身。这本来也不奇怪，一些父母辛苦一辈子供出来的争气孩子来到关南之后，就会把父母从老家接过来定居……只是这女人亲昵地称呼陈思远，还匆匆过来给陈思远塞了一个冒着饭菜香味的手提袋，就让陈冰觉得非常奇怪了——陈思远是被陈奶奶和陈爷爷养大的，他可没爹妈。

陈思远显然并不想给他们互相介绍，但是那女人走过来喜气洋洋地说话，直接断了陈思远拦住她的心思："小远啊，妈今儿特地给你做的煎土豆，你小时候最喜欢吃这东西了！"

"原来是这么回事。"陈冰冷笑一声，看着陈思远说，"你亲妈找到你了，还是你主动去找的他们？"

陈思远是陈奶奶和陈爷爷领养的孩子。

本来陈爷爷和陈奶奶都打算这辈子就两口子过了，但也可能是缘分，老两口大半夜地推着车子回去的时候，听到了草丛中传出来的微弱哭声，那就是陈思远。

陈思远当时还是个襁褓中的孩子，看上去不过半岁大，陈奶奶和陈爷爷捡到他之后照顾了一晚上，第二天去警察局发现没有人报案，多数是被遗弃的。眼见这孩子要被抱去孤儿院，老两口心中不忍，干脆就收养了陈思远。

这事儿在桃花井社区小一辈里是个秘密，陈冰知道，还是因为他老跟着他爸，在老一辈谈话时不小心听到的。其他人不可能知道，陈思远自己更是不可能知道。所以这是陈思远的父母主动找到他的？

陈冰眯了眯眼睛，冷冰冰地问："你是陈思远他妈？"

那女人似乎这会儿才看到陈思远身边有个陌生人，吓了一跳，看陈思远脸色不太好，她有些害怕，愣了愣，没回答。

陈冰冷笑出声："你是陈思远他妈是吧？那就好，这小子欠了我们两百万，我正愁他一个人还不完这笔钱呢！"

陈思远还没来得及说话，就被陈冰一把揪住领口。

陈冰冷声说："别说废话，工资卡给我交过来。还有，你什么时候卖掉房子？到下个月可就是二百二十万了，别怪我没提醒你！"

陈思远被掐住，根本说不出话来。

陈思远他妈吓得差点儿昏倒，连声尖叫说："你说什么？思远、思远你真的欠钱了？"

陈思远倒是想反驳，可他的脸涨得跟猪肝一样，根本说不出话，就这么被陈冰一路拖着，离开了小区保安能看到的范围。

陈冰心里恶心得不行，他本来还想着帮陈奶奶多要点儿赡养费，再慢慢从中调停，看看这祖孙两人是不是有什么误会，这会儿他怒气冲天，决定跟陈思远杠上了！不让陈思远把吃进去的东西吐出来，他绝不善罢甘休！

2

最近生意不好，许多花放到傍晚都蔫了，卖是肯定卖不出去了，就算是陈冰进货不多，这会儿也有二三十枝是半蔫的。天将黑，陈冰叹了口气，关了花店的门，把半蔫的花插在了门口的大花瓶里。

花瓶正好放在“百草堂”的牌匾下，上面是老陈当年做的古色古香的牌匾对联，上联是“听风听雨听花开”，下联是“饮茶饮酒饮百蕊”。陈冰可没有他爸那股子酸溜溜的文人爱好，他的花瓶上面就用油性笔写着三个大字——“免费拿”。

自从上次看到丢在垃圾桶的卖不掉的花被小孩捡起来玩，陈冰就弄了这个花瓶。街坊邻居也爱花，看到喜欢的会来拿个一两枝装点家里，拿得多了，自然也会照顾一下陈冰的生意，在手头宽余的时候买一两枝鲜花带回去，久而久之，就成了弄堂里的一种默契。

这不，陈冰才把花插上，身后就有人走过来了，轻声说：“哎呀，这么好的百合真的给人免费拿啊？”

陈冰转头一看，是昨儿晚上刚回桃花井的陈奶奶。

陈奶奶昨儿才回来，不知道陈冰这儿的规矩，陈冰赶紧解释了一下，让她随便拿不用担心，陈奶奶这才仔细地挑了两枝白百合，小心翼翼地抱在怀里。

陈奶奶个子娇小，才到陈冰胸口。她今天穿着一件铁灰色的毛衣，头发斑白，微微笑着说话的时候脸上有时间带来的沟壑，是个很温柔的老妇人，抱着百合的时候，更是让人觉得心里发软。

虽不知道她和陈思远之间到底发生了什么，但是养了一辈子的孩子，突然冒出来所谓的“亲生父母”，想来老人家虽然假装淡定，但是心里肯定不好受。见陈奶奶这会儿眼睛还微微发肿，陈冰一边说着话逗老人家笑，一边陪着陈奶奶一路走回筒子楼。陈冰对老人家素来有耐心，尤其是他小小年纪就没了娘，算是被这些阿姨、奶奶疼大的，对她们就更加温柔一些。

“你这大晚上的还去哪儿呢？”到了筒子楼，陈冰跟陈奶奶挥手道别，陈奶奶看他是往桃花井外面走，温声慢慢说，“小冰啊，你别把自己逼得太紧了，最近瘦了好多了，多注意自己的身体啊。你们年纪小啊，不知道厉害……喏，你看奶奶，这人啊老了啰嗦，不说了，奶奶知道小冰心里有数。”

“放心吧奶奶，我就是去超市买晚上打折的生鲜，没忙别的！”陈冰心里有些酸，连忙笑着跟陈奶奶道别，“您上楼慢着点儿哈，明儿没事来店里找我聊天、晒晒太阳！”

看着老人抱着百合花慢吞吞地走上楼，上一秒还笑得阳光灿烂的陈冰脸色黑如锅底——他没有骗陈奶奶，他当然会去买打折生鲜，但他没有把话说完，他主要是准备去找陈思远麻烦。

上次因为一切发生得太突然，陈冰发了话把陈思远拖走之后，只逼陈思远承诺接下来每个月给陈奶奶三千块钱生活费，然后就在陈思远的哀求之下放他去上班了。回来之后陈冰越想越气，总觉得这么做太便宜陈思远那个混账，也太便宜他的父母了。

把领养的孩子精心养大，还把孩子教育成了一个月入过万的精英，其中投入的心血哪里是一两句话能说清的？凭什么两个陌生人靠着所谓的血缘就能跳出来理所当然地劫走别人的孩子，甚至心安理得地享受着别人养大的孩子的孝敬？

别说什么血浓于水，那是刀子没扎在自己身上。

陈冰心里不舒坦，他妈去得早，当年他和他爸老陈闹得鸡飞狗跳的时候，要不是这些奶奶、婶婶照顾他们爷俩儿，也没如今的陈冰。尤其是陈奶奶和他家祖上似乎还沾亲带故，家里做了什么好吃的都记得给他带一份，比起旁人更是多了几分亲近。

陈奶奶如今在桃花井的筒子楼住得不舒坦，他就绝不能让陈思远那小子过舒服日子！

陈冰骑着电动车，在南都花园门口堵住了下班回来的陈思远：“站住！”

陈思远听到陈冰的声音就是一哆嗦。不夸张地说，陈冰可以算是桃花井听话孩子们心中的保护神，与此同时也是不听话的孩子们心中的噩梦。陈思远当年也叛逆过，现在想到被陈冰抓着揍的日子，腿肚子还有点儿抽筋。

“陈冰哥，我不是说了吗，真不是我让我奶奶回去住的，实在是我爸妈和我奶奶处不来，我已经尽力调停了，没办法啊！”陈思远这话说得是情真意切，甚至还带着几分委屈。

他是真的觉得自己憋屈。一边是自己的亲生父母，一边是把自己养大的奶奶，手心手背都是肉，可是两方人就是处不来，这事儿他调停了无数次，最终陈奶奶说要搬回去得个清净。陈思远劝了无数次，可陈奶奶还是搬走了，他心里有点儿难受，但见家里恢复了平静，也开始觉得这样处理说不准是好事。

可如今陈冰抓住他不放，像是他做了什么伤天害理的事情一样，陈思远是真的觉得冤枉。他连声说：“我爸妈在我被拐走之后找了我二十几年，他们也不容易，你说我还能怎么办？”

“人家说什么你信什么！”陈冰听着，心里蹿起一股邪火，却懒得跟他多说，他今儿来可不是来听陈思远说难处的。

陈冰伸出一只手，说：“算了，把你钱包拿过来！”

谁会把自己的钱包随便给别人，陈思远当然是不愿意的，可陈冰一瞪他，他就全身一抖，乖乖地奉上了钱包。

陈冰一边仔细检查，一边念叨：“工资卡是这个吗？这是你的存钱账户？身份证也在，没有别的了？饭卡呢？”

确定陈思远的东西都在自己手上了，陈冰笑了笑，挥了挥手，说：“哥也不难为你，这些东西放我这儿，哥不会动。”

不等回过神来的陈思远放松下来，陈冰就冷笑一声，把钱包收起来，递给陈思远一张饭卡，说：“从今儿开始，不把你奶奶给你买房的钱还完，你就别想拿自己的工资了。”

“什么，等等，陈冰哥！”陈思远大吃一惊，这每个月工资不给他，他去喝西北风吗？！

“放心，和你答应你奶奶的一样，我每个月给你一千！”陈冰冷冷一笑，骑着电动车潇洒地走了。

陈思远看着陈冰的背影，金丝眼镜后都是迷茫。一个月一千？他家里还有两个大活人，怎么可能活得下去！

3

“小远你回来了？外面好冷的，快进来快进来！”

陈思远垂头丧气地回了家，一进门就感觉到一股暖烘烘的热气，冰凉的手脚瞬间回温。

是暖气，当然最主要的还是父母带着笑容迎接他时的温柔眼神。

“还是大城市好，小远你这屋子的暖气一开，我和你爸都不想出门了！”陈思远他妈能说会道，她笑嘻嘻地接了陈思远的外套，又夸奖了一番暖气有多舒服，顿时就把陈思远的注意力拉扯开了——他年轻火力旺，其实也没觉得冷，这暖气还是因为奶奶年纪大了，才想着装上好让老人舒服过冬。

“小远啊，”陈思远他爸穿着件新棉袄，拿着一根烟，皱着眉头说，“那个前几天找你麻烦的人怎么样了？”

看着父亲关怀的眼神，陈思远心中一暖，他摇摇头说：“没事，我已经解决了。”

“那你欠钱的事儿呢？”陈思远他妈连忙问，眼底满是关切。

“那天他气头上乱说的。”陈思远不忍他们担心，解释道。他爸妈一辈子务农，两万在他们看来都是天文数字，那天陈冰一句两百万把他们吓得够呛，陈思远解释了好几次，前几天又给了他们五千块家用，他们这才放下心来。

看陈思远这么肯定，两人这才彻底放心了，陈思远他妈赶紧招呼：“老陈，你别抽烟了，小远不习惯烟味。小远，来来，妈给你做了五花肉，快来吃！”

一家人热热闹闹地围坐在桌子边，但桌上孤零零地只放着两盘菜，一个炒五花肉，一个炒青菜。陈思远不是个挑嘴的人，但是陈奶奶如果在这儿肯定就要说话的。

说起来他奶奶和他爸妈的矛盾，做饭是争执最多的一项。

陈奶奶虽然是个一分钱恨不得掰成两半花的人，但是在做饭这件事上素来讲究荤素搭配。当初陈爷爷在的时候，三个人吃饭也是两荤两素，每顿都能吃得干干净净。而陈思远的爸妈则认为饭菜做那么多是浪费，只要分量大、管饱就行，荤荤素素搭配那么多盘简直是浪费时间、浪费钱。

陈思远觉得这事儿真的是小事，他只要不饿肚子就行。这会儿一家人在桌上亲亲热热地吃饭聊天，听着父母讲他并没有记忆的儿时趣事，陈思远心中一片温软。

他想，太好了，这是他的家，眼前是他的亲人，他们找了他二十几年还是没有放弃，最终一家团聚了，这就是很好的事情了。

陈思远大口吃饭，然后回屋子里加班。他看着风光收入高，背后要付出的自然也比其他人更多。陈思远很拼，以前是因为想早点儿买房从筒子楼里搬出来，现在则是因为他的亲人更多，他必须拼搏才能给家人更好的生活。

陈思远心无旁骛地干完活，才发现已经到了晚上十二点半，他关了电脑走出去，迷迷糊糊地走到客厅，打开放在那儿的保温桶，发现里面空空的。他愣了一下，突然想起来，知道他每天晚上都会加班干活儿、会给他留一碗汤的奶奶已经搬走了。

屋子干燥温暖，舒服得让人骨头缝都发懒，然而少了一股熟悉的香味。那花费了几个小时细细熬煮出来的浓汤，曾陪着陈思远度过无数日夜——中考、高考前的夜晚，大学时的寒暑假，工作之后每个拼搏的日夜……

陈思远突然对这屋子有种强烈的陌生感，就像是一觉睡醒，突然发现自己在别人家的屋子里一样。

此刻屋子里面一片漆黑，客厅空荡荡的，只有他房间里的灯光投射出来。陈思远站在客厅里，拿着那个保温桶，心里空落落的。半晌，他放下保温桶，在黑夜里叹了一口气。

陈思远把东西放回原位，转身进房间睡了，临睡前他觉得自己似乎忘了什么，但也没细想。第二天到公司打开手机，他才发现手机里全是银行发来的信息——您因为多次密码错误，银行卡已被冻结，如需解卡，请至银行网点办理。

原来是这个事儿！！！

昨天交了钱包，他虽然觉得有点儿憋屈，但没把陈冰的话当回事，心中还暗暗觉得陈冰哥十分好笑，拿了钱包和所有的卡又怎么样，他只要手机能支付，还不是分分钟的事情！没想到陈冰早有防备，难怪把身份证都给他搜走了。这卡一冻结，必须拿着身份证去银行解绑，除非陈思远去挂失身份证，否则一分钱也转不出来。而身份证补办最快也要一个月。

陈思远发现，十年了，陈冰哥还是当年那个陈冰哥，还是如此心狠手辣。

他被这事儿打击得不行，中午休息的时候还有点儿没回过神来，坐在旁边的同事挤眉弄眼凑过来的时候，陈思远还愣了一下。

“哎，陈思远，你最近是不是在攒钱准备买车啊？”

同事一开口就让陈思远愣了，他疑惑地问：“没啊，你听谁说我要买车？”

“这还要听谁说啊。”同事笑着指了指陈思远今天带的盒饭，“从你进公司的第一天，带的盒饭就超级豪华，不是牛小排就是雪花牛肉粒，猪肉都少见，还荤素搭配，不但每顿都有时令水果，还经常带汤……不瞒你说，当初我们还猜你是不是富二代来体验生活的！”

“什么？！”陈思远第一次知道同事居然是这么猜测他的，顿时哭笑不得，“哪里有这么夸张，只是……”

只是之前是奶奶做的饭，她总是说在哪儿都要省钱，但是在营养方面不能省，不然身体出了问题才是真的后悔莫及。

陈思远突然说不下去了。他勉强和同事说笑，食不甘味地吃完看上去和外卖差不多的自带便当，摸了摸还没吃饱的肚子，犹豫了半天，打开皮夹，里面是之前剩下的现金，加起来不到一百块钱。陈思远想了想，下楼买了一碗瓦罐汤，十五块钱，一股子调料的味道，和家里炖的味儿相差十万八千里。

陈思远觉得自己更饿了。

4

陈冰正在喝汤，莲子百合瘦肉汤。

这汤清亮咸鲜，陈冰一勺入口，就跟猪拱食一样停不下来，连汤带料哗啦哗啦几口就给吃了个干净。

“啊，就是这个味儿！”陈冰放下碗和勺子，发出感慨。

陈奶奶她们这个年纪的女人大多都有自己在厨房的看家本事，而陈奶奶最拿手的就是这道莲子百合瘦肉汤。陈冰小时候没少蹭吃蹭喝，这一碗汤对他来说，也算半拉家里的味儿了。

陈奶奶年纪大了，看到年轻人喜欢她做的汤很开心，笑眯眯地说：“喜欢就好，下次想喝你就来家里，奶奶给你做。”

“哎，奶奶，那你下次多做点儿，这么点儿不够吃啊！”陈冰笑着和老人家说话。

他这会儿正在陈奶奶住了几十年的筒子楼里。筒子楼没有单独的厨房和厕所，全是一层楼公用的，如今的年轻人除非真的手头周转不过来，不然不会选择租住在这个地方，陈奶奶一个人住在这里，显然十分不方便。陈冰不放心，就总打着蹭饭吃的名义来筒子楼，看看能帮陈奶奶干点儿什么活，顺便带点儿哄陈奶奶开心的小礼物，也不费钱，就是店里没卖完的花。当然，以这些奶奶们的脾气，他要真的花了钱，才是会被指着鼻子骂。

陈冰这回挑的是百合花，有红有黄，看上去活泼热闹。据说陈爷爷家里当年就以种百合维生，为了追陈奶奶，他每天偷偷摘自家地里的百合花送陈奶奶，甚至还被他爹追着打过。和陈爷爷结婚之后，陈奶奶从婆母那儿继承了一手极佳的煲汤技艺，尤其是滋补润肺的莲子百合瘦肉汤，更是成了她的看家本领。从爱咳嗽的陈爷爷到熬夜读书加班的陈思远，这道汤就是她沉默而不断的关心。

对于陈奶奶来说，百合与别的花都不同，它不只是漂亮的鲜花，更是她一生最美丽的记忆。

陈奶奶果然很高兴，接了花喜不自胜，陈冰喝汤的这会儿工夫，她已经修剪好枝叶，把百合用花瓶插起来了。这鲜花往家里一放，家里顿时就热闹许多。

陈冰吃饱喝足，看陈奶奶这儿没事儿了，招呼了一句就决定回花店了。他提着陈奶奶让他带回家吃的焖排骨，下了楼来，就看到转角处一道鬼鬼祟祟的身影。

陈冰眼神一厉，开口道："陈思远，你个混账躲那儿干什么呢？！"

陈思远吓了一大跳，转头就想跑，但是他从小就是个四体不勤五谷不分的，还没跑出几步，就被陈冰一把揪住了后衣领。

陈思远觉得自己简直是倒霉到家了。他最近事事不顺，心中难受，今儿下午在合作公司开完会之后，也不知道为什么不知不觉就走回了桃花井。他原本只想偷偷看看奶奶在这儿过得怎么样，毕竟这一走大半个月，他确实有点儿担心，也有点儿想奶奶了。没想到奶奶没见着，却见到了陈冰这个活阎王！

陈思远被陈冰拖着回到了"百草堂"细审。

"我、我真没准备干什么，我就是回来看看我奶奶……"陈思远觉得冤枉，他只是一时心血来潮，却被陈冰当成贼一样审问。

"看她你不上楼，就躲在角落跟个贼一样？陈思远，你到底是想干什么，给我老实交代！是不是你那个爸妈连这个老房子都想拿走啊，说！"陈冰是真的怒了，如果陈思远过来是打着这种主意的话，他说什么都要把陈思远好好打一顿。

"才没有！"陈思远也有点儿生气了，他憋着一口气连声说，"陈冰哥，我很尊重我奶奶，但是我爸妈也不是什么坏人啊！"

陈思远干脆把一切都说了。

他的父母去年就找到他了，哭着说当年他被拐卖之后，他们找了他二十几年才终于确定了他在关南。当然陈思远一开始并不相信，但是陈爷爷陈奶奶把他养大的这些年并没有刻意骗他，加上陈思远年纪越大，就越发现很多奇怪的地方——他没有见过父母的照片，也没有见过任何记录，甚至桃花井每个人都会说起的趣事里也从来都没有他父母的痕迹。这些事情没被注意到的时候是无关紧要的，但是一旦被注意到，就再也无法忽视。

所以陈思远惊讶之后，居然有种“果然如此”的感觉，他私下和那对夫妻做了亲子鉴定，证实对方没有撒谎。

陈思远看着哭泣的父母，只觉得血脉至亲是斩不断的，缺席了他二十几年的人生也不是他们愿意的，于是他接纳了自己的亲生父母，很快给了他们全部的信任。

陈冰脸上露出了一丝嘲讽，但是并没有针对这件事再说什么，而是对陈思远说：“我懒得跟你说，你既然不是来找陈奶奶麻烦的我也懒得理你，你快点儿给我滚蛋！”

陈思远站起来，却磨磨蹭蹭不想离开。他最近有点儿事在心里憋了很久想找人问，但是又有点儿问不出口。

“你还在这儿磨蹭什么呢？让你快点儿滚蛋你听不懂啊？还是打算等一会儿小孩放学了街坊回来了一起把你骂一顿？”

陈思远听着陈冰夹枪带棒的话，憋了半晌到底是问出口了。他深吸一口气，带着期待地问陈冰：“陈冰哥，你一个月的生活费有多少啊？”

“八百。”陈冰斜着眼睛瞟了他一眼，没好气地丢出一个让陈思远震惊的数字。

“什么？！现在生活费只需要这么点儿吗？！”陈思远怀疑自己产生了幻听。

“我那是一人吃饱全家不饿，邻居们还经常送点儿吃的给我……咳咳，我这还扣除了水电费和租金，要是普通的一家子在关南，过得好一点儿的话怎么都得个两三千吧？上了年纪的，一个人一个月两三千还得省着点儿用，毕竟还要留点儿看病或是应急的钱。”陈冰想了一下，给出了一个让陈思远觉得起码还算靠谱的答案。

只是这数字让陈思远心中一沉，他皱起眉头，沉声问陈冰：“那扣除了水电费、房租之外，三个人一个月花六七千……是不是有点儿多了？”

陈冰眯着眼睛看他，心中涌起了怪异的感觉，突然冷声问：“你别跟我说，你那个爸妈来跟你住，一个月要花六七千啊？”

陈思远有点儿心虚，心中翻江倒海，脸上却竭力保持镇定。

看陈思远这个表情，陈冰的心顿时就沉下去了，显然陈思远说的这事儿就是他自己。

“陈思远，你是傻子吗？”陈思远耳边传来陈冰不可置信的声音。

陈思远被陈冰盯得如芒在背，他不想被陈冰用这样震惊又怒其不争的眼神看着。

陈冰的声音很近，又似乎很远，他带着怒意说：“什么人能一个月花六七千？你去打听打听，这整个关南的平均收入才多少？你那是亲生父母吗？你那是收债的吧！”

陈思远自小到大被陈冰骂过无数次——小时候被人欺负、被抢东西，长大后想去当小混混，甚至还被陈冰揍过。明明差不多大，但是对方永远像个大哥一样，训他、骂他……陈思远从来没有反抗过，没觉得不对过，可这一刻，他听着陈冰的话，突然不知道为什么被委屈淹没了。

他失控一样站起来，对着陈冰大声说：“你知道什么！你知道什么！”

陈思远其实一直很怕这个大哥，但是这会儿他什么都顾不得了，他恨恨地看着陈冰，像是看着不可知的敌人。他也不知道为什么，明明这只是很平常的一件小事，陈冰哥从小到大呵斥他的次数比他爷爷奶奶还多，可是陈思远这一刻突然就委屈得再也忍不住了，眼泪一瞬间就落了下来。

用力擦掉不争气掉下来的眼泪，陈思远怒声说：“你知道小时候开家长会，别人总问我为什么来的不是爸爸妈妈的感觉吗？你知道参加运动会两人三足项目只能和老师搭档的感觉吗？你知道别人都可以和爸妈撒娇，我却要在家里多做家务照顾爷爷奶奶的感觉吗？！”

那是其他人看不到的陈思远的人生，是看似圆满的生活底下阴暗的溃烂，是朋友诧异的眼神，是被人追问“为什么你的爸爸妈妈没有来啊”或者是“哇，陈思远，你的爸爸妈妈好老哦，他们走路好慢啊”……

运动会上，因为爷爷奶奶年纪大了，没办法和三十几岁的人玩对抗，于是陈思远只能和老师搭档玩游戏。本来他还是很开心的，结果被同学追问“你没有爸爸妈妈陪你吗？今天不是亲子游戏吗”……

十几岁的时候，他在屋里念书，屋外是陈爷爷咳嗽的声音。陈爷爷当时六十岁，因为年轻的时候在工厂做工，退休后身体很快变得更差了。陈爷爷去世之后，陈奶奶也消损下去。陈思远不得不加速成长，成了家中的顶梁柱，他大二开始做兼职，大三提前修完学分开始实习，大四人家还在找工作，他已经跳槽拿到了八千块的工资……

陈思远一直告诉自己要坚强一点儿，可是当他发现自己也有爸爸妈妈可以依靠的时候，他真的无法抗拒这种人生空缺被填补的诱惑。

陈冰似乎被陈思远突然的爆发给吓住了，愣了一下，但是他很快也站起来，上前一步，一巴掌拍到陈思远的脑袋上，比他吼得更大声：“哦，你没爸没妈了不起吗？你是傻子被人耍得团团转了不起吗？多大的人了还想撒娇，我看你就是苦没吃够！看你小子人模狗样的，是不是还有剩的钱？和饭卡一起，都给我交出来！”

“你干什么！”陈思远被他猛地拉开衬衫口袋拿走备用的钱包，顿时急了，大声说，“陈冰哥你别太过分，我爸妈就算再怎么样，也找了我二十几年。是，我爷爷奶奶确实养大了我，但是他们从人贩子手里买了我，也不是一点儿错都没有！”

“原来你是这么想的……”这一瞬间，陈冰彻底明白了陈思远最近到底是怎么回事了。

他突然冷笑一声，拿着钱包在陈思远面前晃了晃，冷冷地说：“你不是觉得你爸妈很高尚，找了你二十几年，你爷爷奶奶却买孩子吗，那行……我们打个赌吧。”陈冰看着陈思远，“你回去找你爸妈，就说你真的欠了钱，房子打算卖掉，还差二十万，让他们去工作赚钱帮你还……你要不要看看他们的反应？”

陈思远愣住了。

陈冰看着他，挑眉说：“撒个谎骗一骗他们，要是他们真的打算跟你同甘共苦，就证明他们真的是很伟大，为了你这个孩子不顾自己，那我也不说什么，明天就把钱包还给你，并且再也不管你的事情，怎么样？”

陈思远看着陈冰，心脏跳得飞快：“好！”他一咬牙，像是在给自己打气，“但他们要是说了和我一起还钱，我就要把真相告诉他们！”

“成交。”陈冰低声说。他看着陈思远离去的背影，在心里叹了口气，他隐约觉得，陈思远只怕要失望了。

5

陈思远却是有信心的。

他觉得自己的父母可能是有点儿小问题，那些手艺不好也不那么精致的便当、那些过于高昂的家庭支出、那些隐没在无关紧要的细节里面的不对劲，其实解释起来也许很简单。

也许就是他的父母过于笨拙，一辈子务农吃苦的人哪里做得出精致的饭菜？第一次来城市的人，挑花了眼睛不会选取最划算的东西，其实也十分正常。

陈思远记得那些滚烫的热泪，他不信他的亲生父母对他抱着算计或是恶意。

他信心十足地回到家，在门口深呼吸之后，哭丧着脸进了门，然后就看到自己的母亲露出一脸的惊慌，父亲又开始抽烟，熏得他有些反胃。

“二十万！即使卖了这个大房子，还差二十万啊？”陈思远他妈的眼泪瞬间就下来了，拍着大腿直喊，“我这是做了什么孽，一个儿子是赌棍，找到一个又是赌棍啊！”

“你在孩子面前说什么呢！”陈思远他爸怒吼。

陈思远他妈吓了一跳，而陈思远的脑袋“嗡”的一声，敏锐地抓住了重点，他看着坐在地上哭泣的母亲，不可思议地问:“什么意思？什么一个是赌棍，找到一个又是赌棍？”

他妈还想支支吾吾地糊弄过去，在陈思远的不断追问下，到底还是说了实话。

陈思远这才知道，原来他的亲生父母来找他时说的那些话，并不全是实话。

陈思远还有个弟弟，是在他失踪之后生的，比他小一岁半。而这个弟弟是个沉迷赌博的赌棍，二十岁就敢跟人赌博，输了十七万，这在陈思远父母所在的乡村，是一个他们一辈子也企及不了的数字。债主说如果今年不把钱还完，就用他们的老房子抵债。

“所以你们想到了我？”陈思远的声音变得有些喑哑，他有点儿说不出话来，但他还是要问，他要一点点地把这件事情问清楚。

“小远，我们不是这个意思。你赚得多，你弟弟欠的这个钱你稍微省一省，一年也能凑出来了。我们这几个月已经还了三万了，你看，很简单的，最多两三年就能还完了……”

陈思远他妈不说话还好，一说陈思远就明白了，原来之前一个月花六七千并不是因为他们不懂节省，而是他们把钱花在了那个他没见过面的弟弟身上了。

陈思远心里很乱，他看着自己的父母，不死心地继续说：“我现在也欠了钱，不是赌债。”他顿了顿，对瞪大眼睛的母亲说，“这钱是我之前创业失败欠的，卖了这房子，差不多还差二十万……”

一个十四万，一个二十万。

一个是赌博，一个是创业失败。

“小远啊，你那儿能不能拖一拖啊？”

母亲的话让陈思远的心一点点沉了下去，他看着父母对视一眼，两人似乎瞬间达成了什么默契。

陈思远他妈又说：“你看，你一个月赚一万多，两三年就能把你弟弟欠的钱还完了，你的钱、你的钱我们可以之后再一起还……”

“是啊小远，你弟弟那个不争气的，他那边要得急，要是不早点儿还，我们老家的房子就保不住了……”一直不太说话的父亲也开口了。

陈思远的心彻底沉了下去。

说得好听，先还完那个没见过面的弟弟的债，再还他的，还说什么不这样就保不住房子，说来说去，他们就是想要他先替弟弟还赌债。

陈思远是在桃花井长大的，市井之中的赌徒并不少见，那些赌博的人只要有人还债，一定会欠下更多的钱。陈思远不相信他那个弟弟第一次赌博就敢输十七万，还不是因为有人收拾烂摊子，被人纵容出来的！

而且，这对夫妻要是真的性子刚强，不管欠债的儿子，那些收债的也没理由拿走他们的房子。当然欠债的人肯定不好过，会被打，甚至会被切掉手指也不一定。但那都是一个赌徒应得的下场，对他们仁慈，只会拖累全家，最后落得家破人亡。

这道理谁不懂呢？但是陈思远的亲生父母还是把他当作一个什么都不懂、被宠坏的天真小孩，拿着这套话哄他。

陈思远冷静下来才突然发现，他确实不了解这对夫妻，除了知道他们是生下他的人，他对他们一无所知。那种血缘带来的冲击退散之后，陈思远心中猛地泛出一股陌生来。

他看着那对夫妻，突然说："你们先搬出去，我给你们租个房子吧。"

陈思远没有欠债，但是他突然觉得，趁着这个机会让他们搬走也是好事。他要好好想想这半年发生的一切！从半年前和他们相认、偷偷给他们生活费到带他们回家，这一切发生得太快了，他此刻才发现，自己真的太冲动了。

“什么？小远，你可不能出息了就不管你弟弟啊！你要是不管他，他就要被人剁手了啊！”陈思远他妈听到他这么说，顿时崩溃大哭起来。

“那我呢？我不还钱就不会被人逼、被人打吗？！”陈思远说着鼻子一酸。

对自己的血缘亲人，他到底是愤怒的、在意的，可是他并不想在这两人面前表现出来，他只是说："我给你们三天时间，你们搬走吧。"说完，他转身进了房间，关上了门。

陈思远如今只是庆幸他没有真的欠钱，没有真的一无所有，如果此刻他真的欠债二十万，父母却要逼着他先帮没见过面的弟弟还债，陈思远觉得那样自己真的会绝望到疯掉。

他坐在电脑桌前，突然想起了之前陈冰哥逼他拿出钱包时的冷笑，还有他那句“别人说什么你就信什么”。陈思远一个激灵，他想了想，突然拿出手机，拨通了陈冰的电话。

“陈冰哥，你跟我说实话，你是不是知道些什么？”陈思远沉声发问。陈冰的笃定太过奇怪，冷静下来仔细一想，他的言语之中似乎一直都有什么没有说尽的东西。

“你问我这个干什么？”那头的陈冰显然已经睡了，迷迷糊糊的。

“刚才他们跟我说，让我帮我弟弟还赌债……他们说找了我二十几年，说我被拐卖了，可是他们从来没告诉过我我还有个弟弟。”

陈思远的话刚说完，电话那头就传来陈冰破口大骂的声音：“什么？让你帮没见过面的人还钱？他们好大的脸！我告诉你陈思远，你小时候可不是被拐卖的，你是被你爷爷奶奶捡回去的！听到了没？你不欠他们什么！”

“我是被捡回去的？！”陈思远什么都没听到，就听到了这一句。

“那不然呢？你这个傻子，别人说什么你信什么，你……”陈冰在那头还在骂人，陈思远却一句也听不下去了。

挂断电话之后，陈思远慢慢抱住自己的膝盖，突然想到小时候，每当他这么难过的时候，奶奶都会走过来问他：“小远是不是受委屈了，要不要跟奶奶说说？”

陈思远捂住头，半晌，突然呢喃：“陈思远，你到底干了什么啊！”

6

一个多月后，陈思远突然出现在桃花井社区，老一辈的人都斜着眼睛看他。

陈思远看着很憔悴，他勉强地笑着和这些以前的街坊邻居打招呼，一路来到了陈冰的花店门口。

“百草堂”里除了花草的香味，就是一股子咸鲜的汤味儿，陈思远一走进去，就看到陈冰一脸幸福地呼噜呼噜地喝着汤，而他的身边站着个一头白发的温柔老太太，年纪很大，穿着赭色的毛衣，看上去温柔又慈爱。

“奶奶！”陈思远一声喊，打破了“百草堂”花店的愉悦气氛。

陈冰抬头一看，就看到了站在门口的陈思远。一直以来自诩精英、总是西装革履的陈思远，这会儿虽然还是穿着西装衬衫，但衣服都有些发皱了，头发也乱蓬蓬的，整个人看上去有点儿失魂落魄的可怜感觉。

“哟，小远啊，你怎么来这儿了？不是应该在上班的吗？”陈奶奶一转头，也看到了陈思远，顿时就着急了，赶紧上前拉着陈思远的袖子左看右看，一脸的担心。

陈思远这一路过来，做了无数心理准备。他本以为会被奶奶漠视或者干脆无视，毕竟如今想起来，父母和奶奶的各种矛盾，综合在一起不过是那对父母想要争夺控制权罢了。

他们骂奶奶铺张浪费，骂奶奶生活支出太多，都是各种各样的小事，陈思远总是和稀泥，他希望双方都不要受伤害。可是奶奶做的一切，受惠者是他，他的和稀泥，其实就是对奶奶所做一切的否定和伤害。

陈思远越是想明白了，越是不敢看奶奶。

可是他最近真的太难过了，真的支撑不住了，于是身体就像是有记忆一样，拉着他回到了长大的地方。

他心中忐忑，却没想到一见面，奶奶居然好像忘了自己受过什么委屈一样，反而是先关心他是不是受了什么委屈。

原本还憋着一股劲儿的陈思远顿时就像是小孩找到了家长一样，眼泪瞬间就落了下来，那委屈劲儿再也压抑不住，他带着哭音喊：“奶奶，陈冰哥，他们欺负人！”

这告状的熟悉劲儿听得陈冰一阵头大。二十年了，陈思远还是一样的配方、一样的味道，在桃花井张牙舞爪是个小霸王，出去一受委屈就跟小狗一样，只会嗷呜嗷呜地回来找人哭叫。

只是小时候是被人抢了棒棒糖和零花钱，这一回他闯了大祸，是个更大的烂摊子——陈思远的房子被他爸妈给霸占了！

原来这一个多月，陈思远和父母撕破脸之后，又跑了一趟他们的老家，很快就弄清楚了当年事情的真相。

所谓的被拐卖，其实不过是假意的掩饰。

陈思远生下来后极易惊厥，当时医疗条件不好，乡镇医生就让他的父母带他去大城市再查看一下。到了大城市，他们舍不得心脏造影等一系列细查的钱，医生没办法详细判断，只能说怀疑有心脏发育不全的可能性。于是这对夫妻一合计，既没钱治疗，他们又还年轻，就干脆把孩子给扔了。回去之后，他们只说把孩子送人养了，很快生了老二，之后二十多年压根儿就没想起来过陈思远，更别提找他了。

而他们之所以来找陈思远，真相也没有想象中那么美好。

陈思远的弟弟输光了家产，连家里的房子都差点儿要卖掉，这对夫妻这时才想起来还有个儿子。他们当年丢孩子之后就躲在不远处，看到一对摆摊的老夫妻把孩子捡走了，偏偏陈爷爷陈奶奶摆摊几十年也没挪地方，还真给他们问到了地方。

他们看到陈思远西装革履一副精英打扮顿时大喜，很快就跟陈思远相认。而之前每个月六七千的花费，里面有四五千都被他们拿来给陈思远的弟弟还债了。原本的十七万多在陈思远身上已经榨出了三万多，还有个一年多就还完了，家里的老屋也可以保住了。

两人到底是陈思远的父母，原本是想着还完账就靠着这个出息儿子养老，所以也是认认真真想和陈思远培养感情的。可陈思远的弟弟听父母说自己的亲大哥居然如此争气，很快给了陈思远他们更大的惊喜——他又去赌钱，一晚上输了五十多万。

小儿子是自己亲手养大的，这么多年的感情不说，就说陈思远之前说自己也欠了钱还得卖房子，夫妻俩顿时觉得自己这个算是成功人士的儿子也不那么可靠——管他创业还是赌博，在他们看起来欠钱是一样的。

于是在陈思远还在查当年的事情的时候，他们霸占了他的房子，等陈思远查完事情和他们对峙，想让他们搬走的时候，才发现他们三人居然已经在私下打算卖房了！

“你那是商品房，贷款都没还完，房产证都不在自己手里，怎么卖房啊？”陈冰被陈思远爸妈的这一番操作给惊呆了，忍不住发问。

“我也说了这房子不许卖，他们也卖不掉，然后他们就要卖我家里的电器家具，还说我是他们的亲生儿子，必须给他们养老钱……奶奶，我对不起你！”

在这两个基本上是看着他长大的、最信任的人面前，陈思远的眼泪那是止也止不住。他觉得自己是个混账，和奶奶好好的日子不过，居然去信他那个什么亲生父母！他怎么那么蠢，就不查一下当年自己是被拐卖还是被抛弃，怎么不去问问最亲的、养他长大的奶奶！他甚至还把奶奶赶出家门，让那几个吸血鬼住进家里！

这一定都是他的报应。

“什么报应，这可是我拿养老金和你爷爷的补贴买的房子。走，我倒要看看他们谁敢动我们家的东西！”陈奶奶慈爱温和的表情瞬间就变了，一身的气势，背后仿佛燃生出了火焰。

陈思远这才发现他把自己心里想的话说出了口，可他还没来得及再说话，就见陈冰的表情也变了。

陈思远是个糊涂的、被人一骗就上当的傻子，但那也是陈奶奶和陈思远的事儿，陈奶奶心疼孙子，她老人家愿意忍。陈冰可以去折腾陈思远，但是到底也不能真的干涉这件事儿。但是外人想要动他们桃花井的人的东西，那可就不是一个性质了！

陈思远在今日终于目瞪口呆地目睹了他未曾注意过的、属于桃花井这个市井街区的人们的另一面。

凶悍的、杀气腾腾的，一群老少带着一无往前的气势，骑着电动车，赶到了南都花园这个高档小区。

陈思远带着一群人打开自家门的时候，还觉得自己是在做梦。然后他就看到几个陌生人在搬他的电视。

那是陈思远亲手挑选的、价格高达七千多的4K高清弧形超薄液晶电视。陈奶奶没别的爱好，就是爱看电视，陈思远买这台电视时她还特别心疼，但是之后每天看电视的时候都直夸这个电视好，又大又清晰，看久了眼睛也不花。

“你们干什么！”陈思远还没回过神，陈奶奶已走上前，怒吼出声，“都给我放下！”

“对，你们干什么呢，入室抢劫啊？！”高奶奶不甘示弱，揪着这群人就让他们放下东西。

“我们给屋主钱了的！”这群人莫名其妙地被一群老人围着抓打，又不敢还手，只能狼狈地大喊。

这时候，听到动静的陈思远他爸妈从房间里面走了出来，两方人马可谓是仇人见面分外眼红。陈思远他爸妈大吼：“你干什么，这是我儿子的家！”

“我呸，你儿子，陈思远他姓陈！他在你家户口本上吗？你们两个好大的脸！我告诉你，这房子是用我的养老金买的，陈思远是我一手拉扯大的亲孙子，你们两个想给我当儿子儿媳，老娘不认！”陈奶奶岁月静好的温婉老人形象瞬间就被丢到了爪哇国，对着陈思远爸妈破口大骂。

显然陈思远接这两人和她一起住的那段时间里，陈奶奶心里没少憋着气。

“不管怎么样，陈思远都是我亲生的，我怀了八个月生下的，他不能不认我们！他要给我们养老！他不能不管他弟！”陈思远他爸妈在村里历练多年，显然也不是什么好打发的角色。

“我呸，从哪个犄角旮旯里喷出来的屎也好糊在别人身上！赖上人家了啊！老婆子我活了大半辈子，也算是第一次遇到这么不要脸的人。你说咱们陈思远是你亲儿子，你喂他一口饭没？你带他上过一天学没？当年他几个月大发病全身抽搐的时候，你们在哪儿？！”陈思远的奶奶还没说话，她的老姐妹就战斗力极强地接话对喷起来。

“就是，当年小远发病，他爷爷和他奶奶可是经常半夜抱着孩子跑医院，那时候你们人呢？你们敢说当时小远被丢在草丛是怎么回事不？你们这两个丧良心的，二十几年没出现，一出现就让别人养得好好的娃给你们养老，我呸，你们做梦！”旁边的老太太战斗力也不弱，接过话继续骂人。

“随便你们怎么说，陈思远就是我家的娃，是我们的亲生儿子！你们养大的又怎么样，他就不是你们陈家的种！”陈思远他爸见老婆不敌这帮老太太，顿时也加入骂战之中。

“你有可能还不是你爹的种呢！你敢问你妈不！”旁边一起来参战的老爷子见陈思远他爸开口，也加入战斗。

这问候对方父母的话一出口，这帮加起来超过一千岁的老头儿老太太再也无法止于骂战，双方短兵相接，顿时打成一团！

“陈冰哥，咱们不管吗？”陈思远颤巍巍地指着那群打架的老人家。然后他就看到他陈冰哥懒洋洋地摇了摇头，显然是不打算管了。

只见他们这三十多个人，年纪大的围着陈思远那蹭便宜的父母又抓又打。桃花井的老头儿老太太都是市井人士，打起架来手黑身滑，人家那头都头发散乱满脸血痕了，他们还在大吼：“欺负老人啊，我这老腰啊，赔钱赔钱！”

屋里热闹得一塌糊涂。

陈冰慢悠悠送走那群震惊过度的买二手家电的人，赔了他们钱，然后关上门，打电话报警：“警察叔叔我要举报，南都花园 11 栋 8 楼 802，有人打老人！”

陈思远惊呆了。

尾声

“陈冰哥，我来了！”

“百草堂”花店外，西装革履的年轻人将车停在门口，摇下车窗对着花店里面大喊。

“行，把后备厢打开！”从花店走出来个高大的小麦色皮肤的年轻男人，他浓眉星目，看上去英俊端正。

陈冰剃了个毛栗子头，身上是夹棉的老式棉袄，灰蓝色调，脚上穿着老棉鞋……要不是这脸和身材撑着，这打扮就跟个老大爷一样。

陈思远开了后备厢，就看到他陈冰哥小心地搬着用塑料膜层层盖好的花盆。

两人飞快地搬完，关了车厢盖，陈冰走过来说：“回去赶紧搬上楼，这反季节的花稍微冻一冻就死了，你小子那儿有暖气还好，就是路上要小心，知道不？”

“知道了陈冰哥！”陈思远笑了一下，用手机给陈冰转了花钱，又拿出一个保温桶，“奶奶知道我来看你，特地让我给你捎的，喏。还有，谢谢你帮我找花，这大冬天的，我知道难找。”

“嗐，谢什么，哥还不是赚了你的钱！”陈冰毫不客气地接了那保温桶，“跟奶奶说谢谢啊，这大冬天喝点儿肉汤还真是舒坦！嘿嘿！”

陈思远也笑，显然十分认同。

陈冰看着他的车慢慢开走，才进了花店打开保温桶，喝了一口热汤。汤水从喉咙流过食管滑过胃，最后到达四肢百骸，他整个人因为这一口汤，彻底温暖起来。

是熟悉的莲子百合瘦肉汤的味道。

半个家的味道。

你看，人就是这么简单的存在，陈冰和陈奶奶虽不是一家人，却能在这味道之中找到家一般的归属。

这道理，经历这一遭的陈思远大概也懂了。

血脉至亲、生身父母是你的亲人，可谁能说一起生活了二十几年、一口茶一口饭把你养大、给你煲汤做饭的人，不是你的亲人呢？

那些茶饭浓汤，难道不是化为了血液，让你们长在一起，变成了一家人吗？

幸好这道理，陈思远到底是弄明白了，也不枉费陈奶奶疼了他这一辈子。

寒风呼啸，陈冰看着窗外，喝了几口汤，忍不住用手机放起了老陈最爱的那首《甜蜜蜜》，摇头晃脑地听了起来。邓丽君的声音甜蜜温软，混合着香浓的热汤，让人感觉冬日都甜蜜了起来。

再过半个小时，陈奶奶大约就能收到陈思远大冬天里辛辛苦苦找到的连根百合花了吧？等听这小子说要把小阳台改成一个小花园，给她种最喜欢的百合和绿植，陈奶奶应该会很高兴吧？

这人生最美，从来就是花香与爱为伴，一口简单的汤水罢了。

幸好一切波折都是美好结局，于是日日都是温软甜蜜。

于你我俗世之人，这就是最大的快乐了。

第五章

桃

T A O

桃，蔷薇目蔷薇属科，落叶小乔木，叶窄暗绿，树皮暗灰，花单生，白至白粉、红色，果实可食用。

象征意义：生育、吉祥、长寿。

1

“陈冰哥，你这会儿有空没，能不能去我家看看我家的桃树啊？”这天傍晚，陈冰正准备钻到后面的屋里去做饭，突然就有生意上门了，还是个老熟人。

“罗丹丹？”陈冰疑惑地问，“你家桃树怎么了？”

“叶子全枯黄了。这可全是春天发的新芽呢，我爸说这树是没熬过冬天……”罗丹丹跟陈冰一般大，不过二十出头，样貌清秀，做事却风风火火，这会儿说了没几句就催陈冰，“哎呀陈冰哥，我说也没用，你赶紧给看看去吧！”

她说得也对，陈冰赶紧放下手里插好的花枝，跟隔壁高婶子说了一声，就匆匆跟着罗丹丹去了罗家。

罗丹丹自小和陈冰一起长大，她家和陈冰家一样都住桃花井这老社区的一楼。当年一楼的绿化带都让开发商当作小绿地给卖了，所以各家各户的一楼都圈了当作小院儿。不过罗丹丹家不像是陈冰家把前院全抹了水泥当作铺面摆花草，而是好好地留了下来当院子使用。

还没走进那围起来的院子，就能看到一棵桃树，一点点绿色可怜无比地躲在西面顶尖尖处的那一撮，其他地方尽是枯枝败叶，和隔壁人家绿意盎然的杏树比起来，像是冬春两季一般对比明显。

陈冰一走进去，就看到一个满头白发的老人坐在院子里，颤巍巍地抚摸面前的桃树。老人脸上满是皱纹，头发花白，走路都有些颤，显然是年纪大了腿脚不好了。

“罗爷爷。”陈冰上前打招呼，笑着说，“您这会儿没写毛笔字？”

“爷爷都快担心死这棵老桃树了，一直说这是咱们罗家祖上传下来的唯一念想，生怕这棵老树死了……”罗丹丹在旁边碎碎念起来。大约是一家子都是老师的关系，罗丹丹讲起话来条理清晰又爱碎碎念，自小就是一说话全小区孩子都头大的类型，偏她自己还一无所知，与所有教师的职业病一样，逮着人就爱不停说话。

陈冰可不想先听半小时的“罗家与桃树的渊源”。倒不是他没好奇心，实在是从小听到大，真的一点儿神秘感都没有了。他赶紧走过去开始检查那棵桃树，罗丹丹见此倒也不打扰他，就在树下和自己的爷爷有一搭没一搭地说着话。

等陈冰检查得差不多心里有数之后，院门又被推开了，进来一个一脸疲惫的中年人，看上去五十多岁，头发也白了不少，穿着卡其色的上衣和深色牛仔裤，打扮得很随意。他眼神疲惫，脸上带着点儿懊恼，显然是带着烦心事回家的。

“哟，冰儿怎么来了？是为这棵老桃树？”看到陈冰的一瞬间，他脸上露出个亲昵的笑容。

陈冰跟这位伯伯也熟，见他猜出来意，赶紧说：“是啊，这棵树有点儿麻烦哦，是枝叶病，得赶紧消毒剪枝。”

“枝叶病麻不麻烦，有救吗？”罗伯还没说话，树下的罗爷爷就赶紧站起来问了，显然十分担心。

陈冰赶紧跟他说：“没事儿，麻烦是麻烦，但是这棵桃树还有救的。”

枝叶病其实并不是树木病症，只是陈冰他们对外行花草主人的一种说法，差不多代指所有植物枝叶出问题的症状，比如发黄、发红、掉叶子或是枝端枯死等。

而罗家这棵老桃树并不是得了最麻烦的红叶病或是肥料问题导致中毒，而是最简单的虫害而已，程度较轻，还没威胁到最大主干，最多是麻烦一点儿，在施肥之后喷一些调配好的辛硫磷或是抗芽威药液进行灭杀，然后修剪坏死枯枝，再养一养就好了，实在不行再输一下营养液。在陈冰看来，虽然麻烦，但确实不算很大的问题。

罗家一家人听到这话脸色都好起来，虽没太明白陈冰要干啥，但还是爽快地说了让陈冰怎么方便怎么来，说着还拉着陈冰去了客厅吃了一顿丰盛的晚饭。

罗丹丹的妈妈早年也是老师，据说是生了罗丹丹身体不好才不得不辞了工作。她说话慢条斯理、轻声细语的，做饭也十分好吃，陈冰吃得满嘴流油，放下碗筷就打了个嗝儿。

罗丹丹去洗碗了，罗伯吃了饭后从包里拿出一沓试卷，眉宇之间染上一丝愁绪。

"小孩们最近又怎么了？"罗丹丹的妈妈丁婶在一旁跟老公轻声细语地说起家常来。

这时候刚吃完饭，当然不能甩手就走，不然也太不礼貌了，陈冰只能假装感兴趣地有一搭没一搭地听起来。

念书的学生的事情听起来其实差不多，大多都是哪个孩子不听话、哪个小孩半夜翻墙出去玩，或是哪些学生不交作业之类的，陈冰听得昏昏欲睡。

这人一酒足饭饱就犯困，真是没法儿的事儿，他这稀里糊涂地听着呢，突然就听到罗伯一声怒喝："……所以我就说，让他请家长！"

陈冰因这一声暴喝从梦中惊醒，擦着口水惊慌地看着罗伯，茫然地问："怎么了怎么了，罗伯你这是吼啥呢？"

"我们班那个男生啊！"罗伯知道陈冰刚才肯定打盹去了，但是他实在是愤怒极了，这会儿多一个人听似乎就多了一个支持者一样，连忙跟陈冰说起来。

要说难搞的男生一般学校里肯定会有，这是无法避免的。陈冰当年就是问题学生之一，所以这会儿听着这位后辈的事儿，压根儿就没办法和身为教育者的罗伯产生共鸣。和学生打架、上课不听讲算什么事儿啊，他当年都干过，不过他天生智商高，没耽误读书罢了。

“他还尾随人小姑娘！”

听罗伯说到这里，陈冰才认真起来，脸色带了三分严肃。他看着罗伯，有点儿疑惑地问：“也许是人家小孩谈恋爱你不知道呢？”

“不是，我问了那小姑娘了，人家压根儿不认识他！”罗伯显然也最在意这个事儿。

陈冰刚大学毕业一年多，读高中的事儿好像还是昨天呢，这会儿听着罗伯这么说，顿时就有点儿在意。

这一般不爱学习的学生和真正的坏蛋可是有着与喜马拉雅山一般巨大巍峨的差距的，其中最大的区别就是不欺负弱小。同样是打架，学校里的学生一般还带着三分侠义之气，可那些欺负弱小同学和欺负女孩子的，在同龄人之中都是被人看不起的最低级人物。

这道理在老师心中也是一样的。同样都是爱打架的问题学生，和自己同等级的闹事儿老师会觉得头疼，心中却绝对没有偏见，但若是对着发育没那么快的同学下手或是欺负小姑娘，那严重程度可就不一样了。

“那还真是要请家长好好说说，好好教育一下。”陈冰也不由得点头。尾随不认识的小姑娘这种事儿，可不是什么好兆头。

在罗家又拉了好一会儿家常，约好明天带着消毒药水上门消毒施肥，陈冰就溜达着回去了。他这会儿还不知道，明儿他就要目睹暴力现场了，还是惨绝人伦的学生埋伏打老师。而受害者正是今天还慷慨激昂的罗伯——关南高级教师、桃花井诗书传家的体面人。

2

要说这也是冥冥之中的缘分。陈冰一般不会离开桃花井，偏那天高叔家的杂货铺没有他要买的消毒液。因此他只能骑着电动车一路出了桃花井，去了附近的大超市买药水。

这也正常，桃花井的杂货铺都是给日常服务的，陈冰要买的那种药一般人家也没这个需求，杂货铺自然不会有太多备货。

陈冰买完给桃树消毒的药物之后又买了点儿肉末，打算晚上做点儿小炒对付对付，结果骑着电动车抄近道的时候，远远就看到罗伯提着他那个老旧破皮的公文包。他正打算打招呼，就看到罗伯鬼鬼祟祟地躲来躲去，不像是在走路，而像是电影里蹩脚的侦探在跟踪目标。

陈冰一个拐弯，打算过去看看罗伯在搞什么鬼。他跟着罗伯走入小巷，还没来得及骑到前面去打个招呼，就看到罗伯身后的巷子隐蔽处猛地冲出来一个小麦肤色的高大男生，怎么看也得有个一米八的样子，比罗伯高了半个头。

那男生像只豹子一样，龇牙咧嘴地冲上去就把麻袋套在了压根儿没反应过来的罗伯头上，然后就是一拳重重地砸在罗伯的背上。

别说是罗伯，陈冰都被这个变故惊到了！

罗伯五十几岁的人了，只差几年就要退休，虽说身子硬朗，但怎么也经不住一个半大小孩这么揍。眼见着罗伯被小孩打了两拳，陈冰赶紧把车刹一捏，大吼：“你干什么！”

那男生吓了一跳，一双吊梢丹凤眼恶狠狠地冲陈冰瞪过来，明显是让陈冰别多管闲事。但陈冰可算是见过大场面的，这种半大小子的威慑对他来说简直是小儿科，他冲过去就是一拳，和这男生打了起来。

要么说这半大小子跟炮仗一样，就陈冰这“久经沙场”的老前辈，都差点儿没制住这男生。两人你来我往，陈冰脸上被揍了一拳，直接被打出了火气，才算是死死把这男生制住了。

这时候罗伯也扯掉了脑袋上的麻袋，他看到地上的男生顿时怒了，大吼出声：“张凯，你跟踪女孩子被我看到，居然还打老师！”

地上的男生瞬间就不挣扎了，他恶狠狠地看了一眼罗伯，又恶狠狠地看了看陈冰，像是桀骜不驯的兽。

“你还不服气！我告诉你，明天你爸妈不来学校，你就别来了！”估计也是被打得狠了，加上张凯行事恶劣还一副死不悔改的样子，罗伯气得捂着胸口脸色发白，手指颤抖地指着地上的张凯大骂。

他说了几句，还想骂什么，下一刻却突然说不出话，整个人直挺挺地倒了下去。

陈冰这下吓到了，再顾不得压着这个突袭的臭小子，跳起来就冲过去看罗伯怎么了，只见罗伯面如金纸，喘不过气来，眼见着是要出大事了！

“还愣着干什么，快帮我抬人去医院啊！”陈冰回头对张凯大喊。

张凯一个激灵，大概也被吓到了，忙冲过来和陈冰一起将罗伯抬到了电动车上。

陈冰看了看，咬牙说：“你抱着罗伯坐稳，听到没？行不行？！”

到底还是个孩子，虽然人高马大的，真遇到事儿就麻了爪，被陈冰这么一吼，他紧张得话都说不出来，只用力地点了点头。

陈冰跨上电动车，让张凯固定好罗伯，一咬牙，油门捏到底，按着喇叭一路从巷子里冲出去，飙着车往医院冲。

这也是没办法的事儿。关南是座旅游城市，又是工作日，这路上都有点儿堵，真等着打到车再去医院，怕是罗伯真的要凉透了，倒是陈冰自小在这片地区长大，哪里能抄近路去最近的医院他门儿清。最重要的是，不远处就有间综合医院。

陈冰刚一路飙车到了急诊门口，就被眼尖的护士发现了。这么一路被接应着冲进去，等罗伯被接进去急救的时候，陈冰才发现自己全身脱力，瞬间跌坐在等候区，连手指都动不了了。

旁边的张凯也没好多少，刚才还精神百倍地揍人的小孩，这会儿精气神儿都被吓没了，蔫头巴脑的，像是只收了利爪的大猫。

“你们谁是家属，过来交费！”两人都还惊魂未定，就听旁边的护士过来催促交费了。

陈冰不知道哪里来的力气站了起来，就要掏出卡来交费，一旁的张凯却先动了，他站起来对着护士说：“去哪儿交？”

“你这小孩别逞能，真出了事儿多的是你要哭的时候，你哪儿来那么多钱交医药费？”陈冰怕这小孩打肿脸充胖子。他今儿是惹出大事了，但是他才念高一，最多十五六岁，能负担个什么事儿呢？到时候还不是得爸妈出面。

陈冰也不想在这个时候跟这小孩再争吵，呵斥了一句就站出来要交费，结果护士一开口，他就尴尬地站住了。

护士说：“还在抢救，先交三万，到时候多退少补。”

这其实不算一笔很大的钱，毕竟这人进了医院，那钱就跟纸差不多了。问题是这一笔不算多的钱，陈冰他掏不出来啊！

早先大学时打工当家教，陈冰是攒了一些钱的，加上后来实习上班，他手紧能聚财，回关南的时候手上有三万多。可是这一年多“百草堂”一直是亏比赚的多，加上屋漏偏逢连夜雨，家里用了十几年的冰箱、微波炉又坏了，不得不换了新的……这七七八八算下来，他手上的钱还少了一万多。

手上不到两万块钱，陈冰顿时就急了。

“手机支付可以吗？”陈冰这儿正着急呢，旁边的张凯开口了，见护士点头，他就跟着过去，面无表情地付了钱。

护士打了单子出来，陈冰都没反应过来，他茫然地看着张凯，这是他第一次认真打量罗伯口中不懂事的学生。张凯才十五六岁，长得和陈冰差不多高，只是到底是少年，高瘦单薄，一双吊梢丹凤眼显得不像个好人。

“我会给老罗赔钱的。”张凯显然是从刚才的震撼和害怕之中慢慢恢复过来了，他冷着脸对陈冰说，“医药费要多少我包了。”说完他就不再说话，抱着手臂站在走廊等抢救结果。

陈冰看着他那副不好打交道的样子，觉得这小孩性子太野，惹出这么大的事情居然只是怕一会儿就又是一副云淡风轻的样子，心里顿时不太舒服。

但到底陈冰这会儿更关心罗伯的事儿，回过神来就张罗着给罗家人打电话。

罗爷爷肯定是不能通知的，这会儿还没出结果，不能让老人操心，罗丹丹和丁婶是必须通知到的。

好在上天没打算给罗家一个痛击，罗伯被抢救回来了。医生说了一大堆，陈冰没太明白，大概只知道罗伯长期压力太大心情太过焦虑，心脏这会儿出了什么毛病，让他以后都不可以高压性地工作了，要注重保养，目前就是继续住院，治疗两周再观察一周，没大问题就可以出院了。这结果倒也能接受，人还在就什么都好说。

陈冰这儿听了半天，门外忽然响起惊惶的声音，他一回头，就看到罗丹丹和丁婶都赶过来了。两人一看到躺在病床上还在输液、还没彻底清醒的罗伯，眼泪唰地一下下来了。

丁婶一边忙着上前去照顾罗伯，一边向陈冰问注意事项，想给罗伯做点儿有营养的东西补一补。

两人刚说了几句话，就听到身后“啪”的一声，陈冰和丁婶回过头，只见满脸泪水的罗丹丹恶狠狠地看着张凯，说：“我爸这辈子对学生比对我还关心，没想到居然教了你这种猪狗不如的学生！你怎么忍心对一个五十几岁的老人下手！”

张凯那双吊梢丹凤眼瞪起来，双手握拳，眼见着下一秒就要动手。

陈冰赶紧站起来，一把拉住张凯：“你先走。”又对罗丹丹说：“有什么事等罗伯醒了再说。”

好说歹说没让病房里闹出事儿来，陈冰心想，这都是什么事儿啊。他满身疲惫，却没想到这事儿不但没完，还只是一个开始——张家的爸妈要告罗伯！

陈冰知道这件事的时候，正提着东西进门，预备给老桃树修剪枝叶，刚巧遇到了怒气冲冲的罗丹丹。

“来啊，告就告，以为他们家开连锁酒店的我们就怕了吗？我倒要看看这世界上还有没有公道王法！”罗丹丹大骂，手上拿着刺目的法庭通知。

但是陈冰看得出来，罗丹丹心中十分紧张。

丁婶不在，大概是给罗伯送饭去了，罗爷爷在敞开窗户的书房里躺着，偶尔发出咳嗽声，显然老人家是听到了消息，给急病了。

罗家如今被人欺负上了门，罗伯一个五十几岁的人被打，打人的小孩的父母居然想的不是和解，而是直接把人告上法庭。按说这事儿和陈冰一点儿关系都没有，可如今罗家老的老小的小，不说罗丹丹是个心直口快没经过事儿的，就说这屋里罗爷爷还躺着，她也没办法去解决这事儿。

陈冰此时刚好剪完桃树的一枝分枝——这枝叶不能一次性剪完，剪多了伤了树，树就要死。他直起腰来，对罗丹丹说："丹丹，你跟我说说，那个张凯家是什么路数？"

他这是要管这事儿了。

没办法，当年老陈还在那会儿带孩子糙得很，陈冰受街坊邻居的照顾长大，是罗伯揪着逃课的他补了两个寒暑的课，最后好歹把他塞到了省状元的位置，而他当年大学在京市摆摊卖对联写的毛笔字，还是罗爷爷手把手启的蒙。这罗家爷俩对陈冰来说也是师长，如今师长被欺负得一个躺家里一个躺医院，家里只剩下丁婶她们娘俩，还得照顾病号分不开身……这事儿除了陈冰，也没人管了。

罗丹丹面上咬牙切齿，心里其实也慌得很。她自小被家里人保护得很好，真出了大事其实六神无主，只是爷爷还躺着，她怕自己慌了老人家心里更着急。如今陈冰一问，罗丹丹就什么都说了。

3

陈冰慢慢听出来了，今年接手那个叫张凯的小孩之后，罗伯就一直十分头疼。这孩子沉默寡言又好勇斗狠，经常和人打架不说，前不久居然发展到跟踪学校一个女孩，把女孩吓得哭着跟老师告状。

这事儿闹得挺大，偏这张凯的家长一点儿都不重视，罗伯前后给他家里打了好几个电话，对方总是说没空，从来没在学校出现过。父母都不在意，可想而知，小孩自然就越长越歪，最后闹到打老师、害得老师住院的地步，第一反应居然还是告老师。

“欺压打骂学生，造成学生性格偏激？”陈冰看到那上面给罗伯列的“罪名”，忍不住震惊出声。打从去年冬天遇到陈思远那对极品父母之后，他真的很多年没遇到这么不要脸的人了。

“是啊，我爸从来没对学生动过手。陈冰哥你也知道，我爸这人虽然固执了一些，你说他骂人我信，但他从来都不是动手的人。我小时候那么皮，他发火把我从网吧拎回来，都忍着没动我一根手指头……”罗丹丹说着说着眼泪就下来了，她擦了擦脸，带着哭音说，“他们不要脸冤枉人，还说我爸讹诈他们家医药费！”

“没事儿，丹丹你别急，好歹还有我这个证人呢。今儿的事情做完了，东西我就先放院子里了。”陈冰安抚了罗丹丹，把防护服一脱，对屋里躺着咳嗽的罗爷爷大声说：“罗爷爷，先不忙着急哈，我这就出去看看这事儿到底是怎么回事。您先别慌，您看您一慌，丹丹都急成什么样子了！”他说着又安慰了一下老人，总算让爷孙两人心中微定，这才出门，骑着电动车去医院了。

光听罗丹丹说的话，信息还不够全面，陈冰第一站去的是医院，他要去跟罗伯打听一下这张凯家到底什么来路。

罗伯刚吃完饭，躺在病床上，恢复得还不错，这会儿人也有力气了，只是还是不能激动，说话慢条斯理的。陈冰一过去他挺开心的，还有力气问院子里那棵桃树的事儿。

“好得很好得很，目前一切顺利，夏天估计还能赶上挂果……就是肯定没有往年多。”陈冰跟他汇报完老桃树的情况，也不说法院通知单的事儿，只是旁敲侧击打听起张凯的事儿来。

他左右张望一下，说：“咦，你那学生没过来看你？”

罗伯根本没发现陈冰有什么异常，他点了点头，自然地说：“今儿还在上课呢，来医院干什么。再说小孩懂什么，他还非给我付了抢救的医药费，你说他一个小孩，随手就花了几万块，一点儿也不心疼，父母知道了可怎么想。哎，我跟他说想见见他的父母，他没听完就走了，真是让人操心……”

这话匣子一打开就好说了，陈冰不动声色地听完，大概勾勒出了一个简单的家庭形象——事业有成的父母，被娇惯着养大的小孩，因为无人约束于是越来越扭曲的脾气……

张凯跟踪女同学的事儿留着给罗伯这个老师回去解决，目前陈冰要解决的，是张凯父母说罗伯讹诈的事情。这回罗伯发病，前前后后花了两万多，等到出院，这三万块应当没剩几个钱，可能还得补个几千。

罗伯家和陈冰家一样，都是没什么积蓄的家庭。倒不是老师待遇有多差，而是罗伯他带的学生里总有家境差的，罗伯这人心软，不能眼睁睁看着有出息的孩子给家里拖累上不成学，于是总是忍不住伸出手，想着能帮一把是一把。这多帮了几把，孩子是一个个送出去有出息了，自己却忙碌半生都没存下钱来，如今一家人还挨挨挤挤地住在桃花井小区。

所以这个治疗费，罗家是拿不出来的。

这事儿怎么说都是张凯给惹出来的，罗伯于心不忍不想学生赔偿医药费，陈冰却不能让他开这个口。更别提是张家父母不教育孩子，反而还倒打一耙了。

了解到基本信息，陈冰也不耽误了，跟罗伯又说了会儿话，宽慰了他之后，就杀气腾腾地冲着关南一中去了。

是的，他压根儿没打算找张家父母。听完罗伯的话，陈冰就知道这事儿想在法庭外解决，估计还是得从张凯入手。

张家父母在商场纵横打拼，听着行事作风也不是什么慈善人，对被儿子打的老师都能直接告，可见没什么人情味儿，指望他们还不如指望一下张凯。

不管这小孩到底是怎么回事，至少当时陈冰可是亲耳听到他说要管老师的医药费的。陈冰只希望这事儿能在小孩这儿达成和解，毕竟这小子能随手刷个三万不心疼，可见也不是缺钱的人家，这事儿能撤销诉状最好。

但真的闹大了也不怕，毕竟事情责任在谁一目了然。就是折腾人啊，这来来回回的，不说罗伯心里多难受，就说罗爷爷能不能坚持住不因为大喜大悲出什么事儿都难说。

陈冰做好了全部的心理准备，具体怎么跟张凯谈判都想好了，准备见面就用激将法直接冷嘲热讽说一句“你这保证也不顶事儿啊”。按照他所想，十五六岁的大少爷最不喜欢被人小看，一句话让小孩负责，剩下的事情就交给他解决，简直不要太完美。

结果万万没想到，他是堵到张凯了——毕竟人流之中，一米八几的男生实在是显眼，也把这句嘲讽的话说出口了，语气表情都掌握得极其到位，可最大的问题出现了——张凯根本不接招。

这孩子阴阳怪气地看着他，良久突然龇牙一笑，一点儿也不纯良，倒像是野兽龇牙要咬人一样：“想让我搞定我爸妈，不让他们告老罗？”

这么个不按套路的回复，让陈冰有点儿蒙。他愣了一下，虽然没回答，但是显然已经给了肯定答案。

张凯一笑，突然说：“行啊，钱我赔，不光住院费，营养费我都赔，诉状的事情我也能解决……”

还没等陈冰露出喜悦的笑容，张凯就歪着头，以不知哪里学来的吊儿郎当的姿态，摆着一副欠打的神情说：“只要你做到我提出的条件。”看着就让陈冰拳头发痒。

“哈？”陈冰被这个转折震惊到了，他真的很想揍人，本来就是这死小孩揍人出的事儿，结果拿来威胁他？不好意思，他陈冰自小到大被老陈追着在关南各个角落打，甚至发展到父子搏斗，就从来没服过软！

就在陈冰打算直接放弃说服计划改为打服这个小少爷的时候，他突然看到面前这小孩眼底透出一抹痛苦来。

张凯以为自己隐藏得很好，但是他到底还是个孩子，陈冰一瞬间捕捉到了他眼底的真实情绪，因此也就冷静下来了。

张凯笑着说："很简单，你带我进一家酒吧，我就把接下来的事情解决。"

"不可能！"陈冰转头就走。谈崩了就谈崩了，他可不带十几岁的未成年人去什么酒吧。

"我不去里面喝酒，也不沾里面任何东西。"张凯跟了过来。

陈冰一听就奇怪了，他停下脚步转头问张凯："那你进酒吧干啥？"

"去看看稀罕。"张凯随口说。

"再见！"陈冰翻了个白眼，抬步就走。

下一刻，陈冰的手被抓住了，他转头看张凯，小孩眼神幽深，像头狼崽子一样。

他轻声说出了实话："你想撤诉吗？我也想。所以你最好带我进去，去了那里，我才能撤诉。"

陈冰觉得这实在是太荒谬了，这小孩为了装酷去酒吧见识见识，居然撒出了这种匪夷所思的谎来。

他更觉得匪夷所思的是，当天晚上，他带着换了一身衣服的张凯打车到了酒吧门前。

我一定是疯了，才会相信一个十几岁的小孩随口扯的谎！

看着身边和自己差不多高、换了身衣服也掩不住少年气息的张凯，陈冰叹了口气，说："你最好别骗我，不然等会儿你就有幸能体验一下我从小到大练出来的揍人技术了。"

张凯没说话，一晚上都冷着张脸。

两人就这么直接走进了酒吧。这里面比想象的清幽，不是吵得要死的那种酒吧，反而气氛优雅，萨克斯的声音低柔，让人瞬间慵懒下来。

张凯飞快地走在前面，陈冰飞快地在身后追，结果张凯没走多远，转了个圈，在靠近里面隐蔽一些的地方停住了脚步。

陈冰飞快追过去，就听到张凯对着卡座里的男女说："真巧啊，爸。哦，还有……姜阿姨？"

他的声音拉得很长，吊儿郎当的，带着股轻慢，充满了陌生和嘲讽。

陈冰看到了他捏紧的拳头。

4

如果把人生最尴尬的事情排个榜单的话，被迫围观他人家中的丑事应当是能排进前十的。

陈冰这会儿就身体力行地感受着这份尴尬。他带进来的张凯正对着他爸冷笑，旁边的美艳女人一脸的心虚，不用问都知道，这两人肯定有什么见不得人的关系。

“你、你是怎么进来的，你才十六岁！”张凯他爸显然不想回答儿子关于自己私生活的问题，反而是逮着他身后跟着的陈冰准备发难。

“得了，我早知道了，只是我联系不上你，也联系不上你老婆，只能委托人带我进来跟你说个事儿。”张凯平静的反应令人心惊，他云淡风轻地说着，“老师是我揍的，钱是我赔的，你们不经过我允许告人家，不怕我在法庭上打你们的脸，让你们上新闻吗？嗯，我想想……恶毒富商骄奢跋扈，状告被儿子毒打的受害老师，或者跨国集团高管仗势欺人，反咬儿子老师，大概这个风格的标题，你觉得如何？”

“你！张凯，你知不知道自己在说什么？！”张凯他爸显然被自己儿子的行为刺激到了，气得指着张凯的手一直抖。

然而张凯根本没理他，只是继续说：“我就来通知你一声，要么撤诉，要么上新闻，你自己选。”

说完，他转身就走，临走突然停下来：“你老婆那儿，我也懒得一个个再找，就麻烦你通知一下。”

张凯这才大步往外走，陈冰赶紧跟上。

两人一路出了酒吧，走到路边，陈冰憋了又憋，到底憋出了一句：“你没事儿吧？”

酒吧昏暗，其他人可能没看到这小孩的神情，还有人窃窃私语这个小孩的冷酷。只是陈冰看到了，张凯转身的时候，眼里有泪光。

到底还是个十六岁的小孩啊，怎么可能真的是铁石心肠。

“没事……我去医院跟老罗说一声。他那么穷，去年还穿着破洞的衣服，为了几万块估计得着急死。”陈冰这会儿心中百转千回，张凯却神色冷静地说着话，还抬手打了车。

这死小孩话语间带着嘲讽，听着让人觉得浑身都不舒服，但是陈冰想到他刚才的样子，再想到他这趟找张凯确实也是为了医药费的事情，于是干脆闭上了嘴。

两人就这么一路到了医院，病床上的罗伯正躺着拿着一本书看，封面上硕大的“五年高考三年模拟”看得毕业许久的省状元陈冰浑身一紧。

旁边的张凯脸色也不好看，他进门也不正眼看人，走到罗伯病床前就开口说：“你的医药费我会付，诉讼也会撤掉……就这样，我走了。”

“张凯，张凯！”罗伯像是有什么话想说一样，伸手要抓他，可惜张凯显然是有所防备，飞快加速，几步就离开了病房。

“哎，冰儿，你怎么不帮我拦着他！”罗伯没抓住人，转头就对着站一边的陈冰生气了，见陈冰一脸茫然，他叹了口气说，“冰儿，张凯这孩子不是个坏孩子，哎，你、你能不能帮伯伯一个忙啊？”

陈冰抬头看罗伯，这五十几岁的老人鬓边已经有了白发，他眼神带着一点儿期盼和浑浊，但挡不住眼底里那温柔的光。

罗伯一伸手，拔掉了手上的输液管。

“哎！”陈冰急了。

“冰儿，算伯伯麻烦你了，帮伯伯一下。”罗伯站起来，扶住仓促上前的陈冰，微微喘着气，轻声说，“得把这件事办了，不然我这躺得不踏实。”

病房外是熙熙攘攘的行人，是灯火霓虹下的人间百态。病房内，陈冰沉默了一会儿，叹了口气，到底还是点了点头。

5

“事情不是解决了吗,你还找我做什么？”第二天傍晚再次见到陈冰的时候，张凯愣了一下。

“追忆青春,”陈冰笑了一下,说,“昨儿我陪你一晚上,今天你带我玩一晚上,怎么样？”

“神经病！”张凯翻了个白眼，显然并不想搭理陈冰。

但是陈冰既然特地赶到一中门口，肯定不是这么简单就能被拒绝的。他一把抓住张凯，笑着说：“飙车，去不去？”

张凯看了一眼陈冰屁股底下掉漆的白色电动车，脸上明晃晃“你是不是脑袋有问题”几个大字。

“不是这个，车在我朋友的修车行里，大摩托，全机械的。”陈冰调出手机里的照片，一辆全黑的机械摩托出现在张凯的视野里，冰冷的金属色和粗大的排气管彰显了这辆车有多强的马力，似乎都能听到跨坐上去之后如野兽咆哮一般的排气轰隆之声，都能感受到那微微的震颤了。

没有人能抵挡这种钢铁野兽的魅力，更何况是十六岁的少年。张凯瞬间就意动了，他沉默一阵，跨上了车。

陈冰一笑，说：“抓稳了。”

电动车快速并入车流，飞快地往关南的郊区开过去，很快到了一间很大的修理厂。

“昂子！”陈冰下了电动车，远远就见一个不修边幅的男人走过来。

这人看上去年纪不大，走过来的时候微微有些跛，穿着的衣服和陈冰类似，都是老式的对襟褂子和黑布裤子，脚上踏着千层底的鞋。两人站在一起，活生生把现代生活过出了二十世纪黑白电影的感觉。

好在陈冰浓眉大眼英气逼人，昂子也长得周正，这会儿两人站在一起像是怀旧男模，好歹没闪瞎张凯这个新世纪男青年的眼。

张凯这儿正打量他们呢，昂子就转过头来，上下打量张凯，然后对陈冰说："就是这个小弟弟？"

"是他。"陈冰也笑。

两人就像是打什么哑谜，听得张凯心里有点儿烦躁，他粗声粗气地问："摩托呢？"

"跟我来吧。"昂子也不搭话，带着两人绕过洗车修车的客人，直接往院子后面走去。

昂子跟陈冰和张凯比起来矮了大半个头，也就一米七几的样子，但是站着说话的时候其实是个挺有气势的人。可惜走路时一瘸一拐的，瞬间就让他身上那股子气质完全被破坏了，像是某个完整的器具瞬间被摔得四分五裂一般。

张凯到底年纪小，没压抑住自己的诧异，到了地方的时候被昂子看出来了。但昂子没跟他计较，而是满脸怀念地看着院子角落停着的、蒙上了油布的车子。

"我就不看了。冰哥，你带小朋友玩好了再骑回来盖上吧。"昂子说完就走，竟像是一点儿也不愿意停留一样。

陈冰也没留他，只说了句"下次来花店和老子吃饭啊昂子"就挥手让他走了，然后走过去，一把掀开了素白的油布。

张凯瞬间就忘了这世界上的所有人，他眼睛里面只有面前的摩托车——纯黑的车身、银色的排气管和金属零件、流线一般的车型、高昂的闪烁着冰冷阴森的光的车头，像是一头蓄势待发、咆哮山林的猛兽一般，威严又神秘。

陈冰自然地跨上去，脸上带着一丝浅淡的怀念，却又瞬间平静下来。然后张凯就听到了梦寐以求的发动机的轰鸣声。

"上来？"陈冰对张凯一扭头。

张凯再也顾不上心底对这个穿着古怪、一直多管闲事的怪人的顾忌，飞快骑上摩托车，紧紧地抱住了陈冰。然后他听到陈冰轻笑着说了一句："别怕，我们要出发了。"

张凯心想，他怕什么，有什么好怕的。紧接着，他感觉身下的钢铁野兽突然露出狰狞的獠牙，发出愤怒的咆哮。一瞬间，张凯差点儿整个人被巨大的加速度丢出去。他死死抱住前方的陈冰，只感觉自己离开了小院，景色在疯狂倒退。

就在张凯渐渐习惯这个速度，心情莫名轻松的时候，他们上了关南偏僻的国道。

这段国道因为另一条更近的路通了的关系，已经没有再使用，一路上看不到任何行人。车子咆哮着加快速度，张凯只感觉整个心脏都快从嘴巴里吐出来了。

“太快了。”张凯喃喃自语，他心跳得太厉害，已经有点儿受不了了。

陈冰却完全听不到一般，突然大笑着说：“来，我们要正式开始飙车了！”

下一瞬，车子发出更大的咆哮声，速度一瞬到了顶峰。张凯毫无防备，瞬间被风刮得眼泪、鼻涕一起流出来。他想大声说话，但是在这个速度下根本无法发出声音。

张凯觉得自己好像遇到了疯子。

狂风呼啸，身边的一切都在急速倒退，就像是人濒死之时会看到的人生走马灯一般，张凯再也无法听到任何声音，无法感受到任何事物，他只感觉到自己的心脏巨大的跳动之声。“怦怦怦”的声音占据整个世界，整个天地都在急速前进之下变成了流影，生理性的眼泪流出来然后飞快被风带走……

一切都失控了。

张凯突然意识到自己的鲁莽——他上了一个几乎是陌生人的车，和他在这个荒无人烟的地方一起飙车，而这个人有可能是个疯子！

他后知后觉地感知到了危险，可车子并不会因为他的后悔和惊恐而停下，速度反而越发攀升。盘旋的国道边是葱郁的绿色，车子如流影载着孤魂一般盘旋而上，像是随时都要坠入山崖之中的孤鹰。

车子的速度攀升到极限的时候，他们一路顺着落日的余晖飙到了山顶。从国道冲出去到达山顶崖边的那一瞬间，张凯感觉到了整个天地的失控——他死死地抱住了陈冰，瞪大眼睛，眼泪、鼻涕直接飞出去，准备迎接自己的死亡。

下一刻，车子发出“吱”的刹车声，他们停在了离悬崖还有几米的地方。

“啊，落日，真美啊！”陈冰趴在车头看山谷落日，大发感慨，“臭小子，我特地把你带来我们当年的秘密基地，就是让你看看，男子汉大丈夫要心胸豁达，要像这山中的落日一样……咦，你怎么哭了？”

陈冰兴高采烈地说了半天，感觉到身后没有声音，诧异地转过头，就看到张凯满脸都是泪水，一直以来淡漠冷静的小帅哥瞪大了吊梢丹凤眼，眼里再也没有一丝杀气或是恨意，反而充斥无法掩饰的惊惧和害怕。

听到陈冰问他，张凯深呼吸了好一会儿，才猛地擦干脸上的泪水，大骂道:“你是不是疯了？！”

陈冰觉得极其冤枉：“我怎么疯了？我知道你喜欢摩托车，还特地借了当年的珍藏来带你散心，你这臭小孩到底知不知道什么叫感恩……”

摩托车飙到让人看到死前才会看到的画面你觉得是散心？张凯很想这么问面前这个一脸无辜的人，但他还是要脸的，并不想说出自己的害怕，显得自己像是输了一样。

更何况陈冰的话让他瞬间抓住了重点，他对着陈冰沉下脸来，问：“什么意思？你从哪儿知道我喜欢摩托车的？”

陈冰顿时心虚了一秒，他看着一脸戒备的张凯，知道瞒不过去，叹了口气说：“昨天……刚巧你的父母联系上罗伯，聊天的时候他们说的。”

张凯瞬间就炸了，他指着陈冰说：“我家的事情关你什么事，又关老罗什么屁事？这傻子就喜欢多管闲事，教个书他以为他是圣父吗？！”他沉默一下，突然反应过来，“你们是不是拿了他们的好处？！”

张凯眼底的戒备让陈冰沉默了一下，他没计较这些不好听的话，开口说:“不是，是你的父母跟我们说了一些事情。他们说你从来不肯静下心来跟他们好好说话，但是他们确实有些事情要告诉你，所以只能托我转达。”

“我不想听。”张凯突然转身就走，用实际行动表明自己的抗拒。

“你还真是个任性妄为的小孩子，什么都要大人体谅你！”陈冰在他身后突然开口，瞬间就把张凯激得转过身来。

那双吊梢丹凤眼死死瞪着陈冰，他压抑着愤怒大骂：“你凭什么这么说！”

“因为我说的是实话！”陈冰抱着双臂嘲讽地笑，“觉得自己太弱了，离开了爸爸妈妈的照顾就活不下去，哭着不许感情破裂的爸爸妈妈离婚，逼着他们跟你一起演和睦的一家人，爸妈演不下去你就以死相逼，真是三岁小孩才会做出的事情……”

“不是！不是你说的那样！”张凯双眼通红，他捏紧了拳头，突然大骂，“你知道什么！”然后猛地冲上来，一拳朝着陈冰打来。

陈冰也不惯着他，一拳揍回去。

真正的肉搏是没有什么可看性的，在这高山落日之下美得近乎窒息的环境里，两个一般高的大小男人如野兽一般搏斗。到了最后被陈冰压在身下的时候，张凯拼命挣扎，甚至用上了牙齿。然后，他猛地大哭起来。

他号啕着，如野兽一般地大哭，直到陈冰放开他，他还趴在地上，用手猛地捶地，眼泪、鼻涕一起流下。这个在同龄女生心中如叛逆王子一般的冷峻男生再无一丝形象，哭得像是被人抛弃的小孩子。

“他们都说是因为我才要离婚的……我出生之前他们感情很好，因为有了我，要照顾没用的我，他们才开始吵架……”他大吼着，像是不甘心的野兽一样，呜咽之中带着咆哮，“又不是我想要生下来给他们当累赘的，又不是我要当他们小孩的！为什么，为什么……”

陈冰不说话，站在他身边等他发泄，等着张凯哭到再没有一滴眼泪完全安静下来，才说：“哭完了？”

张凯不说话，点了点头。

陈冰说：“那看看落日吧。这么美的落日，来一趟不看看，岂不是辜负了。”

张凯也不说话，坐过去和陈冰一起看落日。

他们一起看着落日被山川完全吞没，整个天地黑暗下来。

大约是因为天黑看不清楚身边的人，张凯得到了某种安全感，陈冰突然听到他冷不丁地说："我恨他们。"

陈冰没说话。

张凯也并不需要他的回应，他只是需要一个听众，一个看到他最狼狈样子却十分冷静的听众。

他继续说："他们把我生下来，却又想丢下我去寻找新的幸福人生，凭什么？我看到我爸和姜阿姨那女儿一起，明明不是他的小孩，他却像个爸爸一样去参加她的家长会……就在我们学校，离我三层楼的地方，我的亲生父亲在给与他没有血缘关系的人开家长会，他很关心那个女孩……我跟踪她的时候就想，如果她出了什么事，他会不会伤心呢……"

他们不是没有时间，也不是真的太忙，只是不够爱而已。

可以陪着没有血缘关系的女儿去度假、开家长会，可以陪着没有血缘关系的儿子去逛商场、当一个慈母，却不在乎自己的亲生儿子……

无论多么善辩的人，都无法用温暖的语言去矫饰这种冷酷。而这样的冷酷，面前的这个男生承受了十六年。

所以他是真的恨他们，恨到想对一个无辜的女孩动手，以回报这种无声的冷酷。

"所以你还要接受他们的委托来劝我吗？"张凯似乎是在冷笑，他轻声说，"他们以为把我生下来就可以了，觉得给了我钱，再隔三岔五地问问我死了没就是关心了吗？觉得我不感恩戴德就是没良心、不知感恩……可是我恨他们，我恨他们。"

他没有痛哭时的崩溃和绝望，只有冷静，可是这冷静愈加显出某种冷厉静谧的决绝来。

"你似乎一直都误会了，我不是受了你父母的委托。"陈冰沉默一下，轻声说，"你没想过，这个世界上还有其他人会关心你吗？"

张凯大约是愣住了。半晌他冷笑一声，说："得了吧，亲生的爸妈都不关心的人，其他人……呵。"他的笑声短促，带着满满的嘲讽，显然并不相信陈冰的“狡辩”。

陈冰却突然说：“是你的罗老师，他关心你。”

张凯显然没想到会是这个答案，这回是真的彻底愣住了。他本能地觉得这不太可能，哪怕是路人呢，都不可能是才被他打的老师。

“你爸妈和你有什么恩怨我无法分辨，也不想插手别人的家务事。”陈冰说的是大实话，人家父母俱在的小孩跟父母搞叛逆闹事，没有成年人会真的那么闲得慌去管，发现不对，最多是去告诉家长让他们注意去解决就是了。

可是如果那个拜托他的人换成了自己曾经的师长，陈冰就不得不上心帮着那位操心的老师来解决这个叛逆弟子了。

“罗伯醒过来之后，我刚好去打听你……为了赔偿和起诉的事儿。”陈冰轻声跟张凯说。

那天晚上张凯和陈冰一起去医院看罗伯的路上，罗伯曾接到暴跳如雷的张凯父亲的电话。罗伯花了好一会儿才弄清楚，在他养病期间他已经被张家父母告上了法庭。但是他没来得及生气，好不容易联系上张家父母，他反而着急地说起张凯日常的事情来，这才在沟通之中知道了张凯家里复杂的状况。

张凯的父母早就在闹离婚，只是碍于财产分割太过复杂进行得极其缓慢，但是两人都已经有了各自的爱人，也已经分居，于是张凯就成了没人管的孩子。

“我总觉得他跟踪人家小姑娘不太对，才想去看看到底是怎么回事，后来在电话里问了他的父母，总算是弄明白了……给那小姑娘开家长会的家长，是张凯他爸。她是张凯他爸的继女。”罗伯到那时候才知道这件事儿到底有多复杂，他长叹了一口气，一直叮嘱陈冰，这才有了陈冰解决事情之后还来带张凯散心的事儿。

“罗伯这人脾气急，他说自己很后悔没了解你的情况，就把你想成一个坏学生，还不信任你跟踪你，让我跟你好好道歉。还有你爸妈的事儿……你知道我昨天大半夜跑了一夜，都干了什么吗？”陈冰转身，看着张凯。

张凯还没反应过来，就听有汽车的声音从远处而来。

这人迹罕至的山顶来了两辆豪车，车子停下来，走出了四位面色不一的中年男女。

“大人的世界是很浑浊的，他们不是什么很好的爸爸妈妈，但是你要是觉得他们心中丝毫不在意你的生死，也有可能太冤枉他们了。”陈冰对着目瞪口呆的张凯轻声说，“你先别急着恨他们，别急着恨这个世界……要不要给他们一个机会，让他们和你当面解释一下？”

张凯张了张嘴，完全说不出话来。他整个人都愣住了。

陈冰轻声说：“只站在一个人的立场上，任何人都觉得只有自己是受害者。”

所以……听听其他人的声音吧。

把恨意先放在一边，一家人坐下来谈一谈，如何？

张凯满脸别扭，但是他没有走开。

下山之前，陈冰回头看到的最后一幕，是高大的少年被母亲拥抱住，发出小兽一般的呜咽声。

6

“哎呀，太好了，这叶子长得真绿啊！”罗家的小院子里，罗爷爷发出喜悦的轻叹声。

“是啊，桃树救回来了，真好！”一旁的罗伯也发出感慨。

“这棵桃树的祖宗可是早先康熙年间，我那做教书先生的曾祖爷爷的进士弟子亲手种在家门口的，寓意桃李满天下。后来战乱的时候，我爷爷背井离乡什么都没带，就带了那棵老桃树的一根枝和一捧土，他说咱们老罗家什么都不值得夸耀，但是这教书育人却是罗家祖辈不断的荣耀……”罗爷爷颤巍巍地抚摸着桃树，又开始了感慨。

陈冰和罗丹丹对视一眼，眼里都是无奈。

那三百多年前的故事中，有教书育人的先生成为一代乡贤，辅助附近村中孩子进士及第、光耀乡里，有贫寒之家的天才一跃龙门从而回报恩师的事迹……那些几百年前流光溢彩的故事，听着确实令人神往，但是听了几百遍可就只觉得头疼了！

“桃树好了，那我就走了啊。”陈冰查收了罗丹丹付的最后一笔治疗桃树的钱，想着今晚可以加餐点个鸡腿儿，就打算赶紧溜走，不然耳朵都要长茧子了。

罗伯知道年轻人不耐烦听老爷子说话，挥挥手，笑着让他回去。

陈冰带着笑意提着一堆东西出门，结果撞入眼帘的就是一双大长腿，脚下踩着八九千块钱的限量款球鞋……怎么看都不像是桃花井社区会出现的打扮。

他一抬头，就看到小麦肤色的男生神色游移不定，似乎极其不可置信地感慨：“你这是？”

“花匠！开花店的老板！前面拐弯那个百草堂花店就是我开的！”陈冰提着一桶跟农具似的工具给这位小少爷看，然后就看到了这小孩手上提着的昂贵保养品。

“你这罗伯不会收的，太金贵了。”陈冰摇摇头，这一堆东西怎么都要大几千，罗伯会收才有鬼。

这显然让张凯着急了，他连忙说：“我特地买的便宜货。”

陈冰差点儿被这有钱人言论气死，他翻了个白眼，说：“算了算了，关我屁事，你去吧。”说完就要走。

可是张凯不打算放过他，长腿一迈就跟了过来，连声追问。

陈冰这一多嘴就被人跟着追问了一路，简直脑袋疼，到了地方把东西一放，就赶紧解决这个不通人事的小孩：“你送礼物是为了什么？”

张凯脸一红，不过好在皮肤不白，倒也不是特别明显。他支吾了一下，看着自己的球鞋，憋了一句出来：“为了感谢老师。”

嗯，好歹是个知道感恩的孩子，大约是从爸妈那里知道了那天罗伯半夜带着陈冰死皮赖脸去找他们夜谈，终于让两个斗气的大人知道自家小孩到底已经思想偏到什么程度，且第二天又在护士震怒的嘶吼中跳窗逃出医院，就为了约张凯的父母放下成见见面。

两人一谈，才发现两人为了避过对方，都以为对方去陪张凯，结果压根儿就有大段的真空，导致张凯一个人孤零零地过了许多日子……这种极度的惊恐和震撼之下，互相推诿责任的夫妻终于正视了自己作为父母多么地不负责任，这才有了当天他们终于放下一切成见一起驱车去了山顶。因为他们知道，如果这一次再不努力，他们就真的要彻底失去这个孩子了。

张凯这臭小子到底在千钧一发的时候被挽救回来了，没有彻底走上歪路，真的做出什么不可挽回的事情。

可罗伯就惨了，不听医嘱的他为此多住了一个多月的院才算把病情稳定下来，只是落下了个不能久站的毛病。他病退下来，从此告别了心爱的讲台。

“我、我听到你们刚才说桃树，要不、要不我再给老师买点儿花肥？”张凯左顾右盼地憋了半天，突然灵机一动。

脑子里想着上个月事情的陈冰神色一变，脸色彻底柔和下来，下一瞬他笑着做出一副奸商的样子说：“哎哎哎这个行，来，我给你打个折，你来看看我这里的花草培育用具……”

最终张凯抱着一堆加起来不到三百块钱的花肥、小锄头、喷壶什么的走了，陈冰笑眯眯地挥手告别这个大少爷。

他知道这大少爷估计也就能送出去这些东西，毕竟这些东西便宜又确实能照料到老桃树，能得罗伯的喜欢。

而那些昂贵的保养品，估计这大少爷怎么拿来的，还是得怎么带回去。毕竟老罗家一代代传下来，根子里的骨气就和那老桃树一样，是倔强的、坚硬的，有时候甚至是不通人情的。

连罗丹丹那小姑娘都能对着眼馋的昂贵护肤品一脸坚定地拒绝，然后说上一句“我是老师，教书育人是我的责任”。

老话说教书育人是言传身教，大约也就是这样的良师，能深切体会到每一个孩子的痛苦和绝境，认真地观察、努力地了解他们，所以才能在千钧一发之际，把一个弟子从悬崖边拉回来。

哪怕是赌上他接下来的整个职业生涯。

“教学生知识不算什么，得教他们做人。”这是罗伯在陈冰问他后不后悔的时候，轻飘飘说的一句话。

这句话很轻，但是做起来却重如泰山。

大约也是这样的老师，才能让三百多年前进士及第、走入金銮殿见过帝王的学子，都心心念念十几年后调任路过家乡的时候，要亲手给老师栽一棵桃树。

“桃李不言，下自成蹊。”

这大约就是一个弟子对于师长品德的最大赞誉了吧。

7

陈冰擦着木质的柜台，用了几十年的老柜子油光发亮，带着老木头特有的温润光泽。他想到了自己少年意气的岁月，那些一起高歌大喊的朋友，在深夜呼啸而过飞速倒退的少年时光……

只可惜，他们走得比张凯更远，于是结局比张凯惨烈一万倍，那是师长们伸出的手都滴满了鲜血的结局。

不是每个行差踏错的少年，都有被救赎的幸运。

陈冰的面色随着回忆黯淡下来。

就在这个时候，电话响了，上面是熟悉的“王胖子”三个字。

陈冰瞬间从遥远的回忆之中清醒过来，他放下抹布走出柜台，接起了随手放在外面玻璃展示台上的电话。

“冰儿，你记不记得咱们老四毕业没上班，跑去签娱乐公司了啊？”电话一接通，王胖子的声音就破空而来。

“记得啊，怎么了？老四发财了？”陈冰茫然，不懂王胖子在激动什么。

“何止是发财啊！我们都没看娱乐节目不知道，老四他去选秀还C位出道了，可多小姑娘爱他了。天啊天啊，我现在巴结老四让他给我介绍女朋友还来得及不？！”王胖子连珠炮般说着话。

陈冰还没回过神来，突然身后伸出一只手拿走了电话，然后听到熟悉的声音说：“王胖子，不许打我粉丝的主意！”

陈冰一转过头，就看到个眉眼精致、穿着运动服都像是小王子一般的不速之客，他瞪大眼睛，诧异地问：“老四，你怎么来关南了？”

“老四？刚才是老四吗？”王胖子还在那头尖叫，然后做贼一般低声说，“冰儿你赶紧关门，别让老四被发现了。老四你这时候还到处跑，你不是搞什么巡演吗？你这是要害死冰儿啊！”

“我后天才巡演，所以我才偷溜啊！”这不速之客得意地回答完王胖子，开心地对陈冰一笑，露出两颗小虎牙来，得意地说：“二哥，怎么样，看到我惊喜吗？”

陈冰火速登上自己八百年不上的社交网站，搜索了一下自家老四的名字，在看到老四的社交账号上三千多万粉丝的时候两眼一黑，第一反应是拉着他往屋子里走。

不速之客扭着身体不肯进里屋，还想看看这花店，陈冰再也忍不住，低声大骂：“周辰星，你给我滚进去再说话！”

好不容易过几天安静日子，他一点儿都不想自己家的“百草堂”变成追星打卡的地方。

想到周辰星出名之前就极其能惹麻烦的特质，陈冰顿时忘了所谓的轻愁和追忆轻狂岁月，现在只有头疼，他暗自祈祷：“老陈，你在天之灵一定要保佑，周辰星这个混蛋这回千万别又有什么麻烦事儿！”

然而老陈不是很给力，一分钟之后，陈冰被周辰星气得差点儿跳起来，并发出尖叫：“你说什么？”

显然，陈冰又有麻烦了。

第六章

勿忘我

WU WANG WO

勿忘我，学名勿忘草，多年生草本，被子植物门，双子叶植物纲，喜干燥，忌湿热，亚欧地区多有分布，常生于山地林园或山坡草地。

象征意义：永恒的爱、永不改变的心、永不忘却的回忆。

1

“……情况就是这个情况，所以就拜托你了，二哥！”

罕见的在大白天关上了门的花店“百草堂”里，陈冰瞪着死鱼眼，看着面前这个死皮赖脸、双手合十做祈求状的人——周辰星，陈冰大学时候宿舍里的老幺，一入学就惊动了学校乃至整个互联网的男人！

不得不说，这臭小子真长了一副连男人都要妒忌的好皮囊，大学时一脸无辜地站在学校门口不认路，惹得一大堆学姐和部分学长亲切地凑过去要给他带路，差点儿引发交通堵塞。

按道理说，长得这么好看的兄弟，进了宿舍之后应该跟大家有点儿隔阂，但是周辰星以他极其脱线和自恋的性格，很快与陈冰他们三人打成一片，404宿舍从此沆瀣一气……不对，是团结一致，度过了十分快乐的大学时光……个屁啊！

陈冰大学四年，繁重的兼职不觉得累，毕业前焦头烂额的实习不觉得累，甚至偶尔被老师拉着出卖色相去隔壁大学借器材都不觉得累……但是只要想到周辰星，陈冰的脑袋就开始隐隐作痛。

没别的，只因为周辰星这小子实在是太能惹祸了！

倒不全怪周辰星自己，主要是他确实生得太惹眼。而且不知道为什么，明明周辰星本人长得阳光俊秀，却总能招惹到情绪比较激烈的人。

陈冰想到自己大学的时候，大半夜裹着大棉袄下楼，一边哆嗦一边劝在楼下哭喊着“周辰星你下来”的姑娘，又想到自己上课时听说周辰星被堵在男厕所后飞奔出去救人，再想到周辰星那臭小子好奇去酒吧结果被醉鬼纠缠……

往事历历从眼前闪过，陈冰忍无可忍，伸手就是一个蒲扇大掌扇在周辰星的脑袋上，如同恶龙咆哮一般吼出来：“你是不是疯了？！你对自己多能惹祸心里到底有没有数？！”

“所以我才来找你啊，二哥！”周辰星捂住脑袋，一脸的无辜可怜。

但这种放在外面不知能惹得多少小姑娘心疼得心尖发颤的表情，在陈冰眼里，还比不上一只卖萌的幼犬。

“你少给我装可怜，周辰星，你看看你网上这三千多万的粉丝……咦，怎么又涨了几十万？总之你看看你这些粉丝，你还跟我说你要我晚上陪你去见网友？！”陈冰气得恨不得一巴掌把周辰星拍墙上当装饰。

他一直知道，周辰星对自己的影响力有多可怕这点有些理解不足，但是没想到一年多没见，这臭小子居然心大到如此地步。

要知道大学那几年，要不是他们宿舍三人严防死守，以周辰星这臭小子说话不过脑子、做事十分白目的性子，真说不准能闹出小姑娘为他寻死觅活的事儿来。

原本只是有个外表都能惹出这么多事儿，现在加上明星光环，这影响力更是不得了。关南好歹也是个省会城市，陈冰敢说，要是周辰星和他这么走出去，能不能完整回来都不好说。

陈冰虽然不太追星，但好歹偶尔也上网，知道小姑娘疯狂起来有多夸张。

“二哥，你们天天给我耳朵都念出茧子来了，我能不知道轻重吗？”周辰星觉得很冤枉，饱满殷红的唇微微鼓起来，有些生气地说，“我是来救人的！”

陈冰压根儿一个字都不信，他垂着眼睛看周辰星，眼里写满了“编，你给我继续编”。

周辰星见他不信，赶紧拿出自己的手机来，点开社交账号，然后手机瞬间就被卡死了。

“这是我工作用的账号，消息比较多。”周辰星尴尬一笑，重启手机。

过了半天才登上去，然后陈冰就看到一大堆鲜红的数字提示。虽然陈冰没有任何真实感，但是和他同一个寝室、经常闯祸的老幺似乎真的成了万人爱慕的大明星。

周辰星却似乎没有任何感觉，他飞快地调出一个私信对话框，然后把手机递给陈冰，说：“你看，我是为了这个。”

陈冰一看，脸上的表情瞬间就严肃起来，他仔细往上翻了好一会儿，才抬起头来看周辰星：“这好像是真的。”

“我问过了，还特地去搜了一下，医院、急救室都对得上。我还偷偷给关南三医院打过电话，病人的姓名也对得上。”周辰星叹了口气，轻声说，“我想了很久，还是没办法视而不见。可我也知道，如果我一个人去，肯定会把事情弄得很糟，所以我就来找你了。”

陈冰看着手机里那照片上的抢救室和大段大段的留言，私信里那个自称林弯弯的女孩一再地表达对周辰星的喜爱，还不断地说着“因为想再次看到你，我才从手术里挣扎着努力想活下来”。

“求求你了，真想在死前见到你啊……”

私信里密密麻麻全是各种对周辰星的告白、夸赞，还有女孩的自拍——面色苍白的少女脸庞微微有些浮肿，穿着病号服，眼神如同一潭死水……

可最近这几天，私信内容全变成了“医生说我已经支撑不到下一次手术了，周辰星，你看得到吗？我真的好想在死前亲眼见到你啊”“想摸摸你的手，想被你抱抱，想让你告诉我死并不可怕”……

陈冰看得汗毛都竖起来了。

倒不是恐惧这个留言的女孩，只是作为同类的陈冰嗅到了被死神追逐的味道，产生了同样的恐惧心理而已……

事实上，没有任何活着的生灵面对死亡多优雅淡定，这个十七岁的女孩在最年轻飞扬的岁月被死亡的阴影折磨，心态与一般人不同他能理解。

他抬头看着周辰星，半晌叹了口气，说：“我不是不理解你的想法，老四，只是你现在出去，万一被人认出来，到时候就出大事了。”

周辰星自己也知道这点，可是他这个人大约是把脑子都拿去换了这张脸，素来就是个不擅长动脑子的，他就这么眼巴巴地看着陈冰，显然是等着陈冰给他拿主意。

这熟悉的眼神，让陈冰差点儿气闷得再次揍人。

可是陈冰没办法，这是一个绝症病人临死前的唯一心愿，看着女孩绝望的脸，没有人会忍心拒绝这样的祈求。

陈冰想了半晌，最终只能点了点头，在周辰星眼睛一亮要跳起来之前，赶紧大喊：“但是你要答应我，不许做任何多余的事情！”

周辰星自然是万事点头。

陈冰不得已想了半天，给周辰星拿了一套花农的衣服穿上，再把帽子一戴，基本就解决了容易暴露的问题。

虽然周辰星盘亮条顺十分夺目，但是绿色花农塑胶套装也不是吃素的，再给他丧心病狂地抹一点儿尿素化肥，加点儿泥巴……行了，一个迎风臭十里的花农瞬间诞生了！

“这要是还有人能一眼认出你来，你就认命吧。”做完这一切临出门前，陈冰对周辰星说。

2

周辰星已经被自己臭得说不出话，苦大仇深地瞪着陈冰，骑上电动车之后，更是报复一般死死地抱着陈冰。

等到了三医院，哥俩儿顿时谁也别嫌弃谁了，一下车就被人捂着鼻子绕路走，臭得让人一视同仁。

“哎哎哎，你们干吗呢？”

伪装得十分到位，小姑娘们别说发现旁边走着的是最近爆火的顶流偶像，看都不往这里看一眼。但与此同时，他们也得到了另一小部分人的高度关注，比如医院门口敬业的保安叔叔。

“我们去住院部看亲戚。”陈冰赶紧拦在周辰星前面，对着保安叔叔笑了一下，态度认真地解释，“才知道我们堂妹得病了在住院，我们从干活的地方赶过来的！”

保安虽然有些将信将疑，但是陈冰长得就是一副老式电影里面周正英气的正派人物样子，让人不自觉就觉得值得信赖，所以他看过陈冰主动递上来的身份证之后，到底给他们指了一下住院部的方向。

两人就这么正大光明地晃荡着一路冲到住院部。

陈冰脑海之中还想着等会儿怎么面对病重的少女，结果才刚到住院部的大厅，就和一个穿着鹅黄色毛衣、黑色网格短裙的女孩正面撞上。

不是给周辰星发消息、自称得了绝症的林弯弯又是谁？！

“苏妙妙，你别跑！”后面似乎是有人在跟这个女孩说话。

女孩没好气地大声说：“不去了，我说了不想每天待在医院陪床。你们爱陪林弯弯就去，别拉着我，闷死了，我要回去上网！”

这话说得中气十足，和照片里那奄奄一息的女孩差距十分大。

陈冰和周辰星对视一眼，两人心中都晃过一句——糟糕，不会是上当了吧？

这么一想，两人都十分警惕地停下了脚步，默默地往旁边的楼梯走了几步，给女孩留出离开的通道。

但是所谓人算不如天算，苏妙妙一转身，眼睛里突然就闪出璀璨的精光来。

她先是一愣，然后猛地爆发出一阵狂喜，居然朝着穿得跟花农一样、几乎看不到五官的周辰星走了过来。

"走！"

陈冰赶紧开口，拉着周辰星就想走。

但是身后仓促的脚步声也跟了上来，三人就像是某个蹩脚的电影桥段一样，两人冲在前，苏妙妙跟在后，一路往外冲出去。

"别跑，再跑我就喊人了啊！"

陈冰和周辰星到底是身高腿长的大高个儿，就在他们差点儿要把苏妙妙甩脱的时候，身后的苏妙妙突然站定大声喊了一句。

陈冰和周辰星刚想加快脚步，苏妙妙就大喊："哇，是周——"

几乎是飞一样转身捂住她的嘴的陈冰差点儿流出白毛汗来。

他低头看这个小姑娘。

苏妙妙长着一双小鹿一般无辜的眼睛，一头泛着光泽、如丝缎一般的黑发，看上去清丽漂亮。但这些挡不住女孩眼里满溢的精明和敏锐。

她看着陈冰，眼里流出胜券在握的笑意来，然后转头对着一身花农服饰的周辰星，又是痴迷又是开心地说："星星，你来看我了！"像是最普通的见到偶像的少女一样。

周辰星见跑不了，只能拉下面罩。

苏妙妙看到他的一瞬间，就明白了好脾气的周辰星在生气。

"你到底有没有生病？林弯弯又是怎么回事？"周辰星开口就问。

面前的苏妙妙露出心虚的表情来。

周辰星和陈冰对视一眼，知道他们这是上当了。

问题是，面前这个骗他们来的苏妙妙还是个十分不好打发的棘手人物。

3

"陪我去吃小蛋糕、喝咖啡，还有去游乐场，晚上看烟火，然后我就放你走！"

苏妙妙拉住周辰星死都不放手，不论陈冰和周辰星怎么和她交涉，甚至诱之以利，都坚定地要赖上他们。

医院人来人往，周辰星才拉下面罩就远远看到几个女孩驻足，他不得不把花农面罩重新戴上，说话都因为塑胶的阻隔而闷声闷气的。

周辰星当然不愿意就这么被威胁，但是这个苏妙妙油盐不进，这时候她和自己的这个姿势，万一被人发现，绝对会一秒上热搜。所以这会儿他们也是投鼠忌器，两个大男人居然真的被一个小姑娘给威胁到了。

“我陪你去行吗？”陈冰简直要给这个小姑奶奶跪了。

他也是一年多没和周辰星见面，因为太久没处理周辰星招惹来的莫名其妙的烂桃花而失去了警惕，这会儿心中疯狂后悔怎么自己没先来医院打探一下，居然这么放松地带周辰星来了医院，这会儿被人逮住，根本没办法和对方讲条件。

可惜陈冰刚说出口，苏妙妙就上下打量他一眼，然后疯狂摇头。

小姑娘压根儿不管他们怎么想，大大咧咧地说：“才不要！虽然这位叔叔你也很帅，但我还是比较喜欢星星，我才没有那么容易变心呢。”

人生第一次被称为叔叔的陈冰愣住了，他才二十四岁啊！而且求求你了小姑奶奶，稍微变心一下行吗？！

“我认识跟你一样大的小帅哥，就是关南一中的，阳光连锁酒店老板的儿子，比他还帅。来来来，我给你看照片……”出卖色相不成，陈冰想了想，拿出手机，把张凯的照片调出来，再次跟苏妙妙谈判。

“不要，我只喜欢星星。我不贪心的，星星你别生气，我就想享受做你一天女朋友的感觉，好不好啊？”苏妙妙眨巴着小鹿一般的眼睛。

讲真的，这女孩打扮得还不错，如果她的年龄不是骗人的话也就十七岁，正是花朵一般的年纪，皮肤大概只稍微涂了一层轻薄的防晒之类的东西，透出健康红润的光泽，唇上粉色的润唇膏也清透，一股子少女才有的天然秀丽，脸颊上还有点儿婴儿肥，更是增添了三分淡淡的稚气可爱。

可是长得再可爱再像小天使，也掩盖不了这是个满口谎言还威胁别人的大号熊孩子的事实。

陈冰和周辰星都不吃她这一套，却偏偏被她捏住了命脉，不得不捏着鼻子忍了。

“我们就换个衣服，你也不用守在男厕所门口吧！”

中途陈冰和周辰星以“穿着花农衣服去市区太不方便”为借口，想要找机会开溜，结果苏妙妙也是个狠人，笑眯眯地跟着他们走到男厕所门口，甜甜地歪头笑着说：“我过十秒喊一次，如果星星哥你不回答我，我就直接进来，说到做到！”

陈冰和周辰星进了厕所直奔窗户，可那窗户也不知道是谁设计的，两米多高的透气窗，仿佛就是为了防备有人从厕所脱逃似的。

两人对视一眼，只能放弃了脱逃计划。

“二哥，对不起。”

换回衣服，戴上口罩和帽子，周辰星蔫头巴脑地跟陈冰道歉，他知道自己又闯祸了，把自己搭上了不说，还把陈冰给搭进去了。

“没事，”陈冰叹了一口气，说，“一会儿找机会你先溜，我留下来安抚这个小姑娘，你先回花店等我……”

这流程哥俩儿倒是无比熟悉，毕竟在大学时一起操练了无数次。

只可惜这苏妙妙也是个人物，一路严防死守不说，到了市区拉着周辰星先下了车，陈冰刚要跟着下车，她就反手关上门，直接跟司机说：“师傅，我们这儿先下车了，我哥要去文雅苑，麻烦您了啊！”

这司机师傅也是个心大的，直接答应了，陈冰还没说话呢，他就一脚油门唰地开出去了。

得，周辰星直接被这姑娘一波带走了。

陈冰只来得及看到周辰星瞪大的眼睛和绝望伸出来的手。

等陈冰喊师傅停车、又被拉着付了车费再回去刚才停车的地方时，哪里还找得到周辰星和苏妙妙的影子！

陈冰找了一大圈，给周辰星打了好几次电话也没人接——这小子也就一张脸能看，皮囊之下就是个二傻子，估计是被人家小姑娘给掣肘住了。

叹了口气，陈冰轻声说："可千万别出什么事儿啊……"

他带着一腔担忧回了桃花井，结果刚打开"百草堂"外面的铁门，手机就响了起来。陈冰赶紧拿出来一看，不是周辰星，是王胖子。

不知道为什么，陈冰眼皮一跳，有点儿不祥的预感。

这人就是怕什么来什么，他这儿才跟周辰星分开两三个小时，王胖子电话就过来了，劈头盖脸就是一句："冰儿，老四跟女高中生谈恋爱上新闻了？！怎么你也在？！"

这话说得陈冰顿时就愣了，他赶紧连声问："怎么回事，他们在哪儿？"

王胖子莫名其妙："你不是跟他在一起吗？等等，你们不会想一起瞒着我吧？我跟你说，这可就不够兄弟了啊，好赖我也不是会出卖兄弟的人啊……"

王胖子觉得受到了歧视，一通抱怨。

陈冰赶紧打开社交网站，果然看到突发的热搜上挂着周辰星的大名，点进去一看，裹得严严实实的周辰星身边，一个穿黄毛衣的长发少女挽着他在说笑，笑容温柔又甜美。

这照片拍得也是绝，周辰星那双闪亮的大眼睛里都是细碎的星光，像是满溢了一整条银河的温柔……

要不是深切了解周辰星看他自己一周没洗的内裤也是这个眼神，陈冰都要相信周辰星这是恋爱了。

要么说周辰星他容易招烂桃花呢，中间有五成都是他这双眼睛闹出来的麻烦。你天天用这么深邃、温柔又宠爱的眼神看人，人家小姑娘不得觉得你对她有点儿意思？

可是这事儿真的不怪周辰星。

毕竟这次陈冰全程跟下来，周辰星真的一点儿错事都没干，就是想要圆一个绝症少女的梦罢了……谁能想到苏妙妙为了见到自己的偶像，居然能干出这种欺骗人的事情呢？

那头王胖子还在没心没肺地感慨："还有妹子夸你帅让你出道的，冰儿你可以啊！"

陈冰却跟他说不下去了，连声说："别贫了胖子，那小姑娘不是在跟老四谈恋爱，老四现在在她手里跑不掉呐！你知不知道老四现在有没有经纪人或者助理什么的，能帮他处理一下舆论？"

既然是被路人发现又上了热搜，这事儿麻烦就大了。

陈冰和周辰星肯定都解决不了，得火速跟周辰星那边的工作人员联系上，不然这事儿再闹大些，周辰星那二傻子刚起步的事业就要彻底完蛋了。

陈冰心急如焚，他这会儿可万万没想到，他老陈家开了几十年的"百草堂"花店竟有机会一夜爆红，整个桃花井社区今夜都要睡不着觉了！

4

周辰星一路被路人跟拍，自己竟一无所知，但是很快得到消息的关南本地粉丝和新闻人员都赶了过来，直接造成了拥堵。

周辰星被游乐场的工作人员救出来之后，也知道自己闯祸了，给远在京市的经纪人打了电话，然后臊眉耷眼地被骂了一顿。

他们组合要在关南这边开巡回演唱会，自然是有工作人员和专门负责他的助理经纪跟着的，经纪人让周辰星乖乖在游乐场等着，说马上就让小经纪人带着助理和保姆车去救他，然后挂了电话就去处理网上的事情了。

但要不怎么说周辰星会被404宿舍的其他三个人说是拿智商换了脸呢，他觉得这事到这儿就算是圆满解决了，突发奇想地跟也被游乐场的工作人员救进来的苏妙妙说："你在这儿等着，我经纪人来了让他们送你回家！"

苏妙妙在游乐场还没玩两个游戏就被尖叫的粉丝吓到了，这会儿正蒙着呢，就听到周辰星这么叮嘱，然后就见周辰星和游乐场的工作人员换了一套衣服，穿着一身工作服特别潇洒地从后门溜了。

他是溜出来找陈冰的。

他觉得今儿这事是自己拖累了二哥，当然要好好跟二哥道歉。

可他没想到的是，苏妙妙胆大包天，他前面刚叮嘱完，后面苏妙妙也借了一身女职员的工作服，跟着他一路溜了出来。

工作人员还真以为是大明星和高中女生在谈恋爱，以为小姑娘是一个人待在这里害怕，要跟自己男朋友一起走，也就帮了这个忙。

于是等周辰星挥手打到车，身后就跟着钻进来个长发少女。

“你今天一整天都要陪我玩的，这才下午呢！”周辰星一回头，就听到苏妙妙理直气壮地说。

周辰星彻底明白了什么叫阴魂不散。

问题是游乐场里现在还全是人，他还真不敢将苏妙妙赶下车，万一被人看到了再发到网上，娱乐记者再发挥一下想象力……

“所以她就跟着来了。”

最后，周辰星还是把苏妙妙带到了“百草堂”。

陈冰这会儿正侍弄着花草，回头一看到周辰星和苏妙妙，差点儿把手里的剪子丢出去。

周辰星在这儿跟陈冰解释，那头苏妙妙就像是真的跟男朋友出来玩的女孩一样，好奇地打量着这间花店。

她皱了皱眉，开口就让陈冰额头青筋微微一跳：“好破！”

平心而论，“百草堂”确实一走进门就有种离开了现代生活的错觉，主要原因是除了房顶上那个为了夏冬保持温度不冻死热死花草的空调以及电灯，这屋子里没有任何现代生活的痕迹。

柜台是几十年的老木头做的，油润且伤痕累累，上面还有陈冰小时候拿小刀划的图案。柜台后的椅子也是配套的老物件。

放在外面的柜子也是，层层都是木格挡，种着的吊藤绿萝与向阳花的盆子也都是多年前的老瓷器——倒不是值钱的那种，都是些二三十年前量产的玩意儿。

桃花井本就是一个被繁华现代洪流遗忘的地方，而“百草堂”更可谓是画龙点睛一般的存在。

但是老旧这事儿吧，可以说很有时代气息、很雅致，一开口就是“好破”，陈冰可不爱听。

苏妙妙可不管陈冰爱不爱听，她随口感慨完，突然就被一盆浅蓝色的小花给吸引了注意力。她捂住嘴，凑过去细细看那盆小花，轻声说：“这是什么花？好可爱啊！我最喜欢蓝色了！”

“是勿忘我。”

说到花草，陈冰到了嘴边的愤怒就条件反射地变成了解释，他有些得意地一笑，说：“这花有些娇气，我可是费了好大力气才给救活的。”

“不可能，我又不是没见过勿忘我，才不是这样子的！”

陈冰还没来得及嘚瑟自己进的这个勿忘我怎么娇气、怎么被自己机智救活，避免了高达三百多块钱的进货损失，就被苏妙妙开口打断了。

这姑娘是真的很不会说话啊！

好涵养的陈冰都给她气得跳起来，他连声说：“你这个外行不要乱说，你们在其他花店见到的都是补血草、大叶补血草，只是勿忘我的近种，真正的勿忘我一直是这种！”

“哎？真的吗？”苏妙妙发出惊呼，然后这姑娘脑子极其奇怪地不知想到了什么，问，“所以很多人特地买勿忘我送给别人，想要别人不要忘记他们，结果送的是假货吗？”

陈冰发现这姑娘的思维十分跳脱，跟人说话的时候根本就没考虑过对方的回答。

他跟自己说别跟小姑娘计较，呼出一口气，无奈地说："也不是这么说，补血草是近种，比较好养也比较好贩卖，既然全世界都认可它们属于勿忘我，那么当然也可以赋予它们同等的花语和意义……"

"我不要！"陈冰还没说完，苏妙妙就斩钉截铁地打断他，然后问，"这盆勿忘我多少钱？"

陈冰还没回话，苏妙妙已经在底部看到了手写的价格标签，马上掏出手机走到柜台扫码结账。

"五十，转给你了啊，老板。星星，我要把这盆花送给你！"

最后一句，显然是跟周辰星说的。

"啊？我不要，我才懒得养花！"周辰星第一反应是十分嫌弃地拒绝。

"不嘛，你收下这个，我就不缠着你了。"

苏妙妙把那一小盆勿忘我端起来，硬是塞到周辰星的手上。

少女的眼睛亮晶晶的，她笑着说："是真的，但是你要保证，你不会忘记我……好不好？"她第一次放软了语调，说起话来软绵绵的，像只撒娇的小猫一样，让人很难拒绝。

"你是不是真的不缠着我了？"周辰星却敏锐地抓住了重点，一把接过勿忘我，点了点头，"行，我收下了，你可以走了！"

陈冰在一边看着都替周辰星捏一把汗，他这么行事，也不怕人小姑娘当场对他"粉转黑"啊？

没错，陈冰这一下午别的没干，倒是恶补了一些完全不熟悉的知识。

只是很奇怪，苏妙妙一点儿也没觉得被冒犯，她笑着转身，还真的打算离开。

但是紧接着，三人一起面色大变！

"是不是这里？周辰星，周辰星你在吗？"

"请问你恋情曝光是真的吗？传说你和女朋友是青梅竹马，这事儿也是真的吗？"

……

外面全都是人，有本地娱乐频道的记者，还有各种自媒体的网红，都拿着手机在直播。

陈冰透过门缝去看，只见“百草堂”外面熙熙攘攘的，瞬间就变成了闹市。

而周辰星再次接到经纪人暴走的电话，正忙着躲在角落小声地说话：“我、我在我哥们儿家，那姑娘真不是我女朋友，我以为她得绝症了啊！”

“去后面！”陈冰顾不得其他，赶紧领着两人穿过柜台后面的小仓库，开了门进了客厅，“从这里走。”

桃花井这个社区因为太老，居民各种违规改造，因此和新的井井有条的社区地形完全不一样。这种复杂的地段，那些追着新闻过来的记者根本不知道门面后面居然是住屋，自然也想不到从后方包抄。

换下那套工作服，穿上陈冰的青布褂子，周辰星看上去跟民国年间不知世事的小少爷一样。

这套衣服穿在陈冰身上只能算是周正，如今却被他硬生生穿出了大牌高定的效果……

根本没有隐蔽性！

陈冰只得捏着鼻子把老陈留下来的大防风外套给他裹上，然后胆战心惊地挥手跟周辰星道别。

临走前，苏妙妙还非得把那盆勿忘我塞给周辰星抱着。

眼见着周辰星走了，陈冰松了口气，接下来就是打发苏妙妙离开了。

结果苏妙妙上一秒还笑嘻嘻、若无其事地跟周辰星挥手道别，等周辰星彻底消失在桃花井的巷弄里、陈冰刚转身准备赶人时，却突然直接断片，直挺挺地倒在了地上。

“咚”的一声闷响，陈冰听着都觉得疼。

这绝对不是什么演戏。

陈冰顿时急了。他走过去一看，苏妙妙倒是没晕，但是她躺在地上，额头冒出了密密麻麻的汗珠，对着陈冰气若游丝地说：“麻烦你，我再休息一下就走，我没力气了……”

陈冰看着躺在地上喘气的女孩，心中升起一丝阴霾。

他们似乎又被这个女孩骗了。

5

“你说，人活着到底有什么意义呢？”

当天夜里，陈冰疲惫地坐在三医院的病床前，而苏妙妙擦干净了脸上的淡妆。

褪去了那一点儿颜色的装点，小姑娘的脸白得如同纸人一般，唇色也白得吓人。假发被放在旁边的柜子上，她光着头，斜靠在枕头上，一脸再也无法掩饰的苍白憔悴。

陈冰一句话都说不出来。

这个白天竭尽全力活蹦乱跳、伪装得和正常人没什么分别的小姑娘，此刻擦掉一切伪装，像是在白日把所有的生命力都用光了一样，说话间都在微微地喘息，透出一股子穷途末路的绝望来。

陈冰无法回答她。

苏妙妙似乎也没打算让他回答。她环视了一圈病房，旁边躺着的病友有些睡着了，有些在不安地呻吟着。

这里的人都不关注娱乐新闻，没有人知道这个女孩今天在网络上到底火到了什么程度，他们或许都不知道爆红的周辰星是什么人。

“弯弯是我来医院才认识的，”苏妙妙突然对陈冰说，“她没有骗星星，只是她昨天半夜的时候已经……走了。”

那个发照片、疯狂诉说着想要见到周辰星的少女确实存在过。

她在生命的最后那段时间里，疯狂地给周辰星发信息、看周辰星参加的各种比赛和综艺节目，甚至花费许多时间给周辰星的社交网络留言、打卡和点赞。

病房里面只有林弯弯和苏妙妙两个同龄的女孩，她们很快认识并成了很好的朋友。

在父母都不在身边，各自努力赚钱给她们续命、不肯放弃最后那一丝近乎没有的希望时，两个寂寞的女孩相互扶持，所以林弯弯对周辰星的狂热自然而然地传染给了苏妙妙。

“你是星星的好朋友吧？”苏妙妙看着陈冰，轻声说，“弯弯昨天就躺在旁边这张床上，她那时候已经有些撑不住了，医生停了她所有的药物，只给她镇痛，但是她还在跟我说‘真想看到星星’。她好害怕，她不知道人活着是为了什么，我们生下来……难道就只是为了承受这些痛苦吗？”

苏妙妙的大眼睛里滴出一滴一滴的泪水，她显然也十分害怕，轻声说：“我不知道怎么回答弯弯，我也不知道，我也好怕……”

陈冰站起来，抱住了病床上的女孩。他知道这个拥抱没有任何实际作用，但是他同时也知道，这个女孩需要温暖。

苏妙妙抱着陈冰，默默地流了好一会儿泪。

她真的很累很累了，思绪已经有些混乱，在混杂了镇定药物的点滴输了十几分钟之后慢慢开始感觉困倦。

“我见到星星了。等看到弯弯的时候，我要告诉她，星星真的很好，我还给星星送了勿忘我，希望他别忘了我们……”

“睡吧。”陈冰轻声对她说，“你们的星星不会忘记你们的。”

女孩慢慢睡着了。

陈冰站起身来，转过身，看到身后站着一对眼含热泪的中年男女。

“真的很对不起，我们看到新闻了……”对方似乎想解释什么。

陈冰看着他们笑了一下，拍了拍不安的中年人，说：“没事，我们是特地来看苏妙妙的。那些新闻是乱写的，你们别担心。”

对方愣了一下，微微松了口气。

6

陈冰不知道自己是怎么离开医院的，他只是觉得有些迷茫，又感觉这春风未免太冰冷了一些，冷得人刺骨的寒啊。

陈冰拿出手机，按着微信的语音键，刚想给周辰星发个消息，猛地就听到“咔嚓”一声。

这一天下来，陈冰对这相机拍照的声音十分熟悉，是哪里来的狗仔，居然连相机拍照的声音都不关就来跟拍？

陈冰闻声望过去，就看到一个戴着眼镜的年轻男子一脸惊慌失措，看到陈冰看过来，飞快转身就跑了！

居然连他也跟上了，周辰星的影响力这么可怕的吗？

陈冰顿时为自己刚才的一时冲动感到后悔，偏他手一抖，居然发了一段空白的语音过去。

周辰星那头回复得很快，当年一个寝室的时候就是他网瘾最大，这会儿几乎是秒回消息，连连问陈冰怎么了，是不是有什么事情，是不是有什么变故。

“没事，只是我刚才在医院好像又被拍了，不知道会不会影响到你。”陈冰一边往外走，一边给周辰星回复消息。

“医院？怎么回事，你怎么会在医院，受伤了吗？”周辰星马上打了电话过来。

他那头十分嘈杂，还有人大吼着“灯光，追光灯谁在负责，注意位置”。

显然，周辰星现在十分忙碌。

陈冰顿时心中后悔更甚，他不想再打扰周辰星，干脆地说：“没事，就我送苏妙妙过来，路上被拍到了。”

陈冰说得模糊笼统，周辰星又是个心大的人，也就这么被忽悠过去了。

当晚，陈冰回去睡到十二点，大半夜突然听到有鬼鬼祟祟的声音。

他迷迷糊糊抬头一看，一个在春夜之中冻出两条长鼻涕、苍白皮肤、露出两颗尖牙和血红色眼睛的吸血鬼背对月光俯视下来……

陈冰几乎是瞬间弹起来就是几拳，打得吸血鬼抱头鼠窜，偏还不敢大声，鬼鬼祟祟地说："啊啊啊啊二哥别打，是我！哥，是我，周辰星啊！"

"周辰星，你是不是疯了，你大晚上这是什么打扮？"

陈冰被吓得一身白毛汗，定睛一看，这个画着吸血鬼伯爵妆容，还穿着一身刺绣燕尾服、披着个斗篷的神经病，居然真的是周辰星！他气得拳头发痒，差点儿再给周辰星补上一拳。

周辰星和陈冰好歹也是多年的好兄弟，他敏锐地感觉到了陈冰的杀气，赶紧举手说："二哥，我是从彩排现场跑过来的，后天就是公演了，我们在连夜彩排。"

这就能解释他这身装扮到底是怎么回事了。

陈冰深呼吸几口气，到底是原谅了这个神经病，认识五年多了，他不习惯也早就习惯了周辰星这个抽风的性格。

"你后天公演，大晚上跑我这儿来干什么？你是不是想把我这个花店给搞成你粉丝朝圣的地方啊？我跟你说，你现在真的要注意点儿了——"

陈冰这话还没说完，就见周辰星抽出面巾纸擦了擦冻出来的鼻涕，此时看上去又是颠倒众生的大明星了。

周辰星凑过来对陈冰轻声说："我看到网上的照片了，陈冰哥你老实告诉我，苏妙妙是不是没骗我？"

平常是个万事不经心的性子，偏到这个时候，又跟狗一样敏锐。

陈冰犹豫了半天，到底禁不住周辰星的软磨硬泡，把苏妙妙和林弯弯的事情一股脑全说了出来。

陈冰说完，就看到身边的吸血鬼伯爵满脸都是泪水，显得脆弱无比："喂，你没事吧？"

周辰星抽着发红的鼻子，带着哭音说："哥，她们都是我的粉丝对吗？"

“是啊。”陈冰有些莫名其妙，不知道周辰星问这话是什么意思。

周辰星却更伤心了，突然抱着脑袋哭起来。

7

Team11 的公演就在今夜。

一共二十五场巡演，场场爆满，这些唱歌跳舞可能都只达到及格线的大男孩们，从去年夏天爆火开始，就爆发出了让整个业界都震撼的吸金能力。

不管多少人嘲讽他们是弱鸡、娘炮，笑他们那个 Team11 的组合名字多土多村，嘲讽他们公演唱下来气若游丝……他们确实满身都是缺点，可是他们都是毋庸置疑的流量之王，是动辄一个问好都能上热搜的存在，是发一张自拍能得到几十万转发的关注核心。

尤其是 C 位出道的队长周辰星，他几乎是近半年来争议的核心。

他只训练了一年多就直接参加节目，实力几乎是所有参赛者之中垫底的，可是他仿佛生来就是为了站在舞台上一样，就算他跳舞出错或是反应慢一些，都总能成为话题，无端地赢得了粉丝的偏爱。

他如彗星一般横空出世，几乎掩盖了所有同期学员的光芒。

半年时间里，他从一个练习生一路走到顶奢的晚会，与各大影帝见面谈笑，接手奢侈品代言。他得到这一切显得那么容易，于是愈加让一些人觉得他不配拥有。

“其实从去年站在舞台上，我就一直看到有人说周辰星凭什么站在这里、凭什么 C 位出道、凭什么去最好的综艺站着发呆，他得到的一切简直就是在嘲讽其他练习生的努力……”

星光闪闪的舞台上，预热的歌舞得到了全场的欢呼，而在周辰星的个人表演时间，他却调了调音，突然开口说起话来。

周辰星其实是很少说话的。

自从在选秀节目中被剪辑成“心机男孩”，他就一直乖乖听经纪人的话，面对公众的时候几乎和他私下完全不同。

“其实我是个很活泼的人，私下很爱开玩笑，还喜欢看长腿妹子……”

周辰星说到这里，下面都是笑声，还有人大喊着“星星我也喜欢看你”，也不管周辰星听不听得到。

周辰星听到了，他说：“其实跟你们说句老实话，从之前到现在，我知道有很多人喜欢我，但是我一直没有真实感。我最初出道，也不是经纪人让我说的那样为了梦想和舞台——我刚开始上节目跳舞时还同手同脚，全世界的人都知道。”

他这么自嘲，下面的粉丝们却不笑了，还有人大声说着“没有，才没有”。

周辰星拨弄了几下琴弦，继续说：“我当时只是觉得，寝室几个哥们儿都去公司了，上班看起来好麻烦好累啊，做本行对外贸易烦死了，只用辅修去当英语老师又浪费我这张脸……刚好在路上逛街遇到我的经纪人，确定他不是要诈骗我之后，我就想那干脆去当偶像好了。”

这话说得太过石破天惊，底下鸦雀无声。

陈冰坐在台下看着周辰星。台上的大男生开始褪去那股漫不经心，就像是璞玉被打磨，不只是外表，而是从内在开始焕发出夺目的光彩来。

他轻声说着话，说到了前几天的绯闻，说了关于绝症女孩想要见到他的故事，然后说：“其实我也觉得自己是个傻子，特地跑去见粉丝，还被愚弄了，所以前天晚上我还在想，可能我真的不适合这个行业，要不把这一年干完就辞职算了……”

他大概是真的那么想过的，所以才在发现不对劲的时候半夜从彩排现场偷溜走，跑到陈冰家里，只为了那一丝并没有被愚弄的可能性。

“所以，当我知道有人在病重的时候，因为看到我就觉得病痛还能忍耐，有人在生命最后的时光里，还在想着看到在舞台上闪闪发亮的我，我突然就明白了舞台对于我来说，到底意味着什么。”

周辰星拨动吉他的弦，轻声说："接下来，我想给你们看一个故事。"

在他的轻声哼唱中，身后的大屏幕随之亮起，突然出现了一个女孩笑嘻嘻的脸。

这似乎是一段自拍视频，女孩长着一双小鹿一样的眼睛，她举着手机，笑着对旁边的长发女孩说："弯弯，如果能见到星星，你想对他说什么啊？"

"嗯……我想让他知道，有一个叫林弯弯的姑娘喜欢他，特别特别喜欢他！"林弯弯笑了笑，眼睛闪闪发亮。

"啊？就只是这样吗？"女孩似乎有点儿不满意，对林弯弯大声说，"我们在许愿啊，稍微贪心一点儿嘛，弯弯！"

"那好吧，那我还希望，如果我们都不在了……星星能记得我们存在过。"林弯弯沉默了一会儿，才看着镜头轻声说，"还有，希望星星永远闪耀下去，一直待在他喜欢的舞台上，闪闪发亮……妙妙，你呢？"

苏妙妙似乎被林弯弯的话触动到了，她沉默了一会儿，努力地露出一个笑容，说："嗯，我也希望星星能记得我们！"

8

"那些沉默欢笑眼泪的昨日，

那些灿烂辉煌矫饰的未来，

那些我口出妄言的青春，

戴着面具的表演，你全都相信……"

周辰星慢慢地唱起了他的歌。

"咦，是新歌？！"陈冰身边的女孩顿时发出吃惊的声音，对身边的朋友说。

"好像是的，这是个 MV！"旁边的女孩也发现了。

是的，后面屏幕上播放的那个小故事开始出现歌词，确实是 MV。

这是周辰星大半夜被经纪人如疯狗一般追到陈冰家，又在他的坚持下找到了苏妙妙之后，连夜写出来的歌。

然后他们花费不到两天时间赶制出了这极其粗糙的 MV。

镜头到了苏妙妙手机录像的时刻还晃得厉害，可这不是故事，是两个女孩真实的人生，而真实就是最动人的力量。

镜头里是女孩灿烂的笑，从在病房的特写到最后补拍的替身林弯弯被推入急救室……而周辰星轻轻唱着歌。

当年因为太过帅气从小到大都被拉着上台表演节目练下来的歌声，经历过训练后还是被业内人士批评“干巴巴的没有感情”，可是此刻他的歌声虽然依然不那么完美，却突然拥有了灵魂。

他的歌词写得很简单，就是他自己的经历。

“我曾觉得自己像是站在灯火辉煌之中的小丑，可你递上花束为我祝福，你为我披上锦绣……”周辰星的声音拔高上去。

屏幕上，画面慢慢变成灰色，依然是两个女孩的对话。

“哎，你的愿望是什么啊？”

是苏妙妙的声音。

“希望星星永远记得，林弯弯和苏妙妙喜欢过他。”

屏幕黑下去，最后只剩下林弯弯的声音。

全场静默。

“今天我听说，苏妙妙又进了手术室……”周辰星抬起头，大屏幕拍到他的眼睛，他眼里有泪光闪烁。

他认认真真地看着台下，轻声说：“我想跟她说，我会永远记得林弯弯和苏妙妙，是她们让我明白，站在舞台上闪闪发亮到底是多么幸运的事情！”

陈冰看着像是挣脱了某种枷锁的老幺，他原本就长得帅气，此刻更像是披上了全世界的星光。

他不会只是流星，他会一直这么闪亮下去的。

这一刻，陈冰如此坚信。

因为对万事不上心的老四从来都不是个傻子，他只是懒得用心思，被家长抽打着偷懒都能考上最高学府，随便去参加个比赛都能成为第一名出道……而他现在真正对这件事上心了，那么接下来，只怕会以极其可怕的速度成长。

真正成为一颗闪亮的恒星，应该也不需要多久吧。

9

"你说，人活着到底是为了什么呢？"

那时病床上的这个问题，昨日吊着水也要拍摄 MV 的苏妙妙又问了陈冰一次。

是为了什么？

陈冰当时只记得自己沉默了许久，才轻声说："我不知道。"

他真的不知道。

陈冰知道自己活着是为了什么，是为了守着老陈的花店，去感受老陈曾过过的人生。

他也知道隔壁高婶一家是为了什么，还知道罗叔他们祖孙三代是为了什么……

但是对于仓促来到人间，却又不得不仓促离开的苏妙妙，陈冰说不出来。

"陈冰哥，我知道人活着是为了什么了。"几天后，又熬过一次抢救的苏妙妙躺在床上，看着窗外的绿叶，轻笑着说，"是为了给自己和他人都留下最美好的记忆。"

陈冰因她的话怔在原地，怀里抱着的勿忘我都忘了放下。

"我去查了勿忘我的由来，说是一个骑士与心爱的女孩一起散步，女孩看到了河心岛上的花十分喜欢，于是骑士为了爱人冒险涉水过去采摘，却在回来的时候被骤涨的大水冲走，在被大水带走之前，骑士抛出手上采摘到的小蓝花丢向爱人，并对她说'别忘记我'！"苏妙妙轻声说，"于是后来人们就称呼这种花为勿忘我。”

“对，你说得对。”陈冰轻声说，“勿忘我最初的传说就是如此。所以再后来，勿忘我被人们用来赠送给自己的爱人和亲人，用以表达彼此之间的依依不舍之意。”

苏妙妙看到了陈冰手上的勿忘我。她靠得很近，伸手去拨弄小蓝花的花朵片儿，轻声说：“其实我曾经怨恨过……我还这么年轻，这种百万分之一的罕见病怎么会找上我……

“我很害怕，尤其是前几天弯弯走了之后……我知道马上就轮到我了，前天大家让我去跟弯弯道别，可是我不敢去，我不想看到弯弯变成尸体的样子……

“我害怕了，我每天在弯弯面前装作根本不害怕的样子，可是我真的好害怕啊……”

“谁都会害怕的。”陈冰轻声对苏妙妙说，他不希望这个女孩因为对死亡和未知的恐惧而过多苛责自己。

“没关系，我已经不怕了。”

苏妙妙沉默了一会儿，脸上的恐惧慢慢变成一个清浅的微笑。

她看着眼前的虚空，轻声说：“我已经留下最美好的回忆啦，和星星待了一整天，还和他一起拍 MV，更重要的是……我和弯弯成了星星的美好记忆。星星还跟我说，是因为我和弯弯，他才找到了在舞台上坚持下去的理由……”

对她来说，这就是最美好的记忆了。

“谢谢你啦，陈冰哥。接下来的日子，我要好好和爸爸妈妈道别，我要告诉他们，我怨他们不能来陪我，是我太任性了，我知道他们也很难过，可能比我还难过一万倍。”

苏妙妙摸了摸陈冰送过来的那盆勿忘我，轻声说：“这盆勿忘我我就收下了，陈冰哥，请你以后不要再来了。”

她做了一个好美好美的梦，梦里有她喜欢的星星落入凡尘，与她度过了少女漫画般的一天。

“因为我想给陈冰哥留下的，也是最美好的记忆。”

苏妙妙微笑着，纯洁的眼里有熹微却又温柔的光。

那是陈冰最后一次见到这个古灵精怪的女孩。

尾声

“冰儿，你发什么呆呢？”

王胖子在那头火急火燎，陈冰却蹲在巷子角落，半晌没回话。

“没有，只是很奇怪，墙角长了一小株勿忘我。”陈冰看着墙角，轻声自言自语，“奇怪，我在这里掉过种子吗……”

“啊？勿忘我？什么啊！冰儿，十万火急，哥哥我的幸福就要靠你了！”王胖子连声说。

“你快醒醒啊冰儿，你先把你那些花花草草丢在一边，咱们说说去看老幺的事情成吗？探班啊，我家昭昭第一次演电视剧啊，我一定要去看呜呜呜呜，你陪我去！”

“……那都是下半年的事情了，老四说他还没进组呢，你急什么？”陈冰无奈地站起身。

“我不管，什么时候可以去我先约好！我一定要去探班……”

王胖子在那头絮絮叨叨，而陈冰的电话“噔噔噔”一直弹出来语音信息，他看了下，赫然是周辰星在叮嘱他让王胖子冷静点儿。

陈冰一笑，边跟王胖子扯着话，边往外面的花店走。

那丛勿忘我长在院子的缝隙之中，在阳光的照耀下舒展着枝叶，开得灿烂又自在，像是永不褪色的记忆一样，闪闪发光。

第七章

草籽花

CAO ZI HUA

草籽花，学名紫云英，豆科草本植物，花呈伞形，花冠紫红或橙黄，喜温暖湿润，多生于海拔400米到3000米之间的山坡、溪边等潮湿处。

花语：幸福。

1

“你叫什么名字？不许走，你这个男狐狸精！”

陈冰这辈子都没想过居然会有一天被人堵在咖啡馆，还被指着鼻子骂狐狸精。因为太过震撼，他一时没反应过来，于是他身边的女孩和这个人吵了起来。

女孩穿着一条浅粉色的裙子，上身是白色毛衣，一头微卷的长发打理得很好，眼睛水汪汪的，看着真的挺漂亮。她笑起来应该挺甜美的，嘴角还有两个梨涡，此刻眼泪却瞬间涌了出来。

她看着跑进来的形貌邋遢、不修边幅的男人说：“宋世杰，我们已经分手一年了，你能不能放过我！”

“谁说分手，我不答应就不算分手！”宋世杰大吼大叫，吵得人头疼，“赵佳佳，你别想跟我分手，你要是跟我分手，我就跟你和你的奸夫没完！你休想丢下我一个人过好日子！”

“说谁奸夫呢？再说都分手一年的人了，轮得到你管吗？”陈冰上前一步护住赵佳佳，对着宋世杰怼回去——看他那激动的样子，赵佳佳一米五八的个子在他面前实在是显得太小了。

“宋世杰，我们已经结束了，没可能和好的。我跟你说了无数次，你再这样我就报警了！”赵佳佳边说边掉眼泪，显然十分不平静。

这么闹了一场，宋世杰终是恶狠狠地瞪了他们一眼，跟赵佳佳放话说了句“我们没完”就走了。

陈冰和赵佳佳的咖啡也喝不成了。

不过鉴于这场相亲原本就是个乌龙事件，陈冰把赵佳佳送回去之后就回了“百草堂”花店。

“百草堂”里，杨婷婷眼睛亮闪闪地等着陈冰，隔着老远看到他就问：“怎么样怎么样，哥，我对你够义气吧，佳佳漂亮吧？”

陈冰叹了口气，说：“你给我闹呢，骗我去咖啡馆谈生意，结果是相亲。”

没错，今儿上午这场乌龙都是杨婷婷骗他去相亲闹出来的。赵佳佳是知道的，不过一坐下来她就后悔了，倒不是别的，她的意思是她还没有从之前那段长达十年的初恋里走出来……然后就是宋世杰出来捣乱了。

“哥，你真和佳佳不来电啊？哎，我真的希望佳佳能找个对她好的男朋友，忘了那个混蛋！”杨婷婷听到这里，泄气地坐了下来，“陈冰哥，你都不知道那个宋世杰有多混蛋。他毕业之后找不到工作，都是佳佳鼓励他坚持，佳佳本来还想和他一起攒钱买房子，但是他每天只知道打游戏，招聘会也不去，还挑三拣四的，一会儿嫌这个工作不好，一会儿嫌那个工作钱少……”

身为赵佳佳的闺蜜，杨婷婷知道很多两人相处的细节，她这会儿没事，就半躺在“百草堂”那把老木头凳子上碎碎念，说起赵佳佳和宋世杰的恩怨情仇来。

不过是世界上又一个俗套的爱情故事，无非是年少时候天真热烈地相爱，走入社会后一个找到工作努力地扛起自己的责任，而另一个碰壁之后变成懦夫，再也没有勇气面对这个世界，干脆彻底沉沦在虚拟世界里面——这世界上无数对从象牙塔出来的情侣没办法走到最后，大抵都是这样。

杨婷婷和她奶奶一般啰唆，陈冰听得一个头两个大。他被这小混球儿骗到咖啡馆耽误了做事儿，这会儿正归置鲜花忙得不亦乐乎。

“你要是闲，就起来和我一起做花篮！”陈冰把一堆手工制作的小篮子往杨婷婷怀里一塞，然后说，“快，懒不死你，起来干活！”

“干活就干活。哎，陈冰哥，你真没看上佳佳啊？我告诉你，这可是我费了九牛二虎之力才给你介绍来的，要不是佳佳带我实习，跟我关系好，哪有这么好的事儿。她可是我们办公室的女神，既漂亮性格又好，我可舍不得把她交给不知底细的臭男人。我是真心给你们介绍的啊，我人生第一次做媒！”做事都堵不住杨婷婷的嘴，她疯狂地念叨，像止不住的小机关枪。

好在杨婷婷虽然嘴碎，却是天生的灵巧。她手腕翻飞，先把营养土铺在竹篮里面，再把白底粉紫的小花塞成球状，里面插一面小旗子，一个小小的花篮就完成了，比陈冰的速度还快。

因此陈冰忍着听了一下午的八卦，一边“嗯嗯啊啊”地回应一边包完了两百个小花篮，这才把杨婷婷扫地出门：“好了好了，活儿干完了，这个是给你的酬劳，你快回去吃饭去！”

杨婷婷见说了一下午的话都没打动他，只能感慨两个人真的没缘分。她举着竹子编制的手掌大小的篮子看，粉白、粉紫的小花凑在一起还挺好看。

“哎，陈冰哥，你也太抠门儿了！”杨婷婷对陈冰吼了一句，不等陈冰出来骂她，就飞快拿着自己的酬劳跑了。

陈冰觉得这场乌龙总算是结束了，自己的脑袋终于可以清醒一下了，却没想到两三天后，宋世杰上门了，还带着刀。

2

宋世杰来的那天，陈冰又在包小花篮，没有灵巧的杨婷婷帮忙，他一包就是一天。

正忙得头昏脑胀时，门口的门铃“叮当当”响了起来，陈冰一抬头，就看到门口站着一个小伙子——油乎乎的头发、印有泡面渍的T恤、都快穿得乌黑发亮的卷边牛仔裤……

陈冰花了好几秒才想起来，这个人自己几天前见过，正是之前相亲的时候遇到的赵佳佳的前男友宋世杰。

陈冰忽地眼神一凝，因为宋世杰的表情有些癫狂，他的右手塞在外套里，似乎捏着什么东西。

陈冰默默地站了起来，全身戒备。

“你怎么找到我这儿的？”陈冰假装闲适的样子，打破平静。

“我一直跟着你，你、你别想抢走她！赵佳佳是我的女朋友，她是我的！”宋世杰眼睛通红，身体和声音都在微微发抖，看上去濒临崩溃。

“可她不是说跟你分手了吗？”陈冰微微动了一下，调整面对宋世杰的位置。

宋世杰看上去十分焦虑，像是拉到极限、随时都会断成两截的弓一样。听到陈冰的话，他更加愤怒了，像是被激怒的公牛般大吼着：“都是因为你！要不是认识了你，她才不会离开我！我们一起来关南读大学……她说过要和我过一辈子的！”

“过一辈子……和你这样的？”陈冰鄙夷地上下打量宋世杰，鼻子里发出一声冷哼，说，“我实在是想不到什么样的人会愿意和你这样的人过一辈子。图什么？图你不洗澡，图你不换衣服？”

“你……王八蛋！”宋世杰冲过来，抽出了一把寒光闪闪的刀。

陈冰却不躲，反而上前一步猛地大吼：“你敢！”

这一吼居然把宋世杰吼得停在了原地，他整个人都在哆嗦。

陈冰一米八四，且常年运动，长得十分壮实，看着比一米七出头的宋世杰宽两倍以上，挡在宋世杰的面前就像是一堵墙一样。宋世杰被他的气势压倒了。所谓一鼓作气，再而衰，三而竭，拼命的气势一旦被打断，就难以为继。

就在陈冰疑惑宋世杰到底在想什么的时候，宋世杰突然疯狂发抖，然后猛地动了。陈冰正思考要不干脆一脚踢过去的时候，就见宋世杰一扁嘴巴，哀号起来。

刀“当啷”一声落在地上，宋世杰却不管不顾，跪倒在地大声哭喊：“求求你，求求你不要把佳佳带走，我是真的喜欢她，我真的喜欢她啊！”

陈冰的脑子一下子木了。

他不怕宋世杰拿把刀找他拼命，这种事情他经验丰富，但是宋世杰跪着哭求，陈冰反而不知道怎么办了。

他迟了几秒才反应过来，迟疑地说：“你找我，我也没办法啊。”

“呜呜呜呜，我找了佳佳，她说不要跟我在一起了。我问她是不是真的跟你好了，她说是真的，她是认真的……”宋世杰不说还好，一说更伤心，哭得更大声了。

陈冰听明白了，敢情这宋世杰还真以为他和赵佳佳在谈恋爱。

他想解释一下，但这个念头刚出就被他自己否决了——宋世杰今天都拿着刀来了，可见他的精神状态很危险，绝不能让现在的宋世杰和赵佳佳对上，她一个女孩子连反抗的力气都没有。

陈冰被这一团乱的关系搞得头疼。

本来他最近就很累——他接手老陈留下来的这间花店也快两年了，最近才开始创收，每天都能稳稳进账五六百块，持续一个月他就能把之前亏的生活费全攒回来！这个当口，陈冰真的不想管闲事。

可是这事儿到了门口，真让他不管，万一宋世杰钻牛角尖，真出了什么事儿，他自己这一关过不去。

陈冰在心里叹了口气，居高临下地看着宋世杰。他眉毛很浓，又极其高壮，沉下脸来很有威慑力。

宋世杰往后瑟缩了一下，然后就听面前这个似乎一瞬间变成了不良人员的花店老板问：“你让我把赵佳佳让给你？”

宋世杰愣了一下，疯狂点头，却看到对方一声冷笑，上下打量他，冷冰冰地问：“凭什么？”

宋世杰被问得哑口无言，但是他马上反应过来，不顾脸上的鼻涕眼泪，连声说："我和佳佳十年的感情，我们在一起很久了……"

"那又怎么样？"陈冰懒得听下去，他粗暴地打断宋世杰的话，冷冷地说，"你能给赵佳佳什么？我在关南有房、有车、有店铺，赵佳佳跟我在一起什么都不用担心，一辈子衣食无忧。那她为什么要跟你在一起，是图你天天打游戏，还是图你买烟都要找她伸手拿钱？"

这话说得十分刻薄，宋世杰脸上气出了愤怒的红晕。

但陈冰却不搭理他，捡起宋世杰掉在地上的刀把玩，然后笑了一下，说："你跟我玩这个？你出去打听打听，哥哥我玩这个的时候，你只怕还在当乖学生。"他用刀面轻拍宋世杰的脸，这是个非常有侮辱性的动作，轻佻且傲慢。

宋世杰气得微微发抖，却根本说不出话来。他在害怕，他感觉面前的花店老板十分危险。对方并没有大声说话，但他身上弥漫出一股强烈的压迫感，让宋世杰感觉自己像是将被人一脚踩死的虫子。

人都是有本能的，从万年前在草原上捕猎到走入亚欧大陆繁衍生息，人类把遇到的各种危险全部依靠传承刻入了基因之中，遇到危险的时候，或许大脑还没意识到，本能就已经发出高频预警。

陈冰倒是有些惊讶，他看宋世杰抖得跟筛糠一样，心想就这还拿刀威胁人啊，胆子小成这样，根本禁不住吓。

不过这倒是让他想到了一个好办法，既能解决赵佳佳那边的麻烦，又能顺便帮自己解决一点儿闲事儿……

陈冰不着痕迹地看了眼"百草堂"花店，地上到处都是小花篮、连根的紫云英，以及各种乱七八糟的辅料。

"堂堂大男人一毛钱都赚不到，还说什么让人家把喜欢的人让给你，我看你简直是个笑话。"陈冰慢吞吞地说。

担心宋世杰在自己这儿讨不到好，走极端去找赵佳佳报仇，陈冰干脆地把事情都揽过来："我也不瞒你，赵佳佳其实没和我在一起。但她是我妹妹的好朋友，所以她的事儿就是我的事儿。总之，有我在，你别想靠近赵佳佳一步，听到了没？”

宋世杰还没来得及喜悦，就被陈冰的话给弄得仿佛晴天霹雳。他当然不愿意远离赵佳佳，这会儿突然不知道哪儿来的力气哭着求陈冰，甚至还愿意拿出自己珍藏的游戏账号献给陈冰。

“我要你那些乱七八糟的东西干什么？！”陈冰觉得眼前这人简直是光长身体没长脑子。不过这也好，这种人好忽悠……不对，是好说服。

陈冰环顾四周，轻声说：“倒是这店子缺人手，我最近忙得很……”

“我来帮忙！”宋世杰眼睛一亮，几乎是瞬间就反应了过来，他翻身坐起，一脸准备肝脑涂地的表情，火速加入了“百草堂”。

3

“陈冰哥……妈呀，宋世杰你怎么在这里？！”

晚上下班的杨婷婷路过“百草堂”，进来跟陈冰打招呼，就看到宋世杰蹲在“百草堂”花店里——他洗了澡，换了身衣服，身上还挂着件半旧不新、印着“百草堂”三个字的围裙，正在那儿努力地做小花篮。

“他在我这儿打工。”陈冰没细说，怕杨婷婷觉得给他惹麻烦了，只随口解释了下，说宋世杰决定奋发图强，努力开始新生活。

这话杨婷婷压根儿就不信，她赶紧说：“陈冰哥，不管宋世杰跟你说什么，你都千万别信啊！你不知道他多恶心，佳佳刚和他分手的时候，他天天跟踪佳佳，还想闯进我们公司里找佳佳的麻烦，要不是我们公司安保做得好，他这么闹下去，佳佳的工作都不一定能保得住！你千万不要同情他！”

陈冰看她气得头发都要竖起来了，连忙低声说：“行了，我心里有数。这小子不太安稳，我放眼皮底下看一看，你们别和他对上，小心吃亏，知道没？”

“知道，他敢再来骚扰佳佳，我就找你去揍他！”杨婷婷跟陈冰一起长大，知道陈冰做了决定就不会改变，这时候也只能点头接受，但是心里还是憋着一股火。

她对着宋世杰眯了眯眼睛，大声说:“你听到了没，再来我们公司骚扰佳佳，我让我哥打死你！”

也不等宋世杰回答，杨婷婷威胁完毕瞬间换了个嬉皮笑脸的表情，凑过去跟陈冰说：“陈冰哥，你做的这个花篮真好看，我今天带去公司，好多同事也想要拿来摆一摆……她们都托我问问价钱呢。”

变脸速度令一旁的宋世杰叹为观止。

“我就说这大早上的你绕路来百草堂干啥，敢情是有油水捞啊……我卖十五块一个，你要的话十块一个，让你也赚点儿！”陈冰一笑，火速和杨婷婷谈起合作。

接下来，宋世杰目瞪口呆地看着杨婷婷瞬间变成陈冰的二线代理，然后直接微信联系人下订单，最后一口气订了二十个小花篮。

一百块钱赚到手，杨婷婷十分快乐，她瞪了宋世杰一眼，哼着歌走了。

宋世杰心想，难怪这花店老板有钱，原来是个奸商啊！

然而不久之后他就会发现这位花店老板之前跟他说的话都是骗人的——有房、有车、有店铺是真的，但是店铺是自己住的屋子隔出来的，房子一共就五十平方米左右，车子还是电动车……连这间花店都走在亏本的边缘！

不过这都是之后的事情了，这会儿宋世杰觉得陈冰妥妥是个奸商。尤其是在被带去花圃，得知陈冰最近做的小花篮的来历之后，他对陈冰的鄙夷更是到达了顶峰！

“你这个都是野花，根本不值钱！”宋世杰指着花圃周围满地的粉白、紫白小花，觉得自己这是见到了活体奸商恶魔。

“你会说话就好好说！什么叫野花？这是草籽花，人家有名字的，学名紫云英。再说要不是我努力，能找到这么一大片野生紫云英吗？！”陈冰不管这个震撼嘶吼的打工仔，说，“去去，下去跟我一起采花，今天我们必须搞到五桶紫云英才能回店里！”

"你采这些野花根本不要钱，可小花篮你卖十五块钱一个，这也太不道德吧？！"连根挖这些小野花的时候，宋世杰一边采一边碎碎念，他觉得自己看穿了陈冰的真面目，"不就是有几个臭钱，有什么了不起，赚的还不都是黑心钱……"

陈冰懒得搭理他，难得他最近灵机一动搞的这个小项目营业额非常不错。

因为便宜，零散买的客人比较多，一天也就七八个的样子，加上他难得接了几个婚礼的外场布置——虽然没捞到最大的那个鲜花订单，但是成交了几次六七十个一批的订单——也算是赚了点儿钱。

不过最近他这么努力赶工，是因为一件大喜事——隔壁当老师的罗伯他们学校最近搞庆祝会，需要一批低价格的鲜花做装饰。

好歹是百年校庆，无数成功学子要回母校看看，不能搞得太寒酸不是？但是学校又真的没太多钱，最后批下来的钱少得仿佛资本家的良心。罗伯上头的主任负责办这件事儿，差点儿把头顶上剩下的几根毛都给熬秃了，于是最后就找上了陈冰。

陈冰这个小花篮用的是郊区花圃那边的野花，小篮子本身的成本是两块钱一个，其他鲜花就算只赚个一两毛，这一单下来也有一万多块钱的纯利润，他当然火速就答应了。

算一算也做得差不多了，今天再赶一赶工，明天就可以交最后一批货了。想到那一万多块钱，陈冰忙得更带劲了。

不过这小花篮赚钱是赚钱，出货量太可怕了，陈冰一个人肯定忙不完。这会儿他好不容易逮住了一个劳动力，也就随便宋世杰念叨了。

他不说话，却架不住宋世杰怨气冲天。

宋世杰倒也不敢不做事，但他心中不忿，一边采草籽花往桶子里装，一边"哼"了一声说："女人就是这么浅薄，看到有钱人就觉得了不起了。你们这些有钱人根本道貌岸然，骨子里全是抠门儿和猥琐。我虽然不能赚钱，至少良心还在……"

他声音不大不小，刚好能让陈冰听见，但是又听得不是很清楚。

陈冰稍微猜一猜就能猜到宋世杰在说什么，反正肯定不是什么好话，但是这会儿能有个傻子帮着打下手交订单比什么都重要，也就不管他在那儿念叨什么了。

两人忙来忙去忙了一整天，终于在花圃这儿把小花篮全部做好了。

陈冰装好整整一小面包车的小花篮，拜托每月按时帮他送花的林叔给送去学校，又在主任那儿结了尾款。

那五位数的转账金额刺痛了宋世杰的眼睛，他更恨陈冰了。

结果回去之后，陈冰突然拿了部半新不旧的杂牌手机出来，对他说："来，支付宝收款码拿来。"

"干什么？！"宋世杰的第一反应是警惕地捂住了自己的手机。

"干什么？你在这儿帮忙干了五天活儿，我给你工资啊……还是你不想要钱？"陈冰觉得这人有点儿傻。他虽然前几天确实故意忽悠宋世杰打工，但好歹也不是黑心肝，真的骗人做白工——宋世杰看着性情有点儿冲动易怒，要小心提防，但是这不代表陈冰就要占他便宜。

该给的还是要给，但该警告的还是要警告。

陈冰扫了宋世杰的二维码，转了五百块过去，然后才说："这是这一单结的钱。今天早点儿休息，明儿我们上山去收小花篮，后面还有两个单子呢，小花篮不够用了。"

宋世杰看着支付宝里显示到账的五百块，心情无比复杂。他原本是为了赵佳佳才来这间花店打工，根本没想过陈冰会给他工钱。

看着"余额 500.09 元"的字样，宋世杰突然怒了，他大声说："你这是什么意思？我才看不上你这点儿钱！你以为我是找不到工作吗，我告诉你，我是看不上那些普通工作……"

"行行行，你说啥都行，总之明天陪我去收小花篮，你早点儿睡！"陈冰十分敷衍地答应着，然后转身往室内走，打着哈欠洗漱睡觉去了。

宋世杰还想说什么，但见陈冰已经去洗手间了，他到底没说出来，带着闷气睡了。

4

第二天，两人各自挎着个编织袋，开着一天五十块钱租来的小面包车，终于在一个多小时后到了关南附近的山村里。

关南市的经济不是特别好，大企业都没几家，但是人多，摆个摊子也能有点儿收入。但是到了村里，又晕又吐、头昏目眩的宋世杰才发现世界上居然还有这么穷的地方。

村子里的屋子有些还是土坯，有些乍一看修得还不错，里面的装修却看着十分简陋。

这就算了，最难的是这个村子里基本上全是小孩和老人家，没看到一个青壮年。

宋世杰跟着陈冰开车进去，就听到小孩发出惊喜的尖叫声："陈冰哥哥来了！"

然后有小孩大叫着跑进村，一路大喊着陈冰的名字。

起初，宋世杰没反应过来这是怎么回事。

陈冰开着车子，一直到村里唯一有水泥地的屋子前才停下，然后下了车，打过招呼之后就坐在了这家人搬来的桌子前。

接着，好多老人家带着家里的小孩、背着大大小小的竹筐之类的东西跑了过来。

"陈老板，这个星期我做了三百个小竹篮！"老婆婆被她的孙子牵着，跑在最前面。

宋世杰还没反应过来，就听到陈冰说："快点儿数！"

宋世杰茫然地开始点起数来，数了数发现没问题，就看到陈冰拿出一个腰包，从里面数了六张一百块钞票递给了面前的老奶奶。

老奶奶顿时眼睛发光，笑出一朵花的形状。

身后的人催她赶紧让到一边，她便颤巍巍地挪到一边，一面笑一面把钱数了好几遍，确定没错之后才小心地放在最里面带拉链的口袋里。她拉好拉链，连声答应一会儿就去小卖铺给开心跳着要吃零食的孙子买好吃的。

哄得孙子开心了，她却还不走，在一边不放心地问："下次还收不，陈老板？"

"收，这回你们辛苦点儿给我加一下班，我估计至少还得要两千个花篮。等把这回的做完了，下次小的就可以少做点儿了，端午的时候做点儿大一些的花篮！"陈冰一边点数，一边抬头大声应着，也算是对大家说。

"大花篮做得慢哦。"后面有个老人听到这话，赶紧说，"我们又不是常婆婆，能做得那么快！"

"知道，大的十块钱一个收，不让你们吃亏！"陈冰一边大声吼着，一边给人点钱，"记得啊，先把小花篮给我赶一下工，十天后我还要来收，这几天大家辛苦点儿！"

"哎，什么辛苦不辛苦的，老板你十天后来，我常婆子保证至少交六百个！"常婆婆连声保证，笑得见牙不见眼，生怕答应慢了惹陈冰不高兴。

"六百个，常婆婆你一个人怎么做得过来？！"陈冰没说话，旁边的老人就搭话了，"你莫逞能哦，老李还等着你照顾，莫把自己糟践病了。"

"我帮奶奶做，爷爷也帮奶奶做！"常婆婆还没说话，刚才闹着要吃零食的小孙子就说话了，"我们这次也帮忙了，就是才学会，做得有点儿慢……爷爷现在还在家里做花篮呢，我们做得完！"

"噢哟，老李做事了啊？那是好事啊！"旁边的村人连声感慨。

村里除了熟手的常婆婆，其他人做得都不多，有些甚至只有十来个大花篮，还有拿了竹筐来问收不收的……

陈冰一个个收货发钱，村人都多多少少得了笔收入，顿时高兴了，拿了钱也不走，就在旁边看热闹，又说好下次来收东西的时间。

这么一通忙下来，没多久也就把东西收完了，小面包车里都塞满了，顶上还放了几个大编织袋，都是村里的老人帮忙捆上的。

两人临走时还被塞了两包山货。

宋世杰第一次被这么多人笑脸相迎，甚至有点儿巴结，下山的时候居然都没顾得上晕车——他还蒙着没回过神来呢。

陈冰斜眼看了一眼，就见宋世杰抱着些农家人自己种的小青菜愣了一路，进门后还小心翼翼地把青菜和几个鸡蛋好好地拿进屋子放在厨房里，一副珍而重之的样子。

“还行……不算彻底没救。”陈冰暗暗松了口气，一直提着的心慢慢放下了一些。

5

第二次上山的时候，宋世杰又吐了，还是吐在人家院子里的。

他觉得有些丢人，但是这家人一点儿没生气，飞快拿桶冲了个干净，还拿了茶杯给他倒了杯开水让他漱口，又连声说:“不舒服吧？我们这儿的路是难走，辛苦你和老板了！”

“没有没有，是我还有点儿不习惯……”宋世杰拿了水慢慢喝，果然很快就觉得抽搐的胃慢慢放松了下来。

那一边，陈冰已经开始收货算钱了。

常婆婆来得很快。毕竟她家小孙子早就蹲在村口了，一看到面包车来就飞快地跑回去报信，来得快也正常。

不过这回不仅常婆婆来了，她那才七八岁的小孙儿还推着个人来了。

“哟，老李出来了！”

“老李，你出来了啊！”

村人纷纷打招呼。

宋世杰看着觉得奇怪，问身边那婶子："那位大爷是谁啊？"

"老李啊，他命苦得很，之前在石场采石，全靠一把子力气。辛苦就算了，好不容易儿子大了娶了媳妇，也去石场做事，没想到偏巧就出事了，人都埋里面了。石场老板连夜跑了，找不到人。他晚上下地回来摔了一跤，就瘫了……在屋里瘫了几年哦，今年才出来。"旁边那婶子也是感慨，跟宋世杰碎碎念，几句话就把老爷子的情况说了个清楚，"他一辈子好强，猛然一下子儿子和媳妇都出了事，自己又瘫了，心里过不去，就在屋里憋了几年，今儿才出来。"

听罢，宋世杰就去看那老李。

老李看着和常婆婆一般大，可能因为常年憋在屋里，再加上丧子之痛，越发显得年迈。这会儿他让小孙子歇了，自己控制着轮椅挪到前面，村人都打着招呼让开，让他到常婆婆身边来。

常婆婆看着也挺激动，放了东西就走到他身边，扶着轮椅等着算账。

算了算，常婆婆这七天做了七百个小花篮，于是陈冰数了一千四百块钱递给他们。

谁知常婆婆摇了摇头，示意他把钱递给老李。

陈冰把钱递给老李。

老李愣了一下，粗声粗气地说："你拿着，我这个废人拿钱干什么……我就是感谢一下陈老板特地给我买的这个轮椅，让我也能出来晒晒太阳。"

"轮椅我可没出钱，都是常婆婆花的钱，我就帮忙在网上下个单，接电话的还是您本家的侄子，不用谢我。"陈冰笑了笑，说，"这钱常婆婆让您拿您就拿着呗。"

"就是，这几天还不是你大晚上觉都不睡做花篮，我醒了看你都还在做，这钱一大半都是你挣的，怎么拿不得了？"说到最后，常婆婆眼圈有点儿发红。

"我是瘫床上睡多了，睡不着……"老李吭哧吭哧的。

旁边有人就劝："哎哟，老李，你就拿着吧，谁不晓得常婆婆编竹篮的手艺是你年轻的时候教的哦！我看这次花篮编得又密又实，刚才还在猜是不是你手艺找回来了！”

老李有些不好意思。

跑过来的小孙儿最是爱炫耀的年纪，听到这里就大声说：“我爷爷可厉害了，虽然开始的时候和我一样慢……不过很快爷爷就编得飞快了，奶奶都赶不上他呢！”

大家笑起来。

老李见孙子这么一脸崇拜地夸，脸上有了血色。陈冰再次伸手，他终于顺势接了这一千四百块钱，也跟常奶奶一样小心地数了两遍，然后才放在了贴身的口袋里。

“爷爷我要喝娃哈哈，还要吃方便面！”小孙儿这会儿看着爷爷收了钱，就在爷爷身边眼巴巴地撒娇。

老李连连点头，说：“买，一会儿咱们就去给大宝买，都买！”

宋世杰看着突然容光焕发的老人家，他坐在崭新的轮椅上，刚才来的时候面上还带着三分阴郁，此刻却已经被驱散光了，那一双腿被棉絮盖着看不真切，面上却和旁边的人一样带着笑容。

常婆婆脸上也带着笑容，眼神温柔地看着自己的老伴儿。她握着轮椅的手已经满是皱纹，却一点儿也没松开。

“怎么今天一直没说话？”开车回去的路上，陈冰问宋世杰。上次虽然他也没说话，却没有这一次这么沉默，还皱着眉。

“我在想……你真的是奸商，明明一个来回赚了五倍以上的钱，却还让村里人对你感恩戴德，真是虚伪。”宋世杰对陈冰说。

“嗨，你这人真是……我是偷了还是抢了，你居然这么说我？”陈冰一边开车，一边漫不经心地回他。

“常婆婆和陈爷爷都多大年纪了，你连他们的钱也赚，他们熬得眼睛都是红的……”宋世杰轻声说。他手里还抱着常婆婆塞给他的一袋子小西红柿，红红的，像是一个个小灯笼，十分喜人。

“那你觉得我应该怎么办，应该直接给他们钱？”陈冰打着方向盘，随口问。

宋世杰沉默了。

他突然意识到似乎这样也不太对，但他还是忘不了常婆婆和李爷爷的白发、皱纹，以及他们熬得发红的眼睛。

他轻声说：“怎么、怎么也不能让他们熬得那么狠啊……”

“如果现在我跟你说让你去加班一个星期，可以多赚六千块钱，也就是说这个月底你可以拿到九千块，你愿意吗？”陈冰轻声问。

“那不一样！”宋世杰觉得自己受到了冒犯。

“一样的。”陈冰斜眼瞟了他一下，像是漫不经心，又像是一个冷眼，“我们和常婆婆他们没有区别。我们想赚钱，他们也想赚钱，既然这一阵辛苦一下可以赚到平常几个月都赚不到的钱，谁会嫌弃？他们靠自己的双手养家糊口，腰板挺得笔直……他们需要的不是廉价的同情，而是赚钱的机会。”

车子已经开进市区，宋世杰听到陈冰轻声说：“我们都是普通人，但越是这样就越是要知道，路是自己走的，怎么活也是自己选的……靠自己的手挣钱，哪怕不多，瘫痪了也能挺直腰杆。靠别人，哪怕是面对至亲至爱都无端矮人三分……趴在别人身上瘫着不动，那不是爱，是想找个人吸血。”

“你什么意思？！”宋世杰又不是傻子，顿时勃然大怒，转身看陈冰。

“我什么意思？”陈冰停车对他一笑，“你说我是什么意思？”

车停在“百草堂”门口，他们要下车搬东西，但是宋世杰胸膛起伏，怒气冲冲地看了陈冰很久，突然推开车门，疯一样跑出了弄堂。

陈冰远远地看着他，没有跟上去。

6

陈冰等了两天看他还没回花店，以为宋世杰不会回来了，就把最近这半个月的工资转账给他，然后就把这件事情抛之脑后了。

结果当晚杨婷婷过来，进门就说：“哥，宋世杰不在你这儿干了？”

“你怎么知道的？”陈冰一边剪着花枝，一边随口问她。他倒是没太担心，毕竟宋世杰最近的心态似乎平静了很多，看样子不像之前那样偏激了，应该不会干出拿刀和人拼命的事儿了。

杨婷婷说：“他今天又去我们公司门口蹲佳佳了，这个不要脸的人！”

陈冰愣了一下，皱眉问：“他做了什么？”

“那倒是没有，佳佳的新男朋友在门口等着呢。就是宋世杰那样子瞪着佳佳，不知道的还以为佳佳欠他什么……”杨婷婷翻了个白眼，显然对宋世杰这种阴魂不散的行为十分看不上眼，在花店里骂了一两个小时才走。

陈冰听着没闹出事儿也就安心了，虽然还是有点儿担心，但他也不是上帝，赵佳佳既然有男朋友了，之后对方应该会注意保护她的安全。

他以为这事儿到这儿就算了结了，没想到杨婷婷才走了几个小时，他就看到了宋世杰。

大晚上的，宋世杰蹲在“百草堂”门前的角落里，好大一团阴影，把要关灯的陈冰吓了一跳。

他身边是个半旧的黑色行李箱，没刮胡子，穿着一身旧衣……看上去就像是被人丢弃的流浪狗一样。

陈冰还没说话，就见宋世杰眼睛一红，哽咽地说：“佳佳有男朋友了。”

要不是宋世杰这样子太凄惨，陈冰真的很想问一句——“所以你跟我说有什么用？”

但是宋世杰这样子实在是太可怜了，陈冰僵了一会儿，本能地脱口而出：“你……要不先进来坐坐，慢慢说？”

宋世杰没有拒绝，掉着眼泪，拖着行李箱，默默地走进了“百草堂”。

陈冰把他的行李箱往边上的花盆那儿一放，又给他倒了杯温热的蜂蜜水，看他大口大口喝了，就是泪水还止不住，不由叹了口气：“都跟你分手了，她找到喜欢的人，你也该往前看了。”

“我就是不明白，我跟她在一起那么多年，我这辈子没想过娶别人。我不就是这两年运气不好混不好，不就是这两年花了她点儿钱吗？她就是白眼狼！

“我们十几岁就认识了。我每天骑着自行车到她家楼下接她上学；她喜欢吃米记的绿豆糕，大半夜我怕雨淋湿绿豆糕化了，把绿豆糕塞在羽绒服里面，自己淋得像个傻子……我们在一起这么多年，她怎么能说忘记就忘记！

“女人真是养不熟的白眼狼，不记恩情、贪慕虚荣，只能一起过好日子，一旦你稍微运气不好，她们就不要你了……”

宋世杰说着说着眼里冒出凶狠的光，他咬牙切齿地说：“她别想丢下我一个人，要是她真的和别人在一起，我大不了拼了，大家一起死……啊！”

最后一声大叫，是陈冰听着他说得不像话，给他脑袋上来了一下。

“就你现在这个样子，我是个女的也看不上你！”陈冰满脸嫌弃地说，“一分钱赚不到是重点吗？你天天在家打游戏，你女朋友加班回来还要给你做饭……合着你现在说那么多，还没搞清楚赵佳佳为什么要跟你分手？你觉得你一点儿错没有，赵佳佳就是嫌贫爱富、不能共患难的王八羔子了？”

“她不就是嫌弃我没工作、花她的钱了吗？这难道不是嫌贫爱富？！”宋世杰梗着脖子大声说，“她就是白眼狼！现在的女人现实又冷血，我都跟她说了，让她等一阵，我在考虑创业的事情。我之前确实对不住她，可是我已经反省了……”

陈冰看他说得义愤填膺，都快把自己气厥过去了，想了想拿了两罐冰啤酒过来，让他喝了冷静一下。

“我没想靠她吃喝，我真的在想创业的事儿。我想赚钱，赚大钱，让她过好日子。我不是吸血虫……我不明白她怎么就不要我了，常婆婆能照顾瘫痪的李爷爷几年，老了推着他出门，让他振作起来……为什么赵佳佳做不到这么对我，她为什么不愿意再给我一点儿时间……”

大口喝了两罐啤酒，宋世杰稍微冷静下来，他眼睛发红，盯着啤酒罐轻声说："我真的想让她过好日子，不为房贷发愁。我比谁都想赚大钱……"

陈冰喝了一口酒，其实并不好喝，带着苦涩和一股子酿造后的怪味儿，但是熬过那股子酸涩味儿，头微微发晕的时候，身心似乎一下子就松快了起来。

"你看那些花。"陈冰突然说。

宋世杰不知道他什么意思，好奇地往陈冰指的方向看，却看到客厅里堆得几乎快放不下的草籽花和营养土，那都是他们一车一车辛辛苦苦从花圃野地里拉回来的。

小野花看着细细小小的，但是凑在一起之后就仿佛大绣球，又像是鲜花绒毯，连那常见到的有些媚俗的粉和紫都透出一股子鲜亮活泼来。

宋世杰听到陈冰轻声说："人就跟这些花一样。有些人生来就是富贵牡丹，运势不凡；有些人就是泥地里的草籽花，不是开在路边，就是开在墙根下……"

"你什么意思？！"宋世杰又生气了，他怒声问，"你难道想讽刺我是路边的野花？"

"你说你怎么跟个炮仗一样，一点就着啊？"陈冰感慨，摇了摇头说，"我的意思是，野花和牡丹生来就不一样是吧？就像是咱们都得承认，有些人生下来就有祖荫，确实就跟那富贵花一样命好。那有些人生来就是靠不着祖荫，也没办法是不是？但是你说，牡丹就一定比紫云英高贵吗？我一个爱花的人，我跟你说，还真不是。"

"你还说不是讽刺我！"宋世杰听得火冒三丈。

陈冰放下啤酒，连声说："你这人怎么就是没慧根呢，我就说你是个傻子，听了半天没明白……行，我直接点儿跟你说，你还在想发财，但是你跟赵佳佳的事儿从头到尾就不是钱的事儿，明白了吗？！"

这回宋世杰听明白了，但是也更不明白了，他茫然地说："可她是因为我不上班没有钱才嫌弃我、跟我分手的！"

陈冰从未遇到过这么傻的人，他沉默良久，突然说："你想知道真相吗？"

看到宋世杰点头，陈冰喝了口酒，说："行，我帮你。"

陈冰这么承诺的时候，宋世杰还以为是酒后的醉话，没想到第二天陈冰就给他说了个咖啡馆的地址，让他下午三点去定好的位置。

宋世杰根本就没明白,但他还是去了,去了才发现居然就是上次他来“捉奸”的地方。

宋世杰一脸莫名其妙，突然听到隔壁有人坐了下来，然后就听到陈冰熟悉的声音：“你看你想喝什么吃什么只管点，这次我真的要多谢你。”

然后是宋世杰听来比亲人还熟悉的声音，赵佳佳带着淡淡的笑意轻声说:“陈冰你也太客气了，明明是你自己的东西好。”

宋世杰听了一会儿，才知道原来赵佳佳最近在忙着做项目，刚巧认识的乙方公司要做绿化，于是就介绍了陈冰过去谈项目，以示感谢。这个长期的项目谈下来，一年光是维护的净利润就有几千块，头期就能赚个两三万，陈冰当然是极其感谢。

两人又说了一会儿，陈冰问起赵佳佳的男朋友，不着痕迹地引导赵佳佳谈起关于新男友的事情。

说起新男友，赵佳佳的声音轻快了不少，她不好意思地轻声说：“其实我没想到那么快的……但是他真的是个很温柔的人。之前我状态不好，他一直很关心我,前不久我高烧上吐下泻,也是他半夜开车接我去医院,那时候我就知道,我愿意为他再试试谈谈感情。”

“哦？他经济条件怎么样？”陈冰轻声问。

赵佳佳对陈冰没有任何防备，说得很清楚。对方只是个普通的上班族，上了几年班，没有多少积蓄，开的车都是公司配给业务人员的。

“冒昧地问一下，你跟宋世杰分手是因为他不上班赚不到钱吗？”陈冰听了一会儿，突然开口问。

赵佳佳愣了一下，一脸疑惑地说：“不是，当然不是。你这话是什么意思，难道世杰还在这么想？”

“你也知道他在我那里上班，我听他说得头疼……”陈冰稍微解释了一下。

赵佳佳顿时有些生气，但是半晌又叹了口气："他如果还这么想，那我越来越庆幸和他分手了。你知道我对他死心是在什么时候吗？" 她突兀地笑了一声，语调带着自嘲，"是我那天大姨妈……我每次第一天大姨妈就会疼得走不动，那天我疼得脸色发白，回来之后却看到满屋子都是他丢的烟头，厨房里也都是没洗的盘盏……"

宋世杰从记忆里艰难地翻出了那天的场景。

那天在他的记忆里是非常普通的一天，赵佳佳下班得比平常迟一点儿。

当时他在打游戏，看到赵佳佳回来就喊："你回来了！我好饿！"

他没有注意到赵佳佳过于苍白的脸色，没注意到她眉眼里的忍耐，也没注意到满屋子的烟臭味和脏乱的垃圾……他只记得那天赵佳佳有气无力地说让他去试试做顿饭。但是他从没做过，所以笑嘻嘻地耍赖，让赵佳佳去做饭。

"我当时太生气了，就进了房间。等我躺了一会儿，肚子疼的劲儿过去之后走出来一看，他已经吃了方便面……他自己吃了，没问我。" 赵佳佳说着，长长地叹了口气，"你可能体会不到，那就是我们女孩子彻底对一个人死心的瞬间。"

"我体会得到。只要是情感正常的人，我们的体验是共通的。如果是我的女朋友在我每天回家之后让我做饭，反倒自己每天打游戏，然后还要怪我不够体贴她的感受，在我明显不舒服躺着的时候不闻不问，自己吃东西不叫明显没吃饭的我……我也会和她分手。" 陈冰轻声说话，但是宋世杰听得清清楚楚，"这不是爱，这是以爱之名的绑架，想找个老妈子寄生吸血罢了。"

"谢谢你理解我。" 赵佳佳的声音是温柔的，说的话也是有条理的，她喝了一口咖啡，停顿了一下才说，"其实在世杰说我嫌贫爱富才和他分手之前，我都还想着能和他当个普通朋友，但是之后我不这么想了……"

"为什么呢？你不爱他了，你恨他？" 陈冰问。

"不，那个时候我对他死心了，可我还是爱他。他是我第一个爱的人，我怎么可能那么容易就放下多年的感情？

“我到现在还记得他刚和我认识的时候，我们一起去学校上学，中午我没吃饭，他就偷偷跑出去给我买煎饼，大冬天的他把煎饼放在羽绒服里面，带回来的时候煎饼还是热的，可他那块皮都被烫红了。我记得他在我来大姨妈疼得走不动的时候冲出去给我打热水，就是怕我冷。我还记得大学的时候，他骑着自行车带我去关南的每一个公园。

“他爸妈离婚之后再婚，我知道他没家了，把我当作唯一重要的人。我想过要成为他的家人，照顾他一辈子的……我当时对他失望，和他分手，可我心里还在期待他知道错了，回来找我。”

赵佳佳的话让宋世杰瞬间脑子充血，差点儿想站起来，转身走过去抱住赵佳佳，但是赵佳佳下一句话让他的血都冷了。

“可他在公司堵我，对所有人造谣我嫌贫爱富，诋毁我的人品，骂我是白眼狼，骂我利用他的感情之后抛弃他……那时候我就知道，他已经不是当初我爱的那个男孩了。那个关心我、照顾我、怕我受一点儿委屈的宋世杰已经变成了自私冷酷、记仇不记恩的陌生人。

“十年感情，他但凡有一点点良心，但凡稍微为我考虑一点点，都不会这么对待我。所以那之后我就对他彻底死心了。不瞒你说，在他造我谣、冲到公司纠缠我，甚至差点儿对我施暴的时候，我真的认真后悔过和宋世杰那十年的交往。”

宋世杰如坠冰窖。

赵佳佳说完，站起来看了看宋世杰端坐在那里的背影，对陈冰点了点头，准备走了。她眼圈发红，还是很难过，但是她叹了口气，终是走了。

陈冰坐了一会儿，听到身后的人在抽泣，他叹了口气，坐了过去。

“我没有。”宋世杰满脸泪水，哽咽地说，“我没有。”

“你有。”陈冰看着他，轻声说，“你难道没有意识到你对赵佳佳的伤害，一点儿都没意识到吗？我不信。”

宋世杰的眼泪一下子就下来了。

7

从见面的时候开始，陈冰就不太喜欢这个年轻人，他身上聚集了太多人性的缺陷——轻浮浅薄、愚蠢狂妄，对着弱小强横，对着强者又卑微……

连他的爱都带着非此即彼的极端，一旦得到否定，就全心全意地化为了恶意——明明爱着对方，却在受到一点儿委屈之后口出恶言，不记得靠着他人生活的恩德，不记得十年的爱，只记得对方和他分手的仇恨，甚至想把这仇恨化为杀意……

不敢对陌生人动手，却想过对爱过的人挥刀，或许这只是他的随口发泄，并不能当真，但是语言的暴力依然是暴力。

赵佳佳越是爱他，他所做的一切就越是伤人。

若一个人在自己爱的人身上都能展现出卑劣，那么内心深处必然也没有多少属于灵魂的弧光，至少是个不管不顾的蠢货。

他是十足的懦夫，同时也是十足的自大狂。

陈冰自小在桃花井长大，这里的人也都有着些小毛病，但至少他们都有自己所爱所赤忱关切的人或者事，所以他是真的不喜欢宋世杰。

可是看宋世杰哭成这个样子，他不禁叹了口气，轻声说："哭什么呢？你想对赵佳佳动手的时候难道还想着她会和你和好吗？"

想要一个人最温柔的爱意，却不去用心，不肯放下身段道歉，不肯给予爱人肯定和温柔，闹到最后只想着用暴力获取一切。

所谓种瓜得瓜种豆得豆，用暴力和仇恨换回来的只会是憎恶和恐惧。

宋世杰明白得太晚了。

不，或许少年宋世杰是明白的。他用温柔和关心得到过一个女孩全心全意的爱，甚至在他走入绝境的时候，女孩依然怀着失望和痛苦默默陪伴他、忍耐了他整整两年的时间。

可他后来忘记了，他在挫折之下变得偏激、疯狂，最终换来这个结局。

宋世杰的眼泪无法停止，他哭了很久，像是要把那十年都哭干净。

哭完这一次，之后的日子他再也没哭过了。

起码之后在“百草堂”帮忙的一年多里，陈冰再也没看到宋世杰哭过。他彻底地沉默了下来，在“百草堂”十分用心地帮忙。

一年多之后，宋世杰终于发现陈冰的账目乱七八糟，走在亏本的边缘，也发现了陈冰当时吹出来的有车、有房、有店铺实际上全是亏本买卖。

但这个时候他已经不会嘲笑陈冰了，因为他不再把陈冰当作假想敌。他甚至还帮陈冰做了几个策划案，帮他找了两间固定合作的咖啡馆，其中一个就是他最后一次见到赵佳佳的那间咖啡馆。

最后，宋世杰决心离开关南，去京市发展。

离开的前一个晚上，他找陈冰聊天。那天他们喝完了一箱啤酒，基本没吃什么菜。

这是第二年春，陈冰又在薅花圃隔壁地里那些野生紫云英。他买了很多花篮积压在花圃里，一年的利润几乎全折在这上面了，却依然每个月两次去收。

宋世杰慢慢明白了这些钱对等在村里的人意味着什么。

其实回首这一年多，他彻底发现了之前的自己到底错过了什么。

他沉浸在安逸之中，在一日一日的自我放弃之中躺着，像是卧在烂泥之中的腐肉一样，整个人都变成了阴暗的、可怕的怪物——那些闭门不出的日子带来的不是安逸，而是意志消磨，是偏激易怒，是腐蚀心性。

他曾愤愤不平赵佳佳的离去，如今想起来，那样的他连自己都不喜欢，怎么又能怪赵佳佳离去呢?

如陈冰当日所言，如果不是他，而是赵佳佳不出门上班、每天只知道打游戏,如果他每天下班回来,看到的是赵佳佳制造的满屋子的垃圾,还等着他做饭,如果他忙碌到不舒服、饿着肚子回家，赵佳佳也不管他，自己一个人吃饭……自己能多年如一日地爱那样的赵佳佳吗?

答案是不。

与金钱、地位或是别的都无关，只是因为连自己都不爱的人，怎么能让他人感觉到被爱呢？

“你在想什么？”宋世杰正发呆，突然听到陈冰这么问他。

“想你当时说的紫云英。”宋世杰笑了一下，回头看满屋子的紫云英。

这些花小小的，粉白或紫白，一朵朵单看其实并不太漂亮，但是凑在一起就如锦绣一般漂亮又华丽，让人目眩。

看陈冰似乎没懂他在说什么，宋世杰轻声说：“我在想，当年我爱的人要的不是牡丹，是一束紫云英……可是我现在才懂。”

那个女孩真的是嫌贫爱富、不在乎爱情的白眼狼吗？

不是的。

如果是那样，当年他一无所有的时候，她为什么还两年多都不离开他，一次次地希望他走出去找一份工作？

她其实并不奢望自己的男朋友发财或是成为有钱人，她只想当年满心满眼都是她的那个男孩回来，关心她、爱她。

她要的不是艳绝天下的牡丹花，她只希望把普普通通的日子过好，开出一朵平凡质朴的花来。

如那些小野花，看着并不起眼，但是一朵一朵凑起来，就能变成漂亮的绣球花篮。

如紫云英的花语一般，是随处可见的、平凡的幸福。

可惜这个道理，之前的宋世杰不明白。

他憎恨她的背叛，冲动地想要报复她的离开。他曾心里羡慕常婆婆与李爷爷相濡以沫的幸福，甚至还深恨赵佳佳不如常婆婆那一辈的人对爱情忠贞，在李爷爷瘫痪之后还能执子之手、与子偕老。他觉得自己只是打了两年的游戏没上班就被抛弃了，觉得他和赵佳佳的爱情廉价……

可后来他知道了常婆婆和李爷爷年轻时候相濡以沫、一起渡过难关的往事。故事里，他们遭遇过无数饥饿穷困，他们曾抱在一起哭泣，但是当第二天太阳升起，他们还是一起肩并肩、手牵手地去面对这些困难。

“是我先放开她的。”他打了个酒嗝，突然轻声说，“我现在知道了，是我先放开她的。”

那是他爱了十年的姑娘啊，那段时间他是被什么迷了心智？哪怕是黄昏归家的一顿饭、下班时帮她提一下包、纪念日里拿烟钱去买一枝花，或是在第一次分手的时候能好好道歉、收拾好自己呢？

“我把我的小姑娘弄丢了。”宋世杰轻声说，“我发过誓的，要保护她一辈子……”声音颤抖得仿佛秋风中的落叶，但他没有哭。

年少的时候，他受了伤就哭，绝望了就嘶喊，甚至不管不顾，任性得像头无人拘束的野兽。

但是现在他不哭了，怎么都不哭了。

因为他的小姑娘让他长大了，知道这世界上已经没有人再心疼他了。

他没有资格哭了。

尾声

陈冰假装睡着了，轻轻叹了口气。

喝吧喝吧，喝了这一夜的酒，明天起床就开始好好面对这个世界吧。

脱掉那些伤人伤己的恶毒愚蠢，脱掉那些盲目又尖锐的恨意。

和这个世界和解，赶紧长大吧。

然后，不要再让你的爱成为伤人的刀了。

陈冰闭上眼睛，眼角有些湿润。

那些年少时呼啸而过的摩托声、尖叫和大笑，那些少年时代闪闪发光的人们，似乎一瞬间踏着月色到了他的面前。

包括年少的陈冰。

他骑在摩托车上，穿着牛仔外套，后座的女孩在风里伸展双臂，像是轻盈的小鸟，尖声大笑着 :“陈冰，再快一些！陈冰，再快一些！”

关南的春风微寒，记忆中的人们呼啸而过，独留下陈冰。

这卑鄙的幸存者。

第八章

满天星

MAN TIAN XING

满天星，学名圆锥石头花，石竹科多年生草本植物，花序多分枝，花期6月至8月，多生于海拔1100米至1500米的河滩、草地固定沙丘等地，具有较强的观赏价值，根茎具有药用价值。

花语：清纯、浪漫、配角。

1

“张倩，你躲在这里干什么？”

陈冰正照顾一株兰花的时候，门外突然走进来一个风风火火的人。

来人是个长发及腰、眼如春水的女孩，她板着一张鹅蛋脸，却依然美得令人一眼难忘。像是过去那个世纪八九十年代风华绝代的港星一样，比起样貌，这女孩的气质更是冷艳动人。她一脸煞气地进来看了一圈，死死盯住花房角落正在看着一盆粉色满天星的女孩，整个人透着一股冷厉。

角落里的女孩站了起来，虽然没有进门的女孩那么夺目，却也是大街上看到会让人眼前一亮的漂亮——巴掌大的圆脸，扎着两个小辫子，看着像是十几岁的少女，个子娇小，胳膊和腿都细细的，头发上别着几个太阳花发夹，看着就让人心都暖了起来。

“我来……我来花房看一看花。”这个叫作张倩的女孩脸上露出一丝不自在，显得越发娇小无助、惹人怜爱。

“导演喊你过去，你能不能别没事就躲在花房里啊？怎么，看上人家了？”长发女孩语带讥讽，拿眼尾扫了陈冰一眼，说，“你能不能把你的脑子从男人身上移开，也不看看你都耽误剧组多少事了？！”

这话几乎是毫不掩饰的刻薄，但是张倩根本不敢说什么。她带着歉意匆匆看了陈冰一眼，眼圈有些发红，胡乱地“嗯”了一声就直接冲出花房，一路往摄影棚所在的地方去了。

“你也是，”陈冰没说话，蔡萌萌却转过头看着他说，“你的职责是照顾花草，请不要因为私人感情影响整个剧组的工作。”

陈冰暗暗深呼吸，然后露出一个微笑来，有礼貌地回答：“是，蔡萌萌小姐您放心，我只是个打工的而已。”

“你最好记住你说的话。”蔡萌萌看了他一眼，长发一甩走出了花房，只留下一股暗香。

如此千娇百媚的绝色大美人，按道理来说，作为异性怎么都会极其欣赏，但是陈冰看着她离开却一点儿都没有不舍，反而松了一口气，高兴得简直像是送走了瘟神。

不是陈冰不懂得欣赏，一开始他看到蔡萌萌的时候也是惊为天人的。

蔡萌萌在屏幕上出现的时候就已经算得上颠倒众生，现实中更是和周围的人仿佛不是同一个物种。用蔡萌萌的粉丝、现在还在加班没办法来探班的王胖子的话来说，就是“我们萌萌下凡真的太辛苦了，她一个仙女为什么还要受那么多委屈”……

先不说王胖子作为粉丝，觉得蔡萌萌一个下凡仙女还要拍戏好辛苦这件事情到底思路正不正确，单就陈冰最近的所见所闻，他敢说王胖子觉得蔡萌萌受了很多委屈这件事简直是天大的误会——这位可不是什么受委屈的主儿！

事实上，从陈冰被老幺周辰星推荐进入这个剧组开始，蔡萌萌基本上就是以任性骄纵的公主形象出现的。

一开始陈冰的感受还没那么明显，毕竟最初他被老幺周辰星介绍过来的时候，只是做剧组的花草顾问。

周辰星接拍的第一部电视剧叫《花房奇缘》，讲的是一个开花店的女孩与一个懂植物语言的理科男的爆笑爱情故事，所以剧组的植物十分多，且贯穿整个拍摄过程。

其中有些花草比较名贵，剧组就想着找个人维护一下，这话刚巧被周辰星听到了，他想着自家好兄弟在关南那破地方开花店，入不敷出的，据说连大学时打工攒下来的钱也差点儿花完，简直是穷得都要散发酸臭味了，便果断跟导演狂吹了一波自家兄弟养花草多么专业、多么厉害，甚至在关南拥有自己的花圃——老陈当年租了三十年的十亩花田，如今陈冰接手继续管着——还是京大毕业的省状元，又跟陈导攀了一番亲戚，捧得陈导十分喜悦。

周辰星是主角，又是投资商的宠儿，导演当然愿意给他面子，于是这个肥差就这么落在了陈冰身上。

陈冰进组之后十分低调，只认认真真看管花草，连拍摄的棚子都不太去，生怕打扰了周辰星工作，让他分心。

其实前半个月过得十分顺遂，但是之所以发展到现在女主演蔡萌萌当面叫他别影响拍摄，而女配角张倩特地找来花房寻清净，归根结底是因为陈冰前不久一时嘴快。陈冰现在想到这些就后悔。

一切的起源是那天周辰星喊他过去一起吃午餐。陈冰去的时候周辰星正卡了戏在加班，于是他就在旁边等着，总不能蹭老幺的好吃的还比人家先吃不是。就是在等的时候，陈冰刚巧看到女配角张倩登场。她不到一米六，穿着黑 T 恤和屎黄色的长裙，丑得让人精神一振。但这些都不是重点……

“哎，那个塑料花假就算了，茶花配个松枝是什么啊？她演的不是个喜欢花草的专业学生吗，怎么可能会买这种帽子？”

陈冰当时只是随口跟周辰星的助理黄爽这么一说。最近他一直跟着周辰星听八卦，和周辰星的助理很熟了，这会儿也只是作为一个开花店的半专业人士随口说出自己觉得违和的地方。

他说得很小声，本来应该没人能听到，可是恰好副导演去拿东西从旁边经过，一听这话就上心了，跑过去跟导演说了些什么。

导演知道了不要紧，他还上心了。他觉得陈冰说得对，这是个巨大的漏洞。这部剧围绕着植物展开，人物都是热爱花草的学生和专业人士，服装、造型上怎么能出现这么大的问题呢？他当场喊了“卡”，还把负责道具的老师和负责做造型的老师都喊过去训了一顿，说他们一点儿也没考虑人物的设定，然后大手一挥直接吩咐改妆，还要求改完给陈冰检查一下。

陈冰有些不好意思，他没想到私下和黄爽随口说的话竟造成这个结果，但是没办法，人都得罪了，总不能再得罪导演，只能咬牙把这事儿给接了。

于是女配角张倩换了身清爽的白 T 恤和牛仔短裤，长发扎成两个小揪揪，一边还戴着一个小小的仿真太阳花发夹。这装扮把她甜美可爱的气质烘托了出来，让人眼前一亮。

陈冰后来回想起来，觉得自己应该就是那个时候得罪的蔡萌萌。

2

陈冰过了很久才发现蔡萌萌在针对他。

倒不是他反应多么迟钝，主要是蔡萌萌和张倩在大众眼里是一对感情和亲姐妹差不多的好朋友。

根据陈冰开工之前听老幺的助理、八卦达人黄爽介绍剧组利害关系时听来的信息，蔡萌萌和张倩其实是关系极好的姐妹，不是被迫营业的那种。

两人从初中开始到一起考到京市的舞蹈艺术学校表演系，一直是最好的朋友。毕业之后，两人又一起面试上同一部电视剧，一起出道。后来蔡萌萌一炮而红，从此邀约不断，可张倩始终没有起色。两人的差距越来越大，蔡萌萌却还一直努力帮助好姐妹，接任何戏都会给张倩争取好资源。

这感情在外人看来称得上友情典范，所以最开始陈冰真是一点儿都没发现蔡萌萌和张倩私下的真实关系到底是什么样子，直到张倩开始频繁来花房找他。

“谢谢你替我说话。”张倩来的时候一脸感激，甚至还拿来了奶茶和小饼干。

陈冰觉得她简直是小题大做，连声说自己是误打误撞，根本不是特地帮她。

张倩笑了出来，说："你和圈子里的人都不一样。"她看着陈冰的时候眼神没有凝聚，似乎有很多感慨。

陈冰倒也没多想，觉得张倩大概只是感谢他让她的造型变得出彩。

张倩强行留下的小饼干他也收下了，毕竟是些小东西，又叮嘱她下次别带东西，否则不让她进花房了。

在陈冰看来，这不过是一件很小的事情——他给了点儿意见，让张倩换了造型，然后张倩投桃报李地谢了他的无心帮助。唯一让他意外的是，他和张倩竟然慢慢成了半个朋友。

张倩总爱躲来花房。她说她喜欢这里，因为这里会让她忘记圈子里的很多事情："花草安静又单纯。"

她总爱跟着陈冰，帮他分盆、浇水和修剪枝叶，看上去是真的很享受这种宁静。

"我很喜欢演戏，也很享受舞台，但是我很不喜欢剧组，不喜欢因为是大牌所以要努力诠释好角色，其他角色只是服务的工具人所以马虎一点儿也没关系……我觉得每一个角色都是活着的，都有他们的爱恨情仇和欢喜憎恶……就像你看我演的女配角，剧里总说她是向日葵、小太阳，但是我觉得，她应该是满天星才对。"

陈冰疑惑地问："为什么？"

他大概知道这部电视剧里每个人都有属于自己的花语，张倩饰演的女配角是向日葵，角色设定也跟向日葵一样像个开朗快乐的小太阳，总是为女主角出谋划策，努力地向上生长，是个特别讨人喜欢的角色。

"因为她和我一样，都像是为了衬托别人的人生而存在的啊。"张倩轻声说，"我衬托萌萌，她衬托女主角。"

陈冰愣了一下，看了看眼前这一架子苍郁的绿色，突然说："满天星的花语虽然是配角，但是你见过真正鲜活的满天星吗？"

张倩表示没见过。

陈冰轻声说："新鲜的满天星在花田里长着的时候，虽然是细细小小的一朵一朵的，但是开得很繁盛，放眼看出去，那些小小的花会汇聚成星河，什么艳丽夺目的玫瑰芙蓉都会被那种蔓延整个世界的小花淹没。那是会让人灵魂都被震撼的美景。"

"是这样的吗？"张倩脸上淡淡的哀伤收敛了一些，眼神里出现了向往，她畅想了一下，轻笑着说，"真好，以后我要去看看。"

两人会偶尔在不经意间聊得很深，但这种时刻极少，陈冰大约能感觉到张倩是个失意人。于是从那次对话之后，陈冰刻意避免了更多聊天——他不想和张倩扯上太深的关系。纵然觉得这姑娘挺不容易的，但他只是被老乡介绍来打工几个月就走的局外人，帮不了她什么，也不该太多管闲事。

陈冰觉得自己做得很好，张倩也没让他继续帮什么忙，或者拿他做筏子给自己争取什么，倒是蔡萌萌找上门来了。

最初听到导演说"陈冰啊，就麻烦你照顾一下萌萌，她说要跟你学习专业的花草知识，这样拍起来更有真实感，真是个勤奋的演员对不对"的时候，陈冰还有些纳闷，怎么进组一个月了忽然开始学习花草知识了？

但很快陈冰就知道了蔡萌萌到底为什么要搞出这个安排了。

她就是光明正大来整陈冰的！

开始教授之后，陈冰一天的工作量简直加了三倍不止。

"哎呀，我刚才没看清楚，你可以再给我演示一下怎么给兰花分盆吗？"

蔡萌萌打扮得漂漂亮亮地蹲在旁边，幽香动人，但她一向十指不沾阳春水，就只看着陈冰操作，一遍说看不懂，两遍也说看不懂。

做到第五次的时候，陈冰再傻也反应过来了。他把手里的小铲子一放，转头问蔡萌萌："蔡小姐，冒昧地问一下，是不是我什么时候不懂事得罪您了？"

"没有，是我比较笨，学得很慢，麻烦你了。"蔡萌萌的回应是嘴角扯出一个恰到好处——陈冰看了会很火大，但是跟人说了又显得矫情——的笑容。

要不是被刁难的是自己，陈冰都要击节赞叹“不愧是知名演技派女演员，生活中要气人都把分寸拿捏得那么好”了。可现在，他就只能哑巴吃黄连了。

在连续一个星期的“给蔡萌萌培训”的时间里，陈冰把花房里的兰花分成了稀稀拉拉的二十几盆、插了五十几盆花、搬了二十几车道具，最后还被蔡萌萌拉着给她的造型搭配符合的花草……小到一枚发夹，大到她房间的布置，全部由陈冰亲力亲为。然后她再挑刺，让陈冰返工。

说真的，这要是换个沉不住气的人，能当场把道具砸到她脸上。

这要是陈冰自己找的兼职，他估计也早就走了。他不伺候了总行吧？

但是这份工作是老幺给他介绍的。

本来老幺统共在公司就当了一年练习生，练的还是形体，这会儿完全是新丁上阵，可以说是本就先天不足，接了这人生第一部电视剧之后，又只临阵磨枪练了三个月就进组了。这部剧的导演虽然是个商业导演，但也不是没名没姓的角色，拉了那么多投资就是冲着至少要给投资商回本最好还要爆一下的，肯定也不会没要求。于是一进组周辰星就天天被骂，剧组进度被他拖得跟龟速差不多，所以他压力很大。陈冰不想在这种时候给老幺增加更多的麻烦。

而且，蔡萌萌虽看着骄纵高傲，但是能和她合作，其实还算是周辰星高攀了。蔡萌萌可是实打实红了五六年、带火了四个二线小生的演技派女演员，周辰星那演技要不是有蔡萌萌带着，还真是不能看。事实上，要不是周辰星所属的经纪公司强势，也抢不到这个和蔡萌萌搭戏的机会。

据黄爽说，这位姐姐一年两部戏，圈内小生为了被选为男主角简直要抢破头，因为业内共识就是不管之前再怎么查无此人，只要和蔡萌萌搭戏就可以一夜爆红。由此可见蔡萌萌在业内的地位之高。周辰星虽然流量大，发一个“早安”都能有几十万回复，但就这个真实地位来说，两人简直天壤之别。

陈冰被老幺介绍过来工作，当然不愿意在这种时候因为一点儿小事给他惹麻烦，毕竟他是来打工的，之后说走就走了，而周辰星可是要把戏拍完，以后还得和蔡萌萌见面的。因此不管蔡萌萌怎么作妖，他都得忍耐下去。哪怕像今天这样，她当面警告自己别在那儿动小心思，陈冰都能笑眯眯地恭送这位大小姐离开。

反正不管她和张倩到底什么爱恨情仇，再有两个星期，张倩这个女配角就要杀青了，到时候张倩走了，蔡萌萌没有要斗气的对象，自然也就能放过他了。陈冰是这么想的。

但他没想到，蔡萌萌这边没出乎他的意料，反倒是一直以来忍耐着蔡萌萌的找碴儿、最多是躲起来的张倩突然放出惊天大雷——她和周辰星被狗仔拍到接吻了！

陈冰被这个发展震撼得差点儿脑子没转过来，直接打结了。

3

"屁！老板忙得一天只有三个小时睡觉时间，哪里有空谈恋爱？更何况是和她！"

陈冰赶到化妆间的时候，刚说了一句"我看到新闻"，就见助理黄爽猛地跳起来暴喝，显然是之前看到新闻的时候就已经在生气，这时候看到熟人才终于怒吼出声。

陈冰顿时松了口气。

周辰星去年夏天出道，一出道就是顶流，如今第一次拍剧就火速传出绯闻，影响非常可怕，几乎是新闻才出来，半小时之内周辰星所属经纪公司的股票就直接绿了。

这绯闻一出就影响了股价，公司哪里能等，周辰星在那儿上妆做造型呢，助理黄爽跟陈冰没说两句就开始接响个不停的电话。一个一个电话说下来，黄爽的脸色越来越难看。

陈冰顿时着急了，问黄爽："怎么了，这事儿很麻烦吗？"

"有点儿麻烦，照片拍得太好了。"黄爽打开手机，看着网络上的各种照片，脸色阴沉。

照片陈冰也看到了，应该是昨天晚上剧组聚餐的时候被偷拍的。拍得真的很厉害，明明是一群人一起吃饭，却只拍到了周辰星和张倩两个人，角度、借位，看着就像是周辰星和张倩两个人从保姆车上一起下来，然后走进饭店一样。

其中有一张周辰星侧头过来的照片，看着像在对张倩说悄悄话一样，尤其他天生一双深情温柔的眼睛，要不是陈冰认识周辰星几年，知道老幺看昨天晚上没洗的袜子都是这个眼神，说不定就真信了老幺找女朋友了。

"这不是昨天晚上一起聚餐的时候……其他人怎么不在？"陈冰看来看去，确信这是拍的昨天吃饭的时候，顿时被狗仔断章取义的技术震惊了。昨天剧组的几个主演和导演约饭，陈冰也在现场，一桌人开了包厢纯粹是吃饭聊天，根本就没有任何猫腻，十几个人见证着呢。

在陈冰看来，这种绯闻虽然有短暂的流量，但是马上就能被澄清，这不是消耗自己的公信力吗？下次他们爆什么都不会有人信了，这样长远来看岂不是得不偿失？他实在想不明白，问黄爽："这狗仔为什么要拍这种马上就能被澄清的绯闻啊？"

"收了钱的。"黄爽一边怒气冲冲地噼里啪啦打字，一边对陈冰说，"老娘的上一任老板就是被这种倒贴吸血黑得查无此人，最后退圈了。你别小看这个，他们逮住一个人发通稿，多发几次路人就会自然产生印象，等绯闻对象有人关注了，就会开始卖惨固粉，到时候说不定什么恋爱都没谈就被人当作负心汉呢！何况上次老板还爆过和粉丝的事儿，虽然后来澄清了，但是短期他再出这种绯闻，路人缘大概率还是会被拉走的。"

陈冰被娱乐圈这些奇怪的操作震撼到了，他震惊地问："那你的意思是，老幺澄清了也没用吗？"

"光是照片没用，对方还可以发通稿称'地下情'，大合照隔得远是恋情保密，大合照隔得近是情难自禁……昨天太大意了，根本没什么能打脸的证据！这回扯不明白，下回就要被狗皮膏药贴上来了。”黄爽飞快地翻自己的手机，一边向经纪人远程汇报，一边跟二助三助疯狂沟通。

陈冰被她一溜烟的解释弄得愣了半天，生出一股深深的无力感来。他一直习惯照顾老幺，可是此刻这个傻乎乎的老幺被人恶意栽赃，所有人都在忙，他却只能干站在这里看着。

这种无力感让陈冰难受极了。他知道这个圈子不好混，老幺这两年也不知道过的什么日子，想想忍不住有点儿心疼。

不过陈冰这股低落还没持续几分钟，那头周辰星终于弄完了造型，过来跟黄爽说："我刚才越想越觉得张倩是故意的。"

陈冰这回是真的愣了，他茫然地看着周辰星，有些不可思议地问："你说什么？"

"我平常都很注意，昨天是因为张倩喊我，问我和她接下来的那场对手戏的一个事儿，我才停下来和她说话的。"周辰星边说边看网上的新闻，俊朗的脸阴沉得厉害。

"其实我刚才也在怀疑，能恰好拍到这种场面一般不太可能，肯定是先叫了记者去埋伏的。"黄爽在旁边把周辰星的未尽之意补全。

那个一直被蔡萌萌欺负的女孩和这一刻得知的女孩，简直是两个极端不同的人。陈冰一瞬间有些错乱，忍不住奇怪地问周辰星："那她之前总找我，还跟我说不想牵扯进剧组的事情所以躲在花房是为什么？"

"你别介意，二哥，这圈子里的人演戏演惯了，有时候连他们自己都分不清什么是真什么是假。"周辰星冷笑一声，第一次冷下脸来，"她既然敢贴着我炒作，就看她有没有做好被全网骂的准备。"

陈冰想到那个被蔡萌萌骂得眼圈发红的小姑娘，沉默了半晌，终是一叹。

周辰星那儿忙得厉害，正在全力公关，陈冰也帮不上忙，便打算出门去给老幺买杯芋圆奶茶。他最近压力太大，饮食被管控得十分严格，今天遇到这种无妄之灾，陈冰想让他吃点儿喜欢吃的东西舒缓一下心情，结果刚走出休息室，就看到蔡萌萌从女主角的大化妆间走出来。

看到陈冰的那一瞬间，她拦了拦身边的助理，然后冲着陈冰走了过来：“怎么，是不是突然发现自己喜欢的小白花是食人花了？失不失落，害不害怕？”

蔡萌萌涂得鲜红的嘴唇勾勒出快乐的笑容，言辞之间带着毫不遮掩的幸灾乐祸。

这种落井下石隔岸观火的嘚瑟，如果换一个人做，不免显得尖酸刻薄，但是蔡萌萌确实是太过迷人，此刻做着这么惹人讨厌的事情，却一丝也不显得刻薄，反而一颦一笑都让人觉得任是无情也动人。

她是个很难让人讨厌的人。

不过这就是极限了，陈冰没有被取笑的嗜好，对她当然也喜欢不起来，不明白她特地过来奚落自己是什么意思。

“蔡小姐没事的话，我正打算去买奶茶……”陈冰忍耐着礼貌回答，暗示她没事的话他就要走了。

蔡萌萌不知道为什么被激怒了，她挑了挑眉，生气地问：“都这样了，你还觉得张倩是无辜的好人吗？”

陈冰不明白蔡萌萌这是什么脑回路，他这会儿哪里能想得到张倩是好是坏，他只关心老幺能不能从这件事情里面脱身！

大概是陈冰的反应太平淡，让蔡萌萌不满意，她看了陈冰一会儿，突然怒哼一声，转身走了。

陈冰没搭理她。他现在唯一的想法是希望老幺快点儿解决这些事儿，还有就是以后他要尽量和剧组里的人保持距离。

他现在最庆幸的是在张倩跟他接触的过程中，他没说起关于老幺的私事，不然的话，简直是给张倩递了对付周辰星的武器。

可陈冰万万没想到，张倩居然还敢来找他，甚至还带着甜美可爱的笑容。这份不动如山把陈冰给惊呆了。

4

“陈冰哥，我来啦！”

张倩走进花房，脸上带着微笑，看上去元气可爱，像是乖巧的邻家妹妹。

陈冰沉默了一下，皱起眉来。他看着张倩，突然问：“你觉得我是傻子吗？”

他是真的觉得迷惑，迷惑到这个发问发自内心。他不明白张倩怎么能在坑了周辰星之后还若无其事地来找他。

“我没有，陈冰哥，我以为我们是朋友。”张倩轻声说。她看着陈冰，脸色惨白，仿佛被人欺负了一样。

张倩确实是个清秀可爱的女孩，看着又十分乖巧，是很容易让人怜爱的。但如今陈冰看着她却全身戒备，像被猛兽盯上一般紧张。

他皱眉说：“说朋友太重了，我是个工作人员，哪里适合和你们交朋友。”

“陈冰哥，你上次还鼓励我，说没有任何一个人是别人人生的配角。”张倩看着陈冰，像是个被批评后无措的孩子。她眼圈通红，看着无辜又迷茫，倒像是陈冰欺负了她一样。

她讷讷地说：“是你鼓励我……你说满天星也有满天星自己的故事……”

她不说这个还好，一说到这个，陈冰气得差点儿脑溢血。他重重放下手里的花铲，怒声说：“我是说满天星有自己的故事，可我没说让你吸别人的血当自己的花肥！”说到这里，陈冰更气了，“你说你喜欢演戏，你喜欢演戏就是拿别人当你炒作的话题吗？你知道周辰星因为你这个绯闻要损失多少东西吗？你知道他拍这个戏多辛苦吗？你就这么随意践踏别人的人生，你怎么敢？！”

陈冰难得生气。自从少年时代过去之后，他一直把情绪控制得很好，但是这一次他真的很愤怒，因为周辰星现在还没从绯闻里走出来，可谓是焦头烂额。

张倩看了他一眼，眼圈发红，轻声说：“我以为你会理解我。”

陈冰都不知道她哪里来的错误认知。他真的和张倩说不下去了，指着门外说：“麻烦你出去，以后不要再来了！”

当然，三个小时之后的陈冰如果能有一次机会回到这个时候，他一定不会这么简单放张倩走。

因为张倩和他吵了之后，只眼神复杂地看了陈冰一眼就带着一脸的委屈转身离开了，可大概不到三个小时，她高调和蔡萌萌开撕了！

十年好友一朝交恶，在网络上直接开撕，吃瓜群众都看得热血沸腾。但是再怎么热血沸腾，也不会让陈冰有什么后悔的情绪，问题在于张倩说了几件大事，从抢角色到撕番位，最大的爆点是她说蔡萌萌抢她男朋友！

要知道张倩刚爆了和周辰星的绯闻，这个时候说蔡萌萌和她抢男友说明了什么？这说明蔡萌萌勾引周辰星啊！

“啊啊啊啊气死我了，我恋爱都没谈过就要被发配三角恋，气死我了！二哥啊啊啊啊啊！”周辰星气得在酒店疯狂跳脚。

这是剧组给主演安排的酒店，周辰星作为男主角住的是大套间，有两个行政卧室，所以他干脆让陈冰也在这里挑了个卧室住。不过平常这个酒店房间还是陈冰用得多，周辰星一直加班加点赶戏，其他时间还得参加采访和录制，忙得根本见不到人，很多时候直接就在剧组里停着的保姆车里睡了。今天天一黑他就回了酒店，实在是因为气得憋不住了，怕在剧组把张倩打了，所以被黄爽拉回来发泄。

陈冰看周辰星气得捶枕头，觉得有点儿好笑，但更多的是忧虑。

网上的消息压都压不住，通稿发了，声明也发了，但奈何没有证据，所以除了周辰星的粉丝，其他人都是持观望态度。本来如果张倩不发疯，最多是被贴着炒作，虽然恶心，但是到底还能忍，问题是张倩现在发疯一样根本不管后路，直接撕得蔡萌萌也下了场，周辰星更不好解释了。

“老板现在澄清和张倩没关系容易被人认为是选择了蔡萌萌，之前的声明也有可能被解释成正在感情之中犹豫……”黄爽一脸筋疲力尽，揉着额角说，“但是张倩这么做，她以后就只能走黑红路线了。她明明发展得还可以，资源也很稳，怎么会突然这么疯……这看着是她占上风，但是后期太难洗白了啊……”

黄爽百思不得其解。混娱乐圈虽然很多时候都会炒绯闻，但其实都是大家商量过的，能发通稿炒绯闻大多数都是双方公司商量好的双赢手段。而且越是大咖越是谨慎，如果有人不顾这种规则单方面炒绯闻，当时可能会吃到红利，但是话题热度一下去就会走下坡路——整个圈子的人都会警惕这种人，接下来的发展可想而知。张倩根本没走到绝路，她压根儿就没有理由这么做。

“谁知道那个疯婆子在想什么？！”周辰星摔完枕头,怒气冲冲地一抹额头，说，“快和蔡萌萌的公司联系，问问高姐现在怎么办。”

高姐是公司的管理人员，也是周辰星的经纪人。

陈冰看几个助理忙了起来，自己也插不上手，就跟周辰星说了一声，转身出去把地方留给他们处理事情，结果刚出电梯，就看到蔡萌萌从外面走进来。

蔡萌萌脸很臭，毕竟张倩下午突然连发了三条消息，不只是周辰星受到影响，里面被指抢角色、压番位等，可是指名道姓地点了她。

更糟糕的是，张倩那边处理得非常有节奏。

先是张倩的助理站出来暗指张倩被人长期霸凌，表面好姐妹实际上对方一直压着张倩的资源，每次都让张倩给她做配。当年两人一起考入戏剧学院的时候，明明张倩才是全国第一，而某人连前几名都算不上，现在却拦资源故意恶心人，甚至降价抢走张倩的角色，还要张倩配合她演“提携旧友的好姐妹”，真是恶心到了极点。

张倩再怎么差好歹也是常年跟蔡萌萌这种一线女星互动的人，虽然不算特别有影响力，但绝对不是什么查无此人的小透明。她这个助理的号算是工作号，所以也有很多人关注了。于是这条消息顿时被各大娱乐账号、新闻网站转发，一下子就引爆了热点。

大家基本不用猜，还能有谁？这几乎就是明着指蔡萌萌了啊！

当时所有人都在等着蔡萌萌的回应，而蔡萌萌的工作室也确实很快发了声明。可没想到张倩直接转发了声明，并说了一句“呵呵”。

张倩的亲自下场让这事空降成为社交网络热搜第一位。

热点彻底变成了爆点！

蔡萌萌那边还没回应，张倩这边又发了一个排名表。那是京艺的录取排名，上面第一个人和一个排在中间的人没打码——第一名是张倩，中间偏后面的那个是蔡萌萌。

“萌萌在访谈里都说过了，她考上大学时根本没开窍，她是糊里糊涂去京艺的，当时根本没想过真的会当演员。”一开始，下面有粉丝维护蔡萌萌，直指张倩阴阳怪气白眼狼。

但是张倩似乎是被网友激怒了，紧接着晒出几张旧照。其中有一张剧本的照片，上面写着“白家大院”几个字，最重要的是下面的演职人员名单上写着“女主角，张倩”。

这下众人哗然了。

《白家大院》是蔡萌萌的出道作品，她演的正是里面的女主角。因为剧本扎实，蔡萌萌演活了一个在时代变革之中觉醒的新时代女性，成了很多人心中的经典。也正是因为这部作品，她一出道就得到了实力认证，算是开局就登顶。

而张倩在剧面演的是女配角，在乱局之中被时光洪流裹挟，最终无力地消失在女主角的记忆里。据说她演得也非常不错，几乎和蔡萌萌分庭抗礼，最后消失的那段爆发戏多次被粉丝拿出来讨论，算是经典场景之一。

能塑造出这么有血有肉的两个角色，不得不说《白家大院》十分成功，可以算是这十年来的经典剧目之一，也算是两个人的代表作了。这几年两人发展的差距越来越大，也有很多路人感慨出道定番位，甚至有人在《白家大院》播出之后讨论如果张倩和蔡萌萌互换角色的话，两人现在的地位是不是也会换过来。因此这次张倩爆出来中途改角色的事情，引发了极大的震撼。

何况张倩的配文更加直接：“从当初的一时心软主动让位到后来一次次习惯成自然，我一直以为你是我的朋友……我甘心为你做配，却没想到不但演戏要让番，感情上也要我主动让出自己爱的人。如今我终于醒悟，也许你从来没把我当朋友，只是把我当作你辉煌人生中一个可笑的软弱配角……”

这简直就是指着蔡萌萌的脸骂她抢人家事业不说还插足感情当第三者了！

“蔡萌萌真的就很嚣张啊，在剧组里一直压着张倩，连剧组的场务都看不下去了。”

“是啊是啊，蔡萌萌表面上好姐妹，实际上跟张倩说话的时候一直阴阳怪气的，业内谁不知道这两姐妹面和心不和啊。”

“我朋友在《花房奇缘》剧组，据说张倩那时候和周辰星的那个铁哥们儿关系很好，蔡萌萌看不惯张倩开心，还特地跑去勾搭人家。”

……

这种时候和蔡萌萌在电梯口碰面十分尴尬，因为陈冰为了了解张倩到底做到了什么程度，正在看网上的热搜。好死不死的手机页面正好停在这里，下半截是蔡萌萌和张倩的剧照，上半截“姐妹为周辰星反目，《花房奇缘》现实爱情撕逼大战”的硕大标题十分耸动。

看到蔡萌萌的眼神，陈冰尴尬地把手机锁了，点点头打算错身而过。

“喂，想不想把周辰星从这件事里摘出来？”蔡萌萌却突然一摘眼镜，主动开口。

陈冰猛地回头，第一反应是：“你有办法？”接着马上又皱眉，“你愿意？”

蔡萌萌到底是个腕儿，团队和公司比周辰星的成熟厉害很多——刚才陈冰还听到黄爽感慨他们没钱没人脉，请不到著名的公关团队什么的。所以她敢开口，肯定是真的能做到。陈冰更迷惑的是，蔡萌萌为什么愿意？

“我乐意，”蔡萌萌对此的回应很简单粗暴，“不管张倩打什么主意，她都别想借着这个事儿上位！”

听她这么回答，陈冰反而放了心，连忙说：“那麻烦你了。”

他没想到，两个小时之后自己会为这个回答悔恨不已。他单单知道蔡萌萌大小姐能把周辰星从这件事情里摘出来，却没细想她这么骄横的一个人为什么做事之前要先问他……

两个小时之后，蔡萌萌反手一波把陈冰送上了热搜。

图片一波一波地出，标题一个比一个耸动——

“蔡萌萌、张倩二女争男，真爱圈外学霸男神大曝光！”

“周辰星二哥当街被两女拉扯，学霸富二代金龟情落何方？《花房奇缘》二女争一男现实上演！”

这些八卦极大地丰富了全国网友的夜猫子生活。大半夜的，全国人民居然都没睡觉，熬夜看一个个路透，街拍一波跟着一波被各种营销号和所谓的“路人”放出来……

到了第二天，网上简直到处都是陈冰的行程播报——

“周辰星二哥密约蔡萌萌吃饭，甜蜜谈笑，蔡萌萌痴情索吻！”

“才别蔡萌萌，张倩抱住周辰星二哥爆哭，卑微祈爱！”

“二女争一男，周辰星二哥情落何方？！”

面对这个转了一百八十度的舆论风口，陈冰觉得自己要昏厥过去了。

5

“是你自己说想把周辰星摘出去的啊。”

到了剧组里，陈冰忍耐着众人诡异的眼神，走到蔡萌萌面前，拿着新闻无声地质问蔡萌萌。蔡萌萌却漫不经心地一边让化妆师给她整理妆容，一边笑嘻嘻地说：“我可是特地问过你的哦。”

显然，她对终于让陈冰变了脸这事非常享受。

“你没说是用这个处理方法啊！”陈冰简直要无奈了，原以为蔡萌萌是要自己正面和张倩开撕，解释周辰星是无辜被冤枉的，哪里晓得她干脆把这事儿扯成现在这个样子。一般的女明星不是很忌讳传绯闻的吗？而且，把话题换成他这个压根儿谁都不认识的圈外人，到底有什么意义？

他叹了口气问：“先不说你哪儿来的那么多奇怪的照片，你把我拉扯进来有什么用呢？”

“照片是我的助理拍的。我平常和任何人在一起她们都会帮我录一些小视频，保不准什么时候就有用了。”蔡萌萌的回答既合情合理又让陈冰震撼，但接下来她的话就让陈冰无奈了，“至于为什么换成你……先把水搅浑嘛。放心，过后我会澄清的。”

陈冰将信将疑，但事情到此是蔡萌萌占据了主动，这会儿他说什么都没用，也只能让蔡萌萌安排了。

至于周辰星，他十分感动于自己二哥的牺牲，晚上把自己的鸡腿都放进了陈冰的碗里，像看着为了国家去和亲的公主般不舍地看着自家二哥说：“二哥，那两个女妖精一定是看上了你的皮囊！没想到你居然为了我牺牲美色……呜呜呜呜……”

“你给我闭嘴！”陈冰把鸡腿塞回他嘴巴里，说，“我觉得她们两个太奇怪了。不知道为什么，我总觉得她们还没完……接下来我们都安静一点儿，拍完了赶紧散伙。待在这里我觉得心里慌，总觉得还有什么事儿要发生。”

要不说好的不灵坏的灵呢，陈冰这话才说完没多久，他就再次上了热搜。

不过这次不是之前那种和蔡萌萌、张倩日常相处时的借位图片，而是一段镜头胡乱抖动的视频。

镜头从张倩走到陈冰身边开始。当时陈冰站在僻静的角落里，正看着远处拍戏的蔡萌萌——蔡萌萌还是老样子，在镜头下漂亮得像是在发光。他转头发现身边多了个人，还惊了一下，然后转过头假装没看到张倩——张倩看着跟之前一样柔弱又娇小，表情有些难过，越发惹人怜爱。

可其实陈冰当时是在看周辰星，等着他拍完去吃火锅。

他正站在那儿感慨周辰星真的是天才，这么多镜头对着脸还能演出深情款款，换成自己绝对不行，身后突然响起一道声音，把他吓了一跳。

“她是不是很漂亮？”

陈冰转身低头一看，是张倩。他皱了皱眉，轻声问：“你想说什么？”

“没什么，我只是觉得奇怪。我真的很想知道，为什么所有人都是这样，为什么你们每个人都只能看到蔡萌萌，看不到我呢？”张倩看着聚光灯下的蔡萌萌，眼圈发红，轻声说，“明明一开始演戏是我的梦想，她连拍戏是什么都不知道，是我想要演戏、想要当演员，她是因为不知道想干什么，才跟着我报的京艺……明明一开始是我的演技比较好，只是因为她长得漂亮，她是玫瑰，是牡丹，是天定的主角，所以我就得做她身边的点缀，做她永远的配角吗？”

这一刻，她是真的无助又迷茫。

陈冰多少知道一点儿她的近况。

她和蔡萌萌撕得天翻地覆，扯出了很多恩怨，双方都没给对方留面子。这场争斗中，其实她们两个都不是赢家。只是张倩输得更惨，她本身根基就没有蔡萌萌稳，在双方都有说法的情况下，主动对朋友开撕的她自然口碑更差一些。所以最近她虽然在话题榜上，却根本没捞到什么好处，一通忙活下来，资源反而比之前更差了。

陈冰本来不想搭理她，但是看着她说完后远远地看着蔡萌萌眼泪一滴滴落下来的样子，心中一软，到底说了一句：“我不认为是外表的原因。”

“哦，你又想说什么新鲜的满天星的道理了吧？”张倩讽刺地一笑，她擦了擦脸上的泪水，轻声说，“我只有我自己，我不是一亩一亩的花田，所以别拿这个说我。”

“不，我不打算说这个。”陈冰转头看着她，说，“玫瑰、牡丹、芙蓉，还有满天星做成一整束花，一定会有主角和配角，如同你演戏的时候一定会有女主角和女二号、女三号……但是人生不是这样的，你在剧里面演女配角，在生活里面你一直是自己的女主角……你为什么永远要和你的朋友做对比呢？”

“是她总是把我压着当配角！是她总是拦我的角色！不是我盯着她！”张倩听不得这个话，恶狠狠地看着陈冰。

“我不是这个意思。”陈冰看着她柔声说，“我的意思是，你是满天星，在这束花里面或许是玫瑰的配角，可是人生和故事有很多种……你为什么认定自己等不到属于满天星的故事呢？”

张倩瞪大眼睛。

“是啊，我真的很奇怪。《白家大院》是导演临时改了人物性格，所以才在最后让我们换了角色。后来的那些角色，也都是我认认真真一个一个地去面试，去揣摩人物、写人物小传，靠着自己的努力拿回来的。你为什么那么确定这些角色就是你的呢？”张倩没说话，反而是身后传来冷冰冰的女孩的声音。

陈冰看过去，是蔡萌萌。

他们似乎拍完了，周辰星也走了过来，其他的工作人员看到他们站在一起，都默不作声地走远了一些。

“可是每次都是你看到我喜欢什么角色，才特地去面试！是我想当演员，你才报了这个专业，你根本不喜欢演戏，你就是想抢我喜欢的东西而已！”张倩说得很混乱，她怒气冲冲地看着蔡萌萌，眼里含着怨恨。

她对蔡萌萌的成见太深了。

“我承认一开始只是觉得好玩，”陈冰发现这个一贯刁蛮任性的漂亮姑娘眼里有挥之不去的悲伤，她看着张倩，轻声说，“可是你怎么就能确定，我在这个行业摸爬滚打了几年，真的就不是爱上了演员这个职业呢？”

“不可能的，你明明就不喜欢的……”张倩摇头，不肯相信蔡萌萌的话，她怒声说，“你只是喜欢抢我的东西！你抢我的角色，抢我的男朋友，你看我跟陈冰相处得好就故意靠近他，你是故意的！”

陈冰一下子又被众人瞩目了，他往后退了一步，甚至想举起双手以示清白。

蔡萌萌看了陈冰一眼，眼里的那丝悲伤彻底消失了，她突然慢慢地勾起一丝笑意，看着张倩说：“张倩，你是不是陷入自己是苦情剧主角的人设太久了？我一直不提醒你，你是不是就要忘了当初是你硬要拉着我跟你考同一所大学的啊？”

“我没有！”

张倩突然发出尖厉的吼叫，把陈冰和走过来的周辰星都吓了一跳。

周辰星抱着陈冰的手臂往身边一拉，戒备地看着两个女孩，轻声对陈冰说：“二哥你小心点儿，我觉得张倩最近跟个疯婆子一样，简直不正常！”

“你有！我一开始想继续走专业舞蹈路线，是你拉着我，要我和你一起考京艺、考表演系。当时所有人都夸你是天生的演员，说你是好苗子，可我根本不懂这些……你总拉着我上表演课，所有人都在夸你，用你现在的话来说，那时候的你就是所有人注意的焦点，是最鲜艳的花，而我是你身边的小花小草，被你拉着当一个空有美貌没有灵魂的点缀和配角……”

蔡萌萌冷笑着怒声问：“我当时有说凭什么我要被你拉着当配角、当点缀吗？怎么，我才拉着你演了几年的配角，你就生气了，就疯了？那你当年从初中到大学一直拉着我当配角，当一个只有脸的‘花瓶’，还被人笑，你怎么说？你还带着我去剧组，看我被人吃豆腐却假装没看到，要不是我趁着上厕所跑得快，可能就出事了……你把我踩在脚下的时候，你怎么不疯了啊？！”

“我没有！”张倩听不下去了，尖叫着要用手去抓蔡萌萌的脸。

幸好陈冰一直看着，迅速上前一把拦住了发疯的张倩。他一把抓住张倩的手甩出去，怒声吼：“够了！”

“你要是对蔡小姐有什么意见就报警，但是不要再做这种事情了！”陈冰挡在蔡萌萌前面，看着张倩认真地说，“张小姐，我很认真地劝你一句，每个人的人生都是独一无二的,在人生之中,没有任何人是他人的配角。你演太多戏，对真实的人生已经没有判断了，好自为之吧。”

说完，他转身对蔡萌萌说：“蔡小姐，你也去休息吧。”然后点点头，拉着周辰星直接走了。

陈冰当时心绪起伏很大，走得干脆，只想着以后再也不蹚这浑水了。却没想到，他前脚刚走，这段视频就上了热搜。

“拍完这部戏，以后再赚钱我也不来剧组了。”陈冰看新闻的时候，对周辰星慎重地说。他惹不起这些疯子，以后就躲着行吧！

“哥，要不你入圈吧？我经纪人刚才打电话说你形象好，网上好多小姑娘说喜欢你，而且你这个体质腥风血雨的，我经纪人说你比我都适合混这个圈子！”周辰星则是压根儿感受不到二哥的苦闷，在旁边疯狂给他乱出馊主意。他非常努力地压着嘴角都憋不住自己的笑容，显然尽了最大努力才忍住没有和经纪人一起笑陈冰最近这半年上热搜比人家娱乐圈小生都频繁。

“滚蛋！”陈冰对此唯一的回答就是这两个字。他决心这辈子都绕着剧组走！

6

杀青的那个晚上，大家一起聚餐，陈冰也多喝了两杯，心中涌现出一点儿淡淡的离愁来。

但是还没等这个情绪发酵，蔡萌萌就端着酒杯走了过来，迅速击碎了陈冰的离愁。

陈冰戒备地看着蔡萌萌，主动拉开两人之间的距离，问：“蔡小姐，你还有什么事情吗？”

他现在对蔡萌萌、张倩，以及这个圈子里的所有人都是这个态度。因为陈冰觉得这个圈子里的都是人精。

比如张倩，看着可爱、天真，像个小姑娘，可上午还可怜兮兮地说自己是配角，下午就强贴周围的人炒绯闻，反手还把十年老朋友撕得翻天覆地。

而蔡萌萌更是了得。

陈冰后来终于知道她当时为什么不选周辰星，而是选了自己当这个绯闻的主角了，因为这样能最大限度地降低“恋爱”这个事件的被关注度。要是和周辰星扯在一起，以后有任何事情都会被拿出来说，假的也能洗脑成真的，和陈冰就不一样。

那天的视频被放上网之后，蔡萌萌和张倩一番吵闹，又派了一部分水军刷话题，没多久就彻底扯开了众人在陈冰身上的视线，事情的主要矛盾完全变成了张倩和蔡萌萌十年决裂。陈冰自此从公众视野中消失，只作为两人矛盾之一的代号出现，蔡萌萌也算是做到了之前对陈冰的承诺。

至于蔡萌萌自己，显然收获更多。

张倩一开始想设定自己是被恶霸朋友欺负的小可怜，可蔡萌萌这一番痛斥直接把风向大逆转，把自己变成了被好朋友欺负了十年的漂亮傻瓜，简直可怜翻倍。如今张倩销声匿迹被公司雪藏，明明节目还在播，但已经不出席任何商业活动了。根据周辰星的消息，张倩已经被公司放弃，在走解约流程。明眼人都知道，只要蔡萌萌在演艺圈一天，张倩这辈子就翻不了身。

而蔡萌萌现在可谓是风头无两。根据周辰星昨天给陈冰更新的八卦，这姑娘据说已经接下了一部电影的女主角，导演是国家级的大导，眼看着就要一跃再上新台阶了。再这么红两年,只怕以后《花房奇缘》的导演看到她都得喊姐了。

所以，陈冰从这次事件中得到的最大教训是这圈子里没一个人好惹，做任何事情都有目的。他这副烂好心还是不配在这个圈子里结交任何人，还是躲得远远的比较好。

此刻，他十分警惕地看着蔡萌萌。

可蔡萌萌突然轻声说："我很喜欢满天星。"

陈冰疑惑地看着她。

蔡萌萌轻笑，拨了拨自己的头发，不再如之前那样漂亮高傲，反而透出一股子慵懒妩媚来，像是在熟悉的人面前放松警惕的猫一般。

陈冰被她吓得简直冷汗都要出来了，他不明白蔡萌萌这葫芦里卖的什么药，但是他总觉得这样肯定意味着麻烦。

蔡萌萌看着他，突然说："张倩说的很多事都是真的。"

陈冰一愣。

蔡萌萌喝了一口杯子里的红酒，轻声说："我是故意打压她，故意抢她的角色，故意恶心她……这些都是真的。"她抬头看着陈冰，说，"所以，她说的都是真的。"

“为什么跟我说这个？”陈冰不明白她为什么突然说这么隐私的事情，明明他们马上就要分道扬镳、这辈子都不再见面了。

“大概是跟你说，不怕你说出去吧。”蔡萌萌似乎微微有些醉，她眼神迷离地看着远处，似乎在回忆什么画面一样，语调缓慢地说，“十二岁我就和张倩认识了。她其实一直都比我厉害，也比我聪明，从小就知道自己要什么，而我就像跟在她身边的傻子。

“她总是要我穿她喜欢的却不适合我的衣服，总是要我剪不适合我的发型……如果我不同意，她就会用各种方法逼我，问我还当不当她是好姐妹，还是不是她最喜欢的朋友……

“当初老师说我跳舞很有天赋，她却一定要我和她一起去考表演系。我不喜欢表演，那时候也被老师说没天赋不合适，可能是这样反而让她更放心，就逼着我一定要和她念同一个专业……我说我去舞蹈系也可以和她一起玩，可她不愿意……”

都是隐秘的、只有当事人才能感受到的霸凌，看着不严重，但其实隐秘而恶毒。

因为这经年累月的，其实是对一个人的抹杀。

从这种隐性霸凌之中走出来要很久很久，而且遭遇过这一切的人大概一辈子都不会忘记这种漫长的恶意。

“我是故意以牙还牙，特地把她对我做过的事情慢慢还给她。”蔡萌萌说到这里，轻笑了一声。

“你不用特地告诉我这些。”陈冰心情复杂，不知道该说什么。这其中爱恨，除了这两个女孩，其他人没有任何资格去评判。

“我只是想跟你道歉。”蔡萌萌看着陈冰，轻声说，“我知道你不喜欢这些。张倩说得对，你和我们圈子里的人都不一样……之前利用了你，对不起。”

“我没办法说我真的可以完全不介意，但是我其实不讨厌你们。”陈冰沉默了一会儿，说。

很奇怪，蔡萌萌和张倩做事乱七八糟，还拉了一圈人下水，可是现在说起话来，陈冰才发现他虽被她们弄得不堪其扰，却真的不讨厌或是恨她们。

但是他这辈子都不想见到她们也是真的。

“我理解。”蔡萌萌轻声说，“我还要跟你道谢。”

“不用了，这都是你的团队厉害，我当时根本不知道你要做什么……”陈冰想到这些事就头疼，根本不想继续说什么，连忙打断了蔡萌萌的话。

“不，不是别的，”蔡萌萌打断了他，说，“我是想谢谢你说的那些话……关于满天星的话。”

陈冰这下是真的不明白了，一脸茫然地看着蔡萌萌。

“你说满天星也有属于它作为主角的故事。”蔡萌萌抱着满天星笑了笑，轻声说，“你知道吗，张倩说的关于配角的那些话……其实是当年我在日记里写的话。”

她凑过来，靠得很近，陈冰只闻到一股幽香。

她的大眼睛里仿佛带着绵密的水汽，波光粼粼，诱人到勾人。

她轻笑一声，凑过来轻声呢喃：“她知道我喜欢什么，所以总喜欢抢在我前面，去抢走我喜欢的一切东西……或是人。”

她的鼻息很近，神态醉人得厉害，她知道自己的魅力，此刻故意施展，简直神佛都要动摇。陈冰心中一动，蹬着凳子往后退了一步，正了正神色，说：“蔡小姐，你别开玩笑。”

“哎呀，看来我查到的事情是真的。陈先生，都十年了，你还没忘掉那个死去的初恋吗？”蔡萌萌抬眼看陈冰，突然一捋长发，风情万种地笑着说。

陈冰的面色猛地冷下来，厉声问：“你说什么？！”

气氛顿时窒住了。

第九章

铃　兰

LING LAN

铃兰，又名君影草、风铃草，全株有毒，花钟状，性喜湿润凉爽，多生于坡林潮湿地段或水边，有活血祛风、温阳利水之用，亦作为常见药材使用。

花语：幸福归来。

1

卢兰兰觉得自己要被气死了。

“行，你们是不是就想看我死？好，我这就去死！”她说着就将手机切换成视频模式，然后往桥墩子上爬。

她打算爬上去给对面的人看看，她可不是开玩笑的。她没有打算真的去死，但是她必须这么撒泼地闹，否则对面的人根本不会把她说的话当回事——这在卢兰兰十几年的人生里，已经有无数次的体验了。

但是架不住卢兰兰自己心中十分明白，旁观的人不明白啊！就在卢兰兰爬上去准备来一套唱念做打向电话那头的父母发起挑战的时候，身后不远处黑咕隆咚的地方突然钻出来一个人大喊“不要”，然后仿佛一个小炮弹般冲过来，给了卢兰兰致命一击……

掉下不足一米的城市公园景观用桥的那一瞬间，如果卢兰兰是个漫画人物，那随着她一起坠落的应该是一个巨大的对话框，里面铺满了大大的问号。

卢兰兰很想问“小姐你谁？！你看看清楚这个桥会是真的寻死的人跳的吗？这河里的水连小孩都淹不死”……可惜她根本没有时间说话，随着“哗啦”

一声入水，她整个人彻底变成了落汤鸡。更倒霉的是，她掉下去的时候腿磕在了石头上，钻心的疼痛差点儿让卢兰兰一下子昏过去。

她忍着疼想爬起来，结果刚坐起身就看到一个穿着黑裙子的小个子女孩冲过来，抓着她的手往上拉，边拉还边连声说："好好的一个小姑娘有什么过不去的要寻死啊？！来来来，快起来，去岸上，有什么事儿慢慢说啊！"

卢兰兰腿疼得厉害，顺势站起来后忍着疼一瘸一拐地上了岸，先急匆匆找到了自己掉下水之前紧急丢入草丛的手机，发现手机安然无恙，这才松了口气，一抹脸上的水，吐掉口里的泥腥味，怒吼道："你神经病啊！"

面前这个八成以为自己在见义勇为的女孩顿时呆住了，脸上的焦急和救人后的欣慰顿时凝滞，变成了迷惑。

卢兰兰指着桥和河，大声吼道："关南公园的景观池淹得死人吗？这景观桥还没个人高，你是不是神经病，这么夸张的？！"

卢兰兰这一通怒吼，让震惊的女孩终于看清了面前的桥和水，脸上的表情变成了内疚，她不好意思地说："那个啥，我是从外地来的，第一次来这个公园。对不起啊，我不知道……"

这就能解释大晚上的鬼都没有，为什么会突然冲出来一个人了，也能解释她为什么这么夸张地救人，敢情根本不熟悉这个公园的地形。

但就算明白对方是一片好心，卢兰兰还是没办法让心情好一点儿，她的腿动一下就钻心地疼，显然是伤到了。

"啊，我、我带你去医院！"女孩顺着卢兰兰的目光看到了她腿上的伤口，马上识相地做出了承诺。

卢兰兰的心气儿这才顺了，不客气地把大半体重挂在女孩身上。

两人一路走到有灯的地方，卢兰兰才看清这个女孩的样子，看上去比她大十来岁，个子比她矮一点儿，长得十分漂亮，巴掌脸、长头发，看着十分眼熟——就算是卢兰兰这种马上就要高考、不太看电视剧的学霸都能一眼认出来的眼熟。

卢兰兰觉得自己大晚上产生了幻觉，用力地眨了眨眼睛，发现面前女孩的脸还是没变，终于震惊了。她问："你……你为什么长得跟张倩这么像？"

女孩抬头，满脸的心虚，她轻声说："因为我可能就是……张倩？"

回答别人的问题居然还能用疑问句的吗？卢兰兰差点儿一个白眼翻出来。她觉得应该是自己产生了错觉，这个女孩虽然长得十分漂亮，走在大马路上都能让路人多看几眼，真的很像之前总在电视上出现的电视明星，但应该只是个很像明星的普通人而已。毕竟哪个大明星会没事跑到关南这种鸟不拉屎的地方，还大半夜在公园里乱逛，身边连个助理都不带。

因此卢兰兰没再说什么，她的脚真的疼得厉害，关节都要肿起来了。她一边蹦跶一边问："你开了车没？公园附近没有诊所，距离最近的市一医院开车都得二十几分钟。"

"没有。不过我是来找我朋友的，他住在这附近，要不我带你先去找他？"

卢兰兰还以为自己遇到了什么新型骗局，当然不肯去，她好歹是个十七岁的姑娘，万一这人是什么拐卖犯，把她带去莫名其妙的地方，再醒过来就可能是在深山老林的村里和四五十岁的老光棍结婚了！卢兰兰紧张得随时打算报警。

女孩看到卢兰兰警惕的眼神，似乎马上了解到了她在忌讳什么，连忙说："我不太方便带你去医院。这样，我叫我朋友过来送你去医院，好吗？"

然后卢兰兰就站在原地耐着性子等着，等了差不多十几分钟，远远就看到一个穿蓝布褂子的男人骑着白色小电动车一路开到了她面前。

这人穿得十分复古，一身对襟蓝布褂子、黑裤子，剃着圆寸，十分的中西混搭，卢兰兰感觉他像是班上同学们最近传阅的漫画里留洋归来的叛逆民国大少爷。这不伦不类的搭配，换个人穿只怕会像个神经病，偏巧这人高且精悍，身材太好，没有任何形状的衣服硬是被他穿出一股子强烈的俊朗气息。要是换上和漫画里一样的豪车，只怕就更有英俊少爷的风范了。但其实就算骑着电动车，也没有减损这人身上那股子俊朗散漫的魅力。

可惜卢兰兰的少女心只跳跃了几秒钟。

电动车停稳，这人刚看到身边的姑娘，就瞪大眼睛一脸崩溃地问：“不是，张倩，还真是你？你这大半夜的跑到关南干啥？！”英俊散漫的帅哥一出场就是一股子大碴子味儿，远处似乎都有大葱味儿飘来了。

更显眼的是，帅哥脚上趿拉着一双菜市场十块钱批发的蓝色人字拖，看得人眼睛刺痛。

他趿拉着拖鞋走过来，问：“这小妹妹是谁？张倩，你大晚上站在门口是等记者采访你吗？”

“不是，这个说来话长。”

张倩在那儿解释她们这是怎么回事，而旁边的卢兰兰已经满脑子只剩下震惊了。按照这帅哥话里的意思，扶着她的这个姑娘居然真的是张倩，拍电视剧的那个女明星？！

这是什么奇遇，她大晚上给家里人打电话假装闹自杀，居然遇到个女明星？！

卢兰兰震惊了。

2

打完石膏，被张倩喊来的陈冰带着走出医院的时候，卢兰兰还是没回过神的状态。

她和家里人吵架，在不足一米高的桥上被一个女孩撞下桥，结果对方是个女明星？！卢兰兰甚至怀疑自己不是真实的人类，而是轻小说或者漫画里的人物，不然普通人怎么会遇到这种事情！

张倩正在医院不远处的一个阴暗角落等着，看到卢兰兰和陈冰一起走出来，顿时兴高采烈地连声问：“怎么样，陈冰，兰兰她没事吧？”

“没事。”卢兰兰没说话，陈冰说着医生给出的结论，“但是伤到筋骨了，医生给她做了治疗，说等半个月之后复查一下，最多一个半月左右就能完全愈合。”

“太好了太好了！”张倩顿时开心得不行，又对卢兰兰说，“你疼不疼啊？对不起啊，都怪我。你看看多少钱啊，我转给你。”

卢兰兰虽然觉得今天晚上的奇遇非常震撼，但是作为一个常年勤俭节约，尤其擅长理科和算账、出身贫寒的高中生，她可没打算跟普通小姑娘一样觉得一切到这里就可以了。张倩显然是好心，但是亲兄弟明算账，眼看着张倩和陈冰开始算医药费，卢兰兰马上开口：“我是贫困生，靠勤工俭学和每个周日的家教赚来的钱交学费，还要攒大学的生活费。”她对着转过头来的张倩和若有所思的陈冰笑了一下，“拜你所赐，我这个月连吃饭的钱都没有了。”

陈冰听到小姑娘的话，心中一紧，这才第一次认真打量这个遭受无妄之灾的小姑娘——刚才他被张倩指使得团团转。

齐耳短发妹妹头的小姑娘眉眼冷厉，脚上打着石膏，但是十分冷静地抱着手臂看着他们，明明个子娇小，但是气势十分凌厉。

张倩好歹是个公众人物，陈冰原打算先把这小姑娘打发了，再去打发张倩，毕竟他是真的不想再出现在公众视野里了。没想到张倩这么厉害，一出手就又是一个硬茬子。

果然，卢兰兰没让他失望，她看着张倩说：“我觉得你有必要对我做出误工这方面的赔偿。”

“啊……多少钱啊？”张倩被卢兰兰这么一说，显然是还没跟上思路，茫然地发问。

“每个月勤工俭学的收入是四百五十块。我每个周日去给两个人上家教课，每次两节课，一天下来收入是二百四十块，一个月是……”卢兰兰飞速报数，最后很自然地报出总数，“每个月一共是一千五百一十块。当然，前提是我一个月就能痊愈，如果没有好的话另说。”

“这都是应该的，我赔给你！”张倩倒不在意这点儿小钱，毕竟她之前混得再怎么差，收入也绝对不是普通人能比的。

她拿着手机准备转账，突然又警惕地关上了手机，说："不行，我不能这么给你钱！"

张倩思考了一下，觉得一次给一个高中生一千多块钱太不靠谱了，这可不是一笔小钱，就算要给，也要让卢兰兰付出一点儿劳动，然后按照之前她兼职的薪资来给她。

卢兰兰对此没有什么意见，她甚至还摸出了自己那个三百多块买的二手低端智能手机，让他们看了自己的收钱记录，证实自己确实损失了这么多收入。这钱卢兰兰拿得问心无愧，她需要为上大学存钱，肯定不能放弃这笔钱。但是她也不排斥对方让她付出劳动，她又不是什么娇生惯养的小姑娘。

于是，陈冰就这么无奈地多了一个不用自己出钱、目前还瘸了腿的雇员——他不接受也没办法，把小姑娘放别的地方张倩不放心，放剧团吧，她自己都是新人，也没办法带人去。

他们一一说定后，就打算送卢兰兰回学校。今天是周日，是关南一中规定的学生可以回家的日子，可问题是这一耽误，已经过了学校寝室关门的时间，卢兰兰肯定是回不去了。

"我也才到关南，行李是剧团的人统一拿着的……"张倩这时候才惊觉她自己也无家可归。

陈冰早就对张倩这姑娘的心大程度有了深刻的认知，然后果然就听到张倩说："陈冰，要不帮个忙呗……"

于是就这样，陈冰大半夜载着一大一小两个姑娘，悄无声息地摸回了"百草堂"花店。桃花井这里，因为靠近主干街道，大家大多都把正门改了门面。这时候大家睡了，从正门进去反而不会引人注意。

陈冰停了车，开了卷帘门，再一开灯，"百草堂"里的花草瞬间就被照亮了。

百色花朵争艳，眼前是铺天盖地的绿意，卢兰兰觉得自己仿佛置身原始森林，一切烦躁和不如意瞬间都得到了净化，都随着这漫天的绿意被清洗。她深深地吸了口气，看着面前仿佛小铃铛一般的洁白花朵，感觉自己在这一刻突然整个人柔软了下来。

“周辰星没夸张，你真的很会照顾花草，这间花店真漂亮，像个小森林一样。”张倩在一旁和陈冰聊天。

卢兰兰支起耳朵听，心中更是震惊。这个老破社区里的小花店店主到底是什么隐藏的扫地僧，那种仿佛天上的星星一般可望而不可即的人，为什么似乎和他很熟悉的样子？周辰星可是这两年最火爆的流量明星，卢兰兰她们班里随便拎出一个小姑娘都可能是周辰星的粉丝。

“我更关心你怎么会来关南这种小地方。”陈冰问张倩，语调里似乎有种莫名的警惕。

“我考上了剧团，再就业成功，现在是一名话剧演员了。剧团最近的公演在关南，我就过来上班了啊！”张倩得意地回答，她转了个圈，身上的黑色暗纹半裙在无边绿意里闪闪发光，她轻笑着说，“如你所见，这个月实习期过去，我就要在《我心永恒》里出演一位盲女了！”

卢兰兰还挺惊讶的，哪怕是她这种外行，都知道拍电视剧、上综艺比在话剧剧团里赚钱一万倍，话剧团的收入跟普通上班族差不多，综艺别想，代言就更是梦里才有的事情。张倩怎么会放弃拍电视剧，跑来关南这种地方演话剧？

卢兰兰想不明白，但是此刻已经很晚了，她和张倩被带着穿过狭小的储物间，来到了正常的小客厅。客厅看着十分狭小，处处都透着凌乱，东西太多、太杂又没有好好收纳，于是更加显得乱七八糟，但是弥漫着一股温馨懒散的味道，并不令人讨厌。

晚上，卢兰兰和张倩睡在里屋换了新床单的床上，而屋子的主人憋屈地睡在外面的沙发上。脚还有些微的疼，但是卢兰兰睡得很沉，她到现在都没有真实感，觉得自己应该一睁开眼睛就会发现自己是在寝室里，这一切只是一场梦，是她紧张繁忙的青春期的一个好笑的幻象。

直到第二天早上，她被门外说话的声音吵醒。

“张倩，你给我出来！张倩呢？陈冰，你放开我，你别藏着她！”

卢兰兰眯着眼睛睡到一半，突然就听到门外传来女人的怒吼，还有伴随着怒吼的花店老板陈冰的劝阻声："我的姑奶奶，你小声点儿，隔壁听到了就麻烦了啊！"

卢兰兰睁开眼睛，还没回过神儿，房门就被拉开了，她顿时瞪大眼睛，一点儿睡意都没有了。

一个一身黑裙、戴着黑色墨镜和宽边黑帽子的女人拉开门，看到了也坐了起来的张倩，冷笑一声摘了墨镜。大红唇、波浪长发、笔直的长腿，让她看上去光芒四射，昨日看着十分漂亮的张倩被她这么一衬，瞬间只能称得上"还算可爱"而已。

这是真正的顶级美人，在生活中根本看不到的那种。别说是异性，卢兰兰作为一个同性都看呆了。她当然认识这个女人，这可是蔡萌萌，国民级别的视后，就是卢兰兰她们老家的老人都没有不认识她的。

但是她没想到，接下来还有更让她呆滞的发展——

"你退圈不演戏，心心念念也要和陈冰双宿双飞，就是为了过现在这种日子？"女神蔡萌萌开口就是十分劲爆的内容，语气里透露出毫不掩饰的冷嘲热讽。

说完，她又带着明摆着的鄙夷和怒气转头看着陈冰，说："还以为你真的那么长情，打算为你的初恋守一辈子，没想到才几天……"

"蔡小姐慎言。"跟在她身后的陈冰刚才还在好声好气地劝，听到这里顿时皱起眉头，压抑着脾气说，"你看清楚，张倩不是和我在一起，她昨天在这里是为了旁边这个小姑娘。"

卢兰兰左看看、右看看，突然后知后觉地恍然大悟般大喊："我知道了！蔡萌萌、张倩……你是那个渣男陈冰！！！"

陈冰这回是真的崩溃了，他连声说："不是的不是的，哎呀，你们都少说几句！"

"萌萌，你怎么来了？对不起，但我真的决定以后都不拍戏了，你不要逼我！”张倩看到蔡萌萌的那一瞬间，就跟老鼠见了猫一样，她满心愧疚，眼圈发红，然后猛地站起来，拿起桌上的包冲了出去。

张倩个子娇小，动作灵活，溜得飞快。陈冰和蔡萌萌都没拦住她。

“张倩，你这个懦夫！”蔡萌萌气疯了，挥舞着手里的香奈儿包破口大骂。

3

“走吧，我送你去学校！”

送走了蔡萌萌，屋子里就剩下陈冰和卢兰兰。陈冰拿着钥匙，没好气地招呼看呆了的卢兰兰往外走。

被人用电动车送去学校上课，对很多同龄人来说是十分平常的一件事情，但是对家在深山里的卢兰兰来说，却是人生第一次。

关南的风热腾腾的，电动车其实并不舒服，可是卢兰兰看着周围倒退的景色，感受着夏日关南并不友好的朝阳和风，心中却不知道为什么涌起一阵温柔。

有人大早上骑着电动车，送她去上学。

这是她从未体验过的世界。

“发什么呆？到了！”

卢兰兰心里正乱七八糟地走神想着，突然就听到陈冰喊她，连忙下了车，然后又听到陈冰说：“你等一下。”

卢兰兰茫然地站在原地，看陈冰趿拉着拖鞋跑到一个小笼包摊位前，让老板装了两笼小笼包。

“塞校服里面带进去，年轻人早上不吃饭可顶不住。”

卢兰兰感觉到手里一热，一袋小笼包被塞到了她手里，她顿时愣住了，不可置信地看着陈冰。

“一笼不够吃？不是吧，你个大姑娘怎么吃得比我还多？年轻长身体真是太可怕了……啧啧啧……算了算了，都给你！”陈冰显然是误会了她的意思，不舍地看了自己手上的小笼包一眼，才塞到了她手里，末了还不情不愿地说，“便宜你了。我跟你说，一中门口老顾这个小笼包可是一绝！行行行，赶紧去上课，好好念书。”

说着他转身又去给自己买小笼包了，这回走得比较慢，显然是不赶时间了，还和那摊主悠闲地打招呼闲聊，看上去十分惬意。

他不知道，卢兰兰在一中上了六年学，从初中开始勤工俭学，从来没吃过学校门口的小吃。老顾的小笼包、张阿婆的肉末煎饼、陈阿姨的麻辣烫……都是便宜、量大又好吃，学生们都喜欢的小吃，但是卢兰兰一样都没吃过。

她捂着两袋子小笼包，一路走到教室，怀里都还是热气腾腾的。这时候早自习还没开始，卢兰兰拿出小笼包开始吃。

小笼包皮薄馅大，一口咬下去肉汁飞溅。

同桌露出诧异的眼神，心直口快地问：“卢兰兰，你吃的是学校门口的小笼包吗？”

见卢兰兰点头，身边几个同学都露出了诧异的表情。

卢兰兰是一中很出名的人，不只是因为她成绩十分优异，还因为她抠门儿，总是两套校服换着穿，从没有穿过便服，每天都在食堂吃饭，周日食堂放假的时候就在周六的早上拿好几个大馒头，再搭配一点儿咸菜，用袋子装着，周日吃一整天。

也不能说是歧视，但卢兰兰确实没有朋友，大家看她的眼神就像是看不同物种的生物，有些还带着怜惜和同情。

卢兰兰不需要这种掺杂着怜悯和优越感的朋友，她一直独来独往，把自己当作误入其他种群的动物。然而这一刻，她吃着柔软鲜香的小笼包，突然从心底涌出一点点疲惫来。

她飞快地吃完了小笼包，让自己快速摆脱这种突如其来的怅惘。

她知道，她没有资格沉溺于任何情绪。

她要努力念书，才能走出这唯一一条绝地求生的道路来。那路上有什么，卢兰兰并不知道，也不能确认，但是她知道另一条路上有什么，她不想要！

充上电的老旧手机飞快闪着未接来电记录，全是来自同一个号码，卢兰兰眼神沉下来，按了关机键。

她翻开书，让自己像是一块海绵一样疯狂地吸收知识。这对于很多同龄人来说枯燥无味的日子，对于卢兰兰来说，却是拼尽了一切努力才换来的梦寐以求的生活。而今日有那香喷喷的两笼小笼包打底，这个上午不像是平日到第二节课就饿了，她一点儿都没分心，过了个注意力格外集中的上午。

一周很快过去，周日早上，卢兰兰就要开始在“百草堂”打工的日子了。

她倔强地拒绝了同学们的帮助，拄了一个星期的拐杖，其实已经非常适应了。对于这样去“百草堂”工作，卢兰兰十分有信心。所以在门口看到停着的那辆电动车时，她整个人是呆滞的。

卢兰兰茫然地看着不远处的陈冰。

今天是学生们休息的日子，很多老板都没出摊，但是旁边的陈阿姨麻辣烫是整个关南十分出名的小吃，没有学生的时候生意也不少，因此一年四季都会开着。此刻店里没有学生，大多都是成年人，比如端着一次性碗、蹲在马路牙子上挥汗如雨地吃喝依然十分扎眼的陈冰……

“来，没吃早饭吧？这是我给你买的！”陈冰十分自来熟地指了指身边那个红色塑料小凳子。凳子上摆着一个一模一样的塑料碗，里面斜插着一双筷子。

这是卢兰兰人生第一次吃陈阿姨家的麻辣烫。

“好吃吧？”陈冰像是个调皮的大哥带着家里的妹妹偷偷吃爸妈不给吃的好吃的，有点儿得意地说，“都是你老板我的独家秘方，牛肉丸子、肥牛，加上香菇鸡肉丸，再来一点儿腐竹和鱼蛋，还有几块白萝卜，啧啧啧……你下次自己点要记得，一定要白汤，然后三勺红油加一勺麻油，里面加点儿香醋，葱花和香菜一定要放，最后出来就是这了。是不是吃着又鲜又辣？得劲儿吧？汤都能喝掉！”

关南人嗜辣，卢兰兰当然也是如此，她第一次吃陈阿姨家的麻辣烫，觉得真是香辣十足，十分过瘾。她吃完了一整碗麻辣烫，然后坐着电动车去“百草堂”看摊子。

到了店里，卢兰兰认真地对陈冰说：“下次不用接我了，也不用给我买吃的，我不喜欢吃。”

她不想被照顾。人是有惰性的，如果被人照顾惯了，就会变成柔软的软体动物，会变得矫情，会变得非常容易被伤害。卢兰兰不想成为那样的存在。

“喏，今儿咱们给这些铃兰花换盆！”陈冰看她一眼，没说好也没说不好，只是把一小盆茂盛的铃兰放在卢兰兰的膝盖上，说，“记得啊，三枝分一盆。中间吃东西、摸东西要洗手，铃兰有毒性，万一弄到嘴里了拉肚子可不好。”

卢兰兰憋着一肚子的话，都被这满怀鲜花打断了。她垂眸看怀里的铃兰，它们挤挤挨挨一大捆一大捆的，还带着泥土，上面铃铛一样开满了洁白的花朵。卢兰兰稍微动一动，洁白的小铃铛就掉在她的膝盖上，像是下了一场小小的花雨，漂亮得近乎圣洁。

如果工作都是和这样美丽的鲜花相处，卢兰兰觉得自己真的赚了。

但是她没想到，打工还要附赠出演八点档，还是两个真正的女演员出演的八点档……

地点：百草堂。

4

陈冰几乎是在张倩进入“百草堂”的一瞬间就提高了警惕。

卢兰兰这会儿已经在这间花店打工两周了。她私心偏爱可爱的铃兰花，正小心检查花朵生长情况，就看到一直懒洋洋跟个睡猫一样的店长几乎是从座椅上弹了起来，连声问：“姐姐，你怎么又来了？！”

“萌萌去剧院堵我了。”张倩无奈地放下包，烦恼地说，“我怎么跟她说我不想演戏了她都不信，非要带我回去拍电影。我说了，话剧才是我的梦想，我想演的是话剧！”

“不是，她去剧院堵不到你，肯定能猜到你在我这儿，你来这里和在剧院有区别吗？”陈冰无奈地对张倩说。

张倩顿时露出恍然大悟的神色，连忙抓起包就往外走，路过卢兰兰的时候还对她笑了一下，做了一个“加油”的动作。

这短暂的来访只激起一点儿涟漪，倒是没在“百草堂”留下什么风波，但是接下来到来的蔡萌萌可就没张倩这么好打发了。

她来的时候，卢兰兰先闻到的是一股淡淡的酒气。

蔡萌萌还挺清醒，并不是真的醉酒，只是大约是情绪不好，进了“百草堂”就直接拉下自己的围巾，摘掉墨镜，毫不遮掩地坐在藤椅上，蔫蔫地不出声了。

“姐姐，你不是在拍电影吗？这是又跑来关南了？”

卢兰兰听到陈冰的叹息，看他一脸无奈的样子，这会儿真的相信店长和两个女明星没有私情了。因为她看得清楚，陈冰那表情明摆着就是嫌弃，恨不得马上把人送走的那种迫不及待丝毫没有掩饰。

“哼，你也帮着张倩躲着我。”蔡萌萌看了陈冰一眼，噘着嘴说话。她明明只是很普通地在生气，看着却仪态万千，卢兰兰一个女孩子都觉得实在是漂亮得过分。

陈冰在那儿有一搭没一搭地跟蔡萌萌说话，而卢兰兰安分地浇着水，直到下午要离开的时候，卢兰兰都没想到这把火居然能烧到自己身上。

没错，不知道为什么，在下午下班的时候，蔡萌萌突然对陈冰说：“我送她吧。”

卢兰兰和陈冰当时都愣了。

卢兰兰脚上的扭伤并不严重，已经好了许多，陈冰这两个星期坚持用电动车接送她，她也无法拒绝。但如今她的腿脚好了许多，她本就打算拒绝陈冰继续送她回学校，当然更不可能让蔡萌萌送她。

“不用了不用了，我坐 402 路可以直接到学校门口！”卢兰兰连忙说出自已查好的公交线路，打算离开。然而她的后领子被蔡萌萌拉住了。

蔡萌萌戴上墨镜，红唇如血，笑着说："不行，姐姐我今儿必须送你回学校……走了！"后面那句话是对陈冰说的。

陈冰愣了一下，追出来轻声说："喂，你小心点儿，你……哎，兰兰有事儿你给我打电话啊！"

他那儿叮嘱着呢，蔡萌萌已经拎着惊呆的卢兰兰上了车，一路开出桃花井了。

卢兰兰好不容易回过神儿，就看到蔡萌萌突然停下车，转头认真地看她，问："我看了一个多小时，我怎么就没看出来，张倩为什么要管你的事儿呢？"

卢兰兰一愣，马上反应过来，怒声说："你什么意思？"

"什么意思？你以为我这半个月在剧组就什么都不知道？"蔡萌萌顶着精致的墨镜看着卢兰兰，一脸的审视，"张倩为什么想留在关南呢？如果不是因为陈冰……难道是因为你？"

卢兰兰猛地反应过来了，蔡萌萌过来根本就不是找陈冰麻烦的，她是过来等着自己下班的！卢兰兰觉得蔡萌萌有点儿疯，她不可思议地说："蔡阿姨，你是不是脑子有点儿不对劲？我可是在新闻上看过你和张倩反目全过程的，怎么你这会儿觉得人家不理你还是路上随便拉来的一个人的问题了？"

反省一下你自己吧！卢兰兰真的很想这么说。新闻里你们两个人都快打起来了，张倩为此还坚持退圈不拍戏，你蔡萌萌到底哪里来的底气说张倩不搭理自己是因为别人？

卢兰兰觉得蔡萌萌真的很需要做一个脑部CT。

"我不管，不就是个勤工俭学的事儿吗，我给你解决助学金的问题，你下次跟张倩说不许躲着我！"蔡萌萌大约就是那种一辈子顺风顺水的女王，她压根儿不管卢兰兰说什么，十分霸道地宣布。

卢兰兰看着她，沉默了一会儿，突然冷笑出声："哦？那你不如帮我解决一下我读大学的事情吧。"她看着蔡萌萌的眼睛，冷声说，"帮我说服我爸妈不要打扰我，让我念大学……我就答应你，怎么样？”

这是卢兰兰的刁难，但是她没想到蔡萌萌看了她一眼，说：“行啊！”

这下，卢兰兰反而愣住了。

5

“卢兰兰，你爸妈来找你了！”

卢兰兰在老师让她出教室的时候还有些惊讶，听到这句话，更是一下子吓到了。

她没想到父母会来学校。

更没想到的是，他们看到她的第一眼，就直接跟老师说：“老师，我们带娃娃先走了。”

“怎么了？”卢兰兰奇怪地看着他们。

“家里出事了，回去再说。”

她就这么毫无准备地被骗回了老家。

没错，是被骗回去的。卢兰兰在路上逼问他们到底出了什么事，两个人只含糊地说弟弟出事了，但不肯说是具体什么事。卢兰兰担心了一路，结果到了家里，才发现弟弟好好地躺在那儿拿着手机打游戏，她心里顿时“咯噔”一下。

当陈冰得到消息的时候，已经是一周之后了。

他给卢兰兰打电话，结果接电话的是一个陌生的声音，对方大声怒骂：“就是你们把兰兰带坏了，以后不许你们再给她打电话！”然后电话就被挂断了。

陈冰听着那夹杂着乡音的普通话，顿时着急了，直接拨通了他以为一辈子都用不上的电话号码——蔡萌萌的电话。

“你那天带卢兰兰到底干什么去了？！”

陈冰难得如此愤怒，蔡萌萌愣了一下才想起来是说的什么事。她那边非常嘈杂，应该是剧组正拍摄。她说：“你等一会儿，我晚上下戏了跟你说。”说完挂了电话。

陈冰气得在花店里走来走去，他想打电话问问张倩，又想到最近她一直躲着蔡萌萌，这会儿估计也在拍戏，顿时更着急了。

他实在闲不住，便骑着电动车跑了一趟关南一中，得知卢兰兰被父母接走之后就再没回来上课，顿时心沉了下来。

关南这边民风淳朴，但有些深山乡村之中的老人可以说是十分短视。陈冰之前比较照顾这个小姑娘，也是因为她的样子让陈冰想起来以前读书时班上那些乡下出来的同学。

那些孩子都十分令人敬佩，他们比别人缺少了很多条件，能够走出来，都是付出了比同龄人多千百倍的努力。

尤其是女孩子。在城里很多女孩无忧无虑地上学的时候，关南山中的一些女孩念完初中就不再被允许念书。

这事听起来匪夷所思，但这就是事实。

“资助？你就直接跟她的父母打电话说要资助她念大学？你明不明白资助根本不是重点，根本原因是她的爸妈可能觉得女孩子就不该读书！”

当蔡萌萌打电话过来的时候，陈冰气得额头青筋都在跳。

但他知道这事儿不是蔡萌萌故意的。

蔡萌萌在听了卢兰兰的要求后想到的办法很简单，她家境优渥，又十分漂亮，压根儿不知道乡下的女孩背负的是整个时代流传下来的歧视。她天真地以为只是一点儿钱的问题，觉得自己资助卢兰兰自然万事大吉，她没有想过任何一种其他可能。

当知道卢兰兰被关在家里不让复学，老师打电话甚至上门都被卢兰兰的父母拒绝之后，蔡萌萌终于明白了事情的严重性。

“我今晚就请假来关南！我亲自上门！”蔡萌萌沉默了一会儿，对陈冰认真地说，“你放心，我一定把卢兰兰给带出来！”

当天夜里，陈冰坐在“百草堂”里，一灯如豆。

蔡萌萌带了一队人到了“百草堂”门前，狭窄的巷弄里停着五辆车，一水儿的安保人员，加上两个戴着眼镜、斯斯文文的西装精英，还有一个一脸苦色的经纪人。

她招呼陈冰：“上车！”

陈冰纵然再大的火气也给整蒙了。他上了车，低声问：“姐，至于这么大阵仗吗？”

蔡萌萌面若寒霜，怒声说：“至于！我倒要看看是谁敢答应我之后又撅我蔡萌萌的面子！”

车子如流水一般滑出去，陈冰觉得，六安山这下子要热闹了。

6

卢兰兰被困在家里已经一周了，当听到汽车的声音时，她正试图撬开家里的窗户。哪怕是连夜走路下山，她也要翻出去！

所以当汽车的声音响起，卢兰兰听到蔡萌萌喊“卢兰兰，兰兰，你在家吗？我们来了”的时候，还以为是自己太过渴望逃离而产生了幻觉。

可是很快，她就听到了父母惊慌的声音：“你们是谁？大晚上来我们家干什么？！”

紧接着，卢兰兰看到关了她一个星期的房门猛地被撞开了——如演电视剧一般，几个彪形大汉直接几脚就踹开了老式木门。

卢兰兰看着进山还穿着黑色露肩小裙子、大晚上还涂着大红唇的蔡萌萌，还以为自己是在做梦。

这时，趿拉着拖鞋的陈冰从门外走进来，一脸尴尬地对卢家父母说：“那啥，叔叔阿姨你们好，我们是卢兰兰老师的朋友，特地来看……来家访。对，我们是来家访的！”他一开始还有点儿心虚，但是说着说着突然找到了借口，顿时理直气壮了起来。

卢兰兰的父母有点儿害怕，毕竟这些黑衣人一进来就呼啦啦地站满了整个客厅，顿时让他们气弱了许多。他们惊怒地对陈冰说："你们干什么？这是什么家访？卢兰兰是我们的女儿，什么时候轮到外人来管她了？"

"呵。"蔡萌萌环视家徒四壁的屋子，冷笑一声，打断了卢家父母的话，"你们把卢兰兰关在家里，是为了让她过和你们一样的人生吗？就住在这种连椅子都没几把的地方？"

她这话说得十分不客气，卢兰兰的父母顿时气得涨红了脸。他们看着卢兰兰，厉声说："兰兰，你到底在哪里认识的这种人，还是真的是你们老师请的人？你到底都在外面干了什么？早知道、早知道我们就不送你去念书……"

其实被父亲指着鼻子这么指责和谩骂，她从小到大已经习惯了，但是到了这一刻，她依然还是想努力一把。

卢兰兰打断了父亲的怒骂，走上前说："爸、妈，我没学坏，我每年都是年级前三，老师说我可以考上重点大学，我很会念书，我想念大学！"

卢兰兰母亲的脸上带着焦急，她轻声说："兰兰，女孩子念那么多书有什么用。你想想你堂姐，她已经打工挣钱了，才几年，家里都建新房子了啊！"

"都怪我们从小纵容你，把你养成这种脾气！"卢兰兰的父亲看着她，恶狠狠地说，"整个村子，哪个姑娘不干活，能念高中的？你还想念大学，家里哪里有钱供你念大学？"

"我说了，我资助卢兰兰，大学的生活费和学费我会按月支付给她。"蔡萌萌这会儿找到机会，马上插嘴。

"那也不行！谁家闺女去那么远？到时候名声坏了嫁不出去怎么办？！"

卢父这么一开口，卢兰兰顿时知道了所有症结。她的父母其实从小到大也挺疼爱她，毕竟如果不疼爱她，那她早就和那些念完初中就被迫辍学的同龄小姐妹一样，被安排下地干活帮家里做事了，怎么可能还能上高中。

原来，他们在意的一直是这个。

卢兰兰瞪大眼睛，看着被吵醒后打开房门走出来的弟弟。她曾经以为父母是因为弟弟才不想让她念大学，没想到事实比想象的还要荒诞一万倍。

“你们觉得我去念大学，会影响到我的名声？”卢兰兰心中百感交集，觉得可笑又好想哭，她眼圈发红地看着父母，颤声问，“我生下来活在这个世界上唯一的理由，就是嫁人吗？”

“兰兰，你不明白，我们是为了你好！你还小，不知道轻重！”卢兰兰的母亲看她眼圈红了，一副要哭不哭的样子，顿时也着急了，她走了过来，拉着卢兰兰就劝，“你念个大学，以后难道就不回来了？你想想，你不跟同乡一起，一个人在外面待四年，到时候谁说到这个不会说什么……”

“我没打算回来！”卢兰兰看着母亲，轻声说，“你们没想过吗？我从来没想过回六安山！”

“你什么意思？”卢父顿时大怒，连声说，“你还没出去就要忘本了是不是？！”

“这里有什么好？我为什么要回来？！”卢兰兰对着母亲还是委屈，对着父亲却只剩下怒意，她转头看着父亲，怒声说，“在村子里有什么好？爷爷奶奶生病了没钱治疗，连夜从医院跑了！你在地里干活，遇到野猪，要不是跑得快，你就跟隔壁刘叔一样被踩死了！大前年我弟摔了一跤，还是我用打工的钱给他上的石膏！你就说，你们把我留在这个村子里，建个新房子然后嫁人，有什么好？像你们一样穷一辈子，连自己的爹妈、自己的娃都顾不过来就好吗？！”

“你、你！”卢父这种常年干活的人，到底不太会说话，他指着卢兰兰半天说不出话来，最后怒声说，“好，你有本事了，翅膀硬了！你有本事就滚，一辈子别回来！我和你妈就当没生过你这个闺女！”

卢兰兰眼眶里滚了几圈的眼泪瞬间掉了下来，她飞快擦干净了脸，看着自己的父母，带着自己从未想过的哀求轻声说：“我很会念书的……老师说了，我念书很好，我会考上好大学，上了大学我就会找到很好的工作，我会赚很多钱，比去工厂赚的钱还多很多，我会在城里买房子，我可以接你们去城里住……”

“兰兰，你不要发小孩子脾气了，出去哪里这么简单，你快别跟你爸吵了。”卢母看着卢兰兰，女儿哭，她也心疼。

“你们是自己在外面站不住脚跟，所以才觉得你们的女儿也一样吧？”

陈冰正打算劝一劝缓和气氛，却听到蔡萌萌突然开口说话了，她看着卢兰兰，说：“你想好了，我现在已经来找你了，还带了保镖和律师，今儿我说了能带你走，就一定能带你回学校，但是你今天要是留下，就算你后悔了，我也不会再来一次了。”

卢兰兰神色一滞。

陈冰都要给这大姐跪下了，简直想马上让蔡萌萌闭嘴。

可是蔡萌萌看着卢兰兰，说：“你想过什么样的生活，你得问你自己！因为这个选择的结果是你要承担的，直到你死，你都得去过自己选择的生活！”

她摘下墨镜，认真地说：“这是张倩曾经跟我说过的话，今天我告诉你。如果有梦想却不敢实现的话，未来的你会恨现在的你。”

“啊，你是——”卢兰兰的弟弟到底有个智能手机，他这会儿终于在家庭大战之中发现了蔡萌萌的身份了。但是他还没来得及说什么，就被父亲的怒吼打断了。

卢父在这个家中一直是当家做主的人，此刻被如此挑衅，也怒了，大声说：“兰兰，你给我想清楚了，真出去被人害了，我也不会管你的！我和你妈就当你死外面了！”

卢兰兰看着他，很久很久。然后她突然动了，往刚才锁着她的房间走过去。

陈冰沉默了。他曾看到过这样的事情，只是没想到不管看多少次，都依然觉得如此难过——看一个光芒四射的年轻人黯淡下去，被各种原因捆绑、撕裂自己的梦想之翼，是如此令人难过。

蔡萌萌也抿着嘴，露出憋屈的表情。

他们沉默地转身，在卢父卢母得意又开心的表情之中往外走。

“等等我！”

卢兰兰猛地跑了出来。她背上了自己的书包，飞快追了出来。

穿着校服的短发女孩在昏黄的灯光下奔跑着，跑出困着她的原生家庭，这画面燃烧着勃勃生机，如果拍下来，不啻名画。

卢兰兰含着眼泪看了屋子里惊呆的父母一眼，转头上了车。

7

“你刚才也太冲动了！”车子快开出村的时候，陈冰忍不住开口。

“你根本不明白，这种爹妈很固执，他们根本不会听你说什么，只会不断否定你的梦想，反正不按照他们安排的人生走就是大逆不道。除了自己先去干，你没有任何别的办法。”蔡萌萌轻声说。

陈冰叹了口气，他看了看窝在后座的卢兰兰，一时不知道该怎么安慰她。

“等下！”突然，蔡萌萌身边那个带过来打算谈判却压根儿没派上用场的律师开口了，他奇怪地说，“后面有人在追咱们！”

卢兰兰猛地全身一震，焦急地转头往后看。

车子停了下来，一个穿着睡衣的男生气喘吁吁地跑到了车子边。

在蔡萌萌的示意下，司机落下了车窗。

十三岁的少年晒得跟非洲大马猴一样，眼睛却第一次如此亮晶晶的，他把怀里拿着的东西往卢兰兰怀里一塞，喘着气说：“姐，你……呼呼……你的银行卡，你忘了？！”

卢兰兰一时百感交集，她鼻子发酸，说：“你怎么知道我藏银行卡的地方？”

“嗐，我早知道了！你每次回来都会偷偷去看看。”少年咧嘴一笑，对卢兰兰说，“姐，咱爸咱妈都不懂，我来跟他们说！我就说、我就说我以后也得上大学，你先去，给我开路！”

“你那个破成绩，最好是考得来！”卢兰兰的眼泪这下是真的下来了，她揉了揉弟弟的脑袋，轻声说，“是姐不对，以前也没给你补补课。”

因为觉得弟弟受尽了偏爱和疼宠，觉得自己是全世界最可怜的人，卢兰兰跟弟弟的关系其实一直不算好。

此刻不带偏见地看着弟弟，卢兰兰才发现弟弟也没得到什么好的培养。他们都生在那个愚昧闭塞的家庭，所以总是脚踏着无数名为“无奈”的枷锁。

“你好好念书，有不懂的给我发消息！”卢兰兰沉默了一会儿，放下手对弟弟说，“姐姐在京市等你！”

“好！”

车子继续滑行，消失在黑夜里。卢兰兰一直往后看，看着傻子一样对她兴奋挥手道别的弟弟，突然转过头，眼泪一串串地落下来。

卢兰兰不喜欢哭，她觉得哭泣是软弱，是失败。可她这会儿忍不住了。

“别哭了，有什么好哭的。”蔡萌萌开口就是大煞风景，她看着卢兰兰，嫌弃地说，“也别舍不得，等你挣了大钱出了名，你爸妈保准马上夸你现在做得好。人还是要念书，你信不信？！”

“我信。”卢兰兰看着蔡萌萌，说，“毕竟蔡姐你不是在前头吗。”

蔡萌萌跟被踩了尾巴的猫一样炸起毛来，说：“你说什么呢？”

“我说蔡姐你当年不也是这样。张姐跟我说，蔡姐你当时想学芭蕾，结果你爸妈都不同意，你为了气他们也不肯念教师专业，最后和张姐一起选了戏剧学院。”卢兰兰看着蔡萌萌，轻声说，“张姐觉得劝你放弃了自己的梦想很愧疚，但是蔡姐你自己知道的，你选了表演系，到底应不应该怪张姐。”

张倩不是个没有责任心的人，她虽然一直躲着蔡萌萌，为此也不再去“百草堂”花店，但是她经常下了班去学校看卢兰兰。她带着卢兰兰去吃饭，还总爱和她聊天，大约是刚来关南没有朋友很寂寞，她有时候会说很多。

卢兰兰看着不太上心，其实都记得。她记得张倩的难过，知道张倩为了逃避这种难过选择了退出娱乐圈，并顺便炒作一把，直接送蔡萌萌扶摇直上，一口气拿到了顶配的电影女主角。

卢兰兰曾觉得张倩很蠢，蔡萌萌这个反应过来了只知道堵人的傻子也很蠢。

她们似乎都在做无用功，明明关心对方，却根本不知道如何正确地沟通。

但是此刻，卢兰兰似乎懂了。也许人就是这样可悲的生物，明明是全世界最关心对方的亲人、朋友，甚至爱人，那么努力想照顾对方、想帮助对方，但是因为彼此不同的性格、不同的观念，有时候会走很多弯路，甚至伤害到对方。

卢兰兰曾经嗤之以鼻，不想管这两个女人，但是当蔡萌萌踩着高跟鞋带着人出现在她家中的时候，就仿佛是一道光照进了她的生活里。

被拯救的那一瞬间，卢兰兰心里只有难过，没有不舍，反而有掌握住自己梦想和未来的狂喜。那一刻，她突然明白了。也许那天晚上她假装跳河的时候，就已经遇到那束光芒了。

虽然她当时未曾觉得，但是在她最无助、最难过的这段时间，她遇到了一群很好很好的大人。可能他们有点儿傻，尤其是这两个姐姐，傻得厉害，但是他们确实是她的光芒，是她人生中第一次出现的、她憧憬想要成为的大人。

卢兰兰想，未来我也要这么酷，要成为可以挥挥手就能帮助到他人的人。

不过现在，先从帮两个傻子开始吧。

面对目瞪口呆的蔡萌萌，卢兰兰打开了破破烂烂的旧智能手机。她拨通了电话，轻声说："张姐姐，我出来啦！你不要着急了！"

"什么？你已经快到村子了？"张倩的回答让卢兰兰吓到了。

与此同时，不远处亮起车灯，在鱼肚白的天空之下，张倩从车上下来，她身后跟着两辆车，里面坐着穿着剧团 T 恤的男男女女，显然都是被张倩喊来助威的。

看到这一幕，卢兰兰的眼睛又热了。

"为了恩义而哭的人，不软弱。"陈冰走到她身边，轻声说，"只知道哭泣的人是弱者，但哭泣之后能成长的人，是真正的强者。"

"嗯。"卢兰兰沉闷地带着泣音回答。她何德何能，明明不是过得最糟糕的小孩，却得到了这么多人不求回报的保护。

"哟，你来迟了，小孩我已经带出来了，上大学、考研、考博，她能念多久我资助多久！”

当然，也有人是求回报的，不过听蔡萌萌这么说，她求的回报可能是把张倩气死。

然而下一秒，她愣住了。因为张倩看了众人一眼，突然跑过来一把抱住了蔡萌萌。

“萌萌，谢谢你！”张倩情绪失控大哭起来，哽咽地说，“谢谢你。我一直好内疚，都怪我，当初都怪我劝你，不然你就可以学芭蕾了……”

“我是个特别差特别糟的朋友，我知道我做错了，这辈子都没办法让你原谅我，我道歉一万次也没用。所以我遇到她的时候，我想当个好姐姐，想帮帮这个小姑娘。你没有过上自己喜欢的人生，我希望这个小姑娘能过上……我想给自己赎罪！”张倩哭得快抽过去，“事实上，我想穿越到十年前，抓着我自己扇五十个耳光，告诉自己你喜欢跳舞，你是天生的舞者；告诉自己要保护你，要让你在舞台上发光发热，不要逼着你去学自己不喜欢的东西……可是我做不到，我回不去，我破坏了你的梦想，逼着你和我考同一所大学，我甚至没发现你不喜欢和我打扮得一样……我不知道你那么不开心……我伤害了我最不想伤害的朋友，可是我没办法赎罪了，直到遇到兰兰。我觉得这是老天爷给我的一个机会。我没办法回到过去，可是我有办法帮她……我还以为我又要失败了，谢谢你，萌萌，谢谢你！”

原来她一直躲着蔡萌萌是因为这个，她一直觉得自己当了蔡萌萌梦想道路上的拦路石。

但卢兰兰知道，蔡萌萌其实不是这么认为的。

“我没有讨厌你，你也没有害到我！我只是、我只是以为你真的觉得我在压你的番位，我以为你真的恨我。我喜欢演戏，虽然一开始不喜欢，但后来我是喜欢的，我是真的喜欢……我、我没有恨你……”蔡萌萌摘下墨镜，她站在那里，美艳得仿佛传说中的山鬼，然而她脸上的表情无辜又可怜，泪水打湿她幽深妩媚的眼睛，像是带露芙蓉一般，一落泪让人的心都要碎了。

她哭着反抱住张倩，大声说："我只是讨厌你那个什么男朋友，我讨厌你为了他忘记梦想，你不是说我们要一起为了当演员奋斗一辈子的吗？你不是说我们要结伴追逐梦想吗？我想让你好好演戏，你答应过我的，要一辈子好好演戏，可是你忘记了，我只是想逼你拿出态度，我想要你为了梦想硬气起来，哪怕你和我抢角色，我只是想知道你还在意演戏这件事，我希望你想起来我们约好的……我们约好的啊，一起上领奖台，一起成为所有人心中最厉害的女演员，我不是真的恨你啊！"

两个女孩抱在一起，在众人瞩目下号啕大哭。

"我不是要抛弃你，我是觉得自己不配，我强迫你过自己不喜欢的人生，所以我觉得我也不配拥有自己的梦想！"

"我没有，我是喜欢跳舞，可是我最最喜欢的还是演戏。我是真的喜欢上演戏了。我其实很庆幸当初你拉着我，跟我分享你的梦想，呜呜呜呜……"

蔡萌萌和张倩哭得乱七八糟，说起话来颠三倒四，但是神奇得毫不影响沟通。

"我真的是不懂女孩子的友情。"陈冰在旁边看得目瞪口呆，他对卢兰兰说，"这不是三句话就能说清楚的事儿吗？"

"你不懂！"卢兰兰对他翻了个白眼，轻声说，"你这是缺乏细腻的生活。"

还没出村呢，这个女孩身上的脆弱就消失了，她眼睛亮晶晶地看着两个姑娘，轻声说："你看，那就是以后的我。"

我也会这么漂亮，这么潇洒，我也能想哭就哭想笑就笑，我可以跟朋友抱着哭泣，也可以跟朋友牵手破涕为笑……前路或许有很多艰难阻碍，甚至可能还有无数次绝望等待着我，但是那都无所谓了。

因为，那就是我想要的人生啊！

没有任何人能决定一个人的人生。

哪怕是至亲至爱，若是想要捆住你的梦想、阻碍你有所作为，你也应当冲出那用愚昧和歧视编制的网，冲上蓝天，翱翔于天际。

那才是鹰的归宿。

暖金色的朝阳照射大地，金色的阳光刺破云层从天而降，万里无云，光明驱散黑暗，少女眼神坚毅，风过，带走她的声音，传得很远很远。

这大概是无论看多少次都无法忘却的美丽画面。

为一个灵魂的觉醒，整个世界都在震颤。

陈冰露出微笑。他永远看不腻人们从迷茫、阴郁甚至是绝望走向坚毅、勇敢、灵魂焕发出光彩的瞬间。

这比任何美景都动人。

陈冰忽然想到卢兰兰照顾了大半个月的铃兰花，洁白、秀丽，像是不屈的灵魂，无论经历怎样萧瑟的秋冬，却总能蛰伏着，在第二年的春天开出璀璨洁白的花来。

如铃兰的花语一般，总昭示着痛苦会过去，幸福总会归来。在此之前，一切都不过是一场历练。

尾声

“哎，你真的不走吗？”

陈冰站在村口送蔡萌萌、张倩和卢兰兰下山回关南，自己却没打算一起走：“不走，我朋友从那座山里的村里来接我，刚好去拜访一位很多年没见过的长辈。”

张倩还想说什么，蔡萌萌却拉了拉她，神情复杂地看看陈冰，抿了抿唇，半晌还是嘟囔着说：“这段时间打扰你了……可惜这会儿不在你的花店，不然还能光顾一下你的生意。不然我到时候在网上替你打打广告？”

“别别别，千万别！”陈冰听到这个就头大，连声说，“谢谢了，我那个店接待能力有限，现在勉强也能收支平衡，就不劳您的大驾了，你这个级别的广告费，我可付不起！”

说完，他后退一步，对三个女孩挥挥手，说：“再见！”

几人想说什么，但是车子已经启动，飞快远去了，只能看到她们远远地挥手再见。

远处突突突地开过来一辆三轮车，到了面前，却是个穿着和陈冰极其相似的年轻男人——对襟蓝布褂子、黑裤子和千层底的鞋，样貌极其俊秀，看着不像是村里人，倒像是来体验生活的公子哥，一身桀骜不驯的味道。

陈冰招呼：“昂子，这么快？！”

“过来能有多久？”昂子招呼他上了车，说，“我以为你这辈子都不会去青竹村。”

“十年了，”陈冰轻叹，“逃了十年，我也该上门负荆请罪了。”

昂子顿了一下，苦笑一声，沉默地发动了车子，往更深的山中而去。

山里，有他们欠了十年的债。

十年了……

第十章

长寿花

CHANG SHOU HUA

长寿花，景天科伽蓝菜属植物，植株光滑无毛，花冠筒状，花朵细密簇拥成团，喜温暖湿润环境，耐干旱，不耐水涝，有药用价值。

花语：长命、健康。

“如果老天爷给你一次回到十六岁的机会，你会做什么？”

“抓住她的手。”

1

十六岁的时候，你在做什么？

陈冰正忙着对抗整个世界，或者说，他忙着对抗自己幻想中的全世界。

他心中有一团燃烧的火焰，他恨周围所有人，恨自己的亲爹老陈，恨自己早逝的母亲，恨自己的老师和学业……他觉得这世界没劲透了，全世界没有人在意他的生死，老陈每天忙忙碌碌经营自己那个稀烂的花店，根本赚不了几个钱。

“我已经看透了，这个世界没意思。”十六岁的陈冰已经一米八，他叼着烟趴在山顶的防护栏上俯瞰整个关南市，棱角锋锐，眼神淡漠。

一些傲慢的成年人大约会觉得年纪如此小的孩子说自己看透了整个世界、觉得这个世界没意思是一件很好笑的事情，但是走到某个情绪死角的人的悲伤和愤怒是真实的，并不是什么值得笑的事情。

少年时代的陈冰，第一个梦想是成为职业摩托车赛车手。他当时看了很多专业比赛，看着那些比他大不了几岁的人站在冠军的领奖台上笑得意气风发，陈冰很是羡慕。

“你老老实实念书，以后好好上班就行了。赛车？你看我像不像赛车？！”老陈对此的回答就是这么简单粗暴，直接让陈冰别做梦了。

可是十几岁的少年人不做梦的话，还是少年人吗？

陈冰当然不愿意接受，但是他跟老陈一直都不算特别亲近，能鼓起勇气说一次自己内心最深处的渴望已经是他最后的尝试。在老陈粗暴地否定之后，陈冰从此彻底断绝了和老陈沟通的心思。

他也不知道要做什么，但是他知道不要做什么——老陈让他好好念书，他就故意和老陈反着来，开始逃课、打架，很快就成了一中很是出名的坏学生。

叛逆期每个人都会有，但是命运对陈冰可能更加严厉一些。

某个逃了晚自习在大街上游荡不想回家的傍晚，呼啸而过的摩托车在陈冰身边停下，发出巨大的刹车声，一个男人趴在摩托车上，笑着挑眉：“兄弟，大晚上你在这儿瞎溜达什么呢？”

就是那个时候，陈冰第一次见到奎子。那是他走向不可控的未来的第一步。

奎子和在学校打架的那些同学不一样，他算是真正意义上的小混混，每天带着几个小弟骑着改装的摩托车在关南呼啸而过，留下巨大的轰鸣声，是非常讨人厌、精力无处发泄的年轻人。

就是因为认识了奎子，陈冰知道了关南废弃的国道上那午夜十二点的游戏——寻求刺激的年轻人在这段废弃弯曲、十分危险的国道上开赌局，骑着改装后拆了消音器的摩托车上山，赢家可以对输家提一个要求，所有人都是见证，这个要求必须被兑现。

赌注从“输了学狗叫”到钱，什么都有，有时候甚至只是一句简单的赌气。聚集在这里的都是年轻人，精力旺盛无处发泄，这个赌局更像是某种狂欢，一夜一夜，仿佛永不散场的 Party。

陈冰本来就很喜欢赛车，所以很快迷上了这种追逐山风的快乐。但他那个时候并不知道，生命里的每一分快乐都是有代价的，而金钱，可能是人能付出的最简单的代价。

有些代价，可能要用一辈子的绝望和痛苦去偿还，从此成为午夜梦回、一生都无法挽回的缺憾。

2

“到了。”

大山里，三轮车突突突地开过了一座山，然后下了主干道，七歪八扭地绕到了一个很偏僻的村子里。

村子坐落在半山腰，与其说是村子，不如说只是零散地住着几户不肯搬家的老人。关南是丘陵地带，山路多崎岖，就算是修了国道也没办法一户户把道路修到门口，于是下了国道就是土路，很多年轻人在去城里工作之后，都在城里买房安家，不打算再回道路不便的村里，自然把老人接走了，这种深山的住户也就越来越少。

车子一路开进去，陈冰记忆里曾经还算繁荣的小村庄，此刻已经完全破败，有些屋子看上去好久都没人住过，一副年久失修的样子。

直到昂子把车开到了最里面，绕了一个弯开进去才豁然开朗。绿树环抱的小道里面出现了一栋青瓦的一层小屋，屋子方方正正，是最简单的三房一厅的构架，没有任何设计，就直直地铺开来，门口是一片水泥塔，塔上是一个水池，塔下是非常有条理的一垄垄蔬菜，小白菜和萝卜苗都长势喜人，旁边还竖着木架子，显然是为一些需要攀爬藤蔓的蔬菜做好了准备。

在昂子说“到了”的时候，陈冰恰好看到大厅里走出两位头发花白的老人。那是一对老年夫妻，头发已经全白，看着矮矮小小的，他们穿着和陈冰、昂子一样的衣服，都是老式的那种对襟褂子、黑布裤子和千层底的布鞋。

陈冰看到他们的时候眼睛一热，他站在那里，一时之间竟然不敢上前。

昂子看他一眼，说："你不是来跟两个老人家赔罪的吗？"

"对，对。"陈冰大梦初醒一般镇定了一下情绪，强压着自己内心的羞耻和不安走过去，走到面前时却不敢看两位老人，只轻声说："爷爷奶奶，我是陈冰，我来看你们。"

两位老人看了看他，奶奶似乎想说话，却被爷爷压了压，就又恢复了平静。

他们并不搭理陈冰，像是看到了空气一样。

陈冰心中难受，努力地对着他们微笑了一下，就被昂子拉走了。

"……打个招呼就去干活吧。"昂子拉着陈冰，一脸平静地说，"卢爷爷和卢奶奶不会理我们的，我们把活儿干完就行。"

"好，好。"陈冰眼圈发热，但是他掩饰了一下，到底没说什么，点点头，和昂子一起开始忙前忙后。

"爷爷奶奶，我们走了，过几天要下雨，你们别出门，小心摔跤。我买了一点儿蛋糕和面条，都是可以直接吃的，你们要是哪天没胃口就吃那些……那我们走了。"忙完了之后，昂子走到两位老人面前说。

两位老人虽然也不搭理昂子，但是比对着陈冰面色稍微好一些，至少卢爷爷没拦着卢奶奶。所以卢奶奶微微看了昂子一眼，虽不说话，但是好歹也算是正视了他一下。

昂子点点头，转身离开。

陈冰跟在他身后，爬上三轮车的后座，跟着昂子一路沉默地回关南。他们俩本来是多年好友，是少年时代一起追着风大笑的朋友，如今却总是相顾无言。

到了县里，陈冰看着昂子把三轮车往一户熟悉的人家还了，给了租钱，然后两人才一起去坐大巴回关南。陈冰抢着付了钱，想跟昂子说会儿话，却不知道说什么。半晌，倒是昂子先开口了："上次你找我借车带的那个学生，怎么样了？"

"你说的是张凯吧？他挺好的，没跟爸妈怄气了。刚上高三，罗伯跟我说他很聪明，估计到时候要直接去留学。"说到这个，陈冰顿时神色一松，飞快回答。

"那就好。"昂子点点头，闭上眼睛，不再说话了。

见状，陈冰也不再说话。

两人一路沉默地回到关南，分别之前，陈冰抱了抱昂子，轻声说："哥们儿，下次我们一起去吧？我早该去了。"

昂子没说话，突然猛地拍了拍陈冰的背，说："冰儿，今儿你有心了，但是不用你，哥们儿希望至少你还在好好过自己的日子。"说完，他猛地推开陈冰，以不容陈冰拒绝的速度转身离开。

陈冰看着昂子跛着脚的背影，心情低落下来。结果他刚回到花店，门里面突然蹿出来个胖子，看到陈冰激动地大喊："冰儿，你终于回来了！我都等你半天了！老幺说我的女神来你这儿了，是真的吗？！"

陈冰大惊失色："胖子，你怎么来我这儿了？你不是应该在上班的吗！"

3

陈冰和昂子认识很多年，算是从小一起长大、穿同一条裤子的铁哥们儿。不过除了昂子之外，还有个人和他们组成了铁三角，就是杨路。

杨路和陈冰还有昂子都不一样。陈冰和昂子都是巷弄出身，性子又野又倔，杨路却是家境很不错的乖乖学生。

初中时，陈冰和昂子遇到杨路时，他正被人围在学校旁的巷子里逼着要钱花，身为同班同学，他们自然就出手救了他。

就是从那个时候开始，杨路死死地黏上了陈冰和昂子，仿佛雏鸟认准了出窝后第一个能见到的活物当妈妈一样，就这么自然而然地和陈冰、昂子一起，从主动请客被拒绝的冤大头到最后真的成了两人心中认可的兄弟。

尤其是在初三那个寒假，陈冰被罗伯抓着补课备考一中，昂子也被杨路用

“冰哥都在补课，你想和我们分开吗”的借口逮着一通补习加圈重点，结果三个人居然一起考上了一中的高中部。之后，杨路、陈冰和昂子就算是经历患难的好兄弟了。

这三个好兄弟还没来得及庆幸“劫后余生”，就在第一堂自我介绍课上，同一时间体会到了什么是心动。

三个少年同一时间喜欢上了一个女孩，是个很俗套的故事，这种故事在世界上的任何一个角落都屡见不鲜，说来也极其平常。

更何况对象是卢冰。

卢冰是当时所有一中男生心中的梦。

她不是真的美得无可挑剔，但是她大约就是多年后陈冰看的那部电影《那些年，我们一起追的女孩》里的那个女孩，是高洁的流云与雪花，是午夜梦回裙摆飘飘的无瑕少女，再调皮的男生在她的面前也会乖巧听话，以得到她的一个笑容为最高成就。

当然，接触了一周之后，所有人都会知道这只是假象。卢冰确实清纯漂亮，又很会念书，是老师的心头宝，但是她本质上其实是个比所有人都聪明又古灵精怪的姑娘。

难得的是她比同龄人都成熟，在妒忌她的人故意在她面前说起“你是不是拿助学金进学校的”时，卢冰微笑着大大方方地回答“是啊，我们家很穷”，弄得故意过来揶揄她的同学反而愣了一下，最后讪讪地走开。

“穷又不是什么见不得人的事情，我的爸妈只是去世得早，又不是罪犯，我有什么见不得人？”后来大家关系不错之后，卢冰是这么说的。

她喜欢笑，和传言中靠乡下的爷爷奶奶养大的孤女完全不一样。

在陈冰的记忆里，卢冰总是带着笑的，微笑或大笑，各种各样，唯一的共同点是两只弯月一般的眼睛，让人多年后回忆起来，都觉得像是山川之中美丽的月一般，能照得人心中一片皎洁。

可惜年少的时候见到什么美好都仿佛理所当然一样，一点儿也不懂维护美好是多么需要努力的事情，只是肆无忌惮地享受着美好，尔后继续肆无忌惮地挥霍自己的愤怒。

当时陈冰确实对卢冰很有好感，但是他很快把大部分精力放在了和老陈斗气上面，最初遇到卢冰也只是点点头打个招呼而已，之所以产生交集，还是因为一场意外。

就在陈冰和奎子总是出去玩车的时候，卢冰被总在这几条街混的小混混缠上了。说是小混混，其实就是之前毕业的学长，他们没有考上大学，又不肯去学一些专门的手艺，整天游手好闲，没事就躲在学校不远处的几条街找学生敲诈勒索。因为遇到老师时跑得飞快，且找的都是些胆小怕事不敢说出去的学生，因此居然一直没人知道。

直到那个小混混头子看上了卢冰，想让卢冰当他女朋友。

卢冰是个很认真念书的姑娘，学校里那么多优秀的同龄男生或明或暗的追求她都没心动，肯定看不上这种在大街上游荡的小混混，于是一直躲着这群小混混。觉得她很“不识相”的小混混头子被激怒了——能混到在街上当小混混的都不是什么聪明或者尊重他人的人，也不会理解别人有拒绝的权利，在小混混头子林锐的眼里，卢冰的拒绝就是不识好歹。

追了几次，卢冰依然面不改色地拒绝之后，林锐决定给卢冰一点儿颜色看看。

那天下午学校放月假，寄宿的卢冰一般每个月的这个时候都会坐车回巴别山的村里看爷爷奶奶，顺便拿生活费。

林锐知道这件事，他带着几个小混混蹲在大巴站外面等。那时候关南的短途大巴站还十分混乱，双休的时候更是人员混杂，出没着无数游人，是个极好浑水摸鱼的地方。

陈冰当时去替老陈接一个外地来的花商，也是老陈的一个老朋友——他不愿意看店子，老陈就派他过来接人——然后就听到了女孩子的尖叫声，紧接着是被捂住嘴的呜呜声。

陈冰对关南的街角巷弄十分熟悉，知道这会儿听到的声音虽是从一个看上去是关闭着的门后面传过来的，但其实走过去会发现一条窄小的暗巷。当下他皱了皱眉，火速跑了过去。陈冰没认出来卢冰，但是这不妨碍他认出那身关南一中的蓝白校服。

"你们在干什么！"陈冰一看到那套校服，再看到被抓着的似乎是个女孩，顿时一股邪火就起来了，随手抓起一块板砖就冲了过去。

林锐那次带了四个人，陈冰一出手就废了一个，他一点儿没觉得害怕，直到放倒最后一个人、听到女孩子哭泣的声音，他才感觉到自己脑袋上缓缓流下猩红温热的液体。他抹了一把，手心都是刺目的红。

在模糊的视线之中，陈冰看到总是笑得眉眼弯弯的女孩哭着大喊："有人吗？有人吗？"

那时候不比现在，除了家境特别好的学生，基本都没有手机，卢冰家境很不好，当然也没有，只能无助地大喊。可是外面车流、人流喧闹，除了陈冰这种本地人抄近道过来，还真不一定有人听得到。

幸好陈冰今儿出来是为了接人，带了老陈的手机，他摸索着把手机从兜里掏出来，对卢冰说："打电话报警，再联系老师。"说完，他再也没有力气，眼前一黑，任自己顺着墙壁慢慢滑坐下来。

他其实没有昏迷，只是真的眼前发黑，身上也很冰凉，大约是突然失血过多导致的。

陈冰听着巷子里的声音，他下手没留余地，就是怕林锐他们有余力反击，但是此刻他还是戒备着，不敢放松。迷迷糊糊中他听到杂乱的声音，警察几乎是几分钟就到了，陈冰这才放下心晕了过去。

等他再次醒过来，就已经被剃光了头发，躺在病床上。

老陈的眼圈熬得通红，看他醒过来还拍桌大骂了他一顿。陈冰没搭理他。

没一会儿卢冰推门进来了，她穿着校服扎着马尾，看到清醒的陈冰，眼里突然发出闪耀的光芒。她冲过来，只喊了一声"陈冰"就哭得上气不接下气，把陈冰都给搞蒙了。

“警察说你是见义勇为，虽然下手狠了一点儿，但是那帮小混混不学好居然对女孩子下手，他们伤好了还有的给他们算账。你别怕，好好休息，这段时间的课到时候老师安排人帮你补！”陈冰当时的班主任老刘过来的时候，简直只差对陈冰大喊“干得好，揍他丫的”。

据说老刘年轻的时候是军人，曾经的梦想是驻扎在部队为祖国奉献一生，但是奈何家中老父亲说他要再不回来就跟他断绝关系，加上几次考试都没考上，没拿到驻扎边疆的名额，因此只能怅然若失地回来，靠着昔日文凭考试成功，加入了人民教师的队伍。

但是老刘没有因此忘记自己的梦想，行事作风也和其他老师不太一样。就说这次这种事件，据说林锐那帮兄弟个个都被开了瓢，有两个还是脑震荡，换成一般老师可能还会说陈冰应该打电话报警，但是老刘不这么想，他说：“等到报警再来，小姑娘真出了什么事怎么办？”

当然，老刘这番话被年级主任听到，导致陈冰回了学校后和老刘一起臊眉耷眼地听了连续一个多小时的批评。

年级主任老王拍着桌子吐沫横飞：“你们是不是傻，一个人打五个，万一没打过呢？先打个电话报警再进去耽误什么事了？！”

然后因为老王训话偏离重点，又带着他们去校长室听了两个小时的训。校长对陈冰语重心长地说了一番“保护自己，不要随便冒险”的话之后，又给陈冰开了个表彰大会。

“本来我们的意思是低调处理，毕竟关系女孩子的声誉，但是卢冰同学说她希望能公开谈论这件事情，她是差点儿被害的人，她没有任何需要羞愧的理由。我们觉得也对，所以决定下周一开表彰大会，你到时候准备一下。”

陈冰听到这个消息的时候震惊了一下，他茫然地走出校长室，就看到卢冰正站在门口，见到陈冰出来，她笑了一下，主动打招呼：“陈冰同学，你好，老师让我接下来这一个月给你补习你缺的课。”

那是一切的开端……

陈冰无数次午夜梦醒都想回到这个时候，他会安分地答应这个邀约，好好念书，然后和卢冰念同一所大学。

只是每次醒过来的时候，屋外的阳光就会告诉他，他又做了一个虚无缥缈的梦。

4

“冰儿，你在想什么呢？”

陈冰在那儿发呆的时候，旁边的王胖子终于忍不住了。

他昨儿晚上到了之后，陈冰就震惊了一次，问起自己的女神陈冰也只说已经走了。他想好不容易加班把项目搞定了，既然来了关南，假期还剩五天，当然要趁机玩一玩，结果大早上的，刚问陈冰去哪里玩比较好呢，陈冰就又开始发呆了。

陈冰也意识到自己已经无视王胖子几次，自己兄弟要炸毛了，赶紧说：“没想什么，就是想一会儿带你去哪里。”

“先去南山寺，再爬南山，最后去关南河边压马路，刚好在河边吃关南的特色船食！我都想好了！”王胖子说起这个十分兴奋，迅速忘记了刚才被陈冰忽略的事情，兴致勃勃地翻出自己的旅游攻略，开始跟陈冰讨论起一会儿的行程来。

南山、南山寺、关南河上的船食……陈冰点点头，突然想到上一次去南山寺，已经是十年前的事情了吧？

那次还是和卢冰一起。

南山是关南最美的一座山，不是最高峰，但确实是最美的。

什么专业的地貌或者岩石树木陈冰说不上来，但是只要踏足南山的人，都能明白那种“蝉噪林逾静，鸟鸣山更幽”的心神畅阔之美。网络上点评最多的就是那句“一入南山，作别红尘”。

南山之美倒不是美在壮阔，而是美在这种林木幽深寂静、忘却凡尘的秀丽。当时关南还没有机场，很多外国的背包客坐着颠簸的大巴也要来到关南，就是为了看南山。

所以，当陈冰、昂子和杨路知道卢冰居然没看过南山的时候，都惊呆了。

“不行，这个星期下午放假，必须带你去爬一爬南山！”当时的昂子还是个咋咋呼呼有些自恋的少年，看着卢冰的时候毫不掩饰他的喜欢和爱慕。

因为陈冰当时的相助，卢冰自告奋勇地跟老师说要给陈冰补习休养时落下的课程，一来二去的，陈冰才发现这个看着漂亮的姑娘，骨子里比她的外表更有魅力。她其实性子很坚强，甚至有点儿执拗，陈冰有时候不愿意听话，不知道为什么被她绕了几句就稀里糊涂地顺着她的安排做事了。

而本来就非常喜欢她的昂子和杨路更是在和她接触多了之后，彻底地心动了。

“我们要公平竞争！”昂子当时和杨路一起找陈冰的时候，宣布了他们商议好的决定。

陈冰觉得他们俩这么认真的样子怪好笑的，说：“去去去，你们去竞争，别把我算进去。”

结果卢冰刚好路过，顺口说起最近的语文作业要写游记，问他们准备写什么。

杨路成绩很好，在这方面反应总是最快的，他推了推眼镜说：“还能写什么，当然是游南山！”

“对啊，除了南山，还有别的地方好写吗？”昂子也十分自然地回答。

陈冰其实也是打算写南山，对关南的小孩来说，只要写到游玩，肯定是南山。第一是因为南山很漂亮、很好写，第二是因为对于不太喜欢写作文的人来说，南山有太多优秀作文可以照着描述，学学优秀句子啥的，岂不是美滋滋。

总之，大家闲聊起来，昂子问卢冰是不是也要写南山，卢冰顺口说了一句“我还没想好呢，毕竟我没去过南山”，顿时三个人都炸了。

南山啊，关南的骄傲，华中地带第一山，居然有人没看过？这只要是关南的小孩那都必须不能忍啊！

于是第二天，四个人打着“为了卢大班长的周记有血有肉”的旗帜，一起去爬了南山。

南山真的很美，从小道走进去几乎一瞬间就感觉阴凉下来，阳光璀璨，透过遮天蔽日的大树投射下来，像是落在地上的金子。偶尔有鸟雀的叫声响起，声音清脆，听着让人只觉得心中一片安静。

踏着老旧的青石板，踩着偶有断裂的石板老路拾级而上，会看到不同的树木，还有生长散漫的花朵，各种不知名的小花蓝白粉白争奇斗艳，让一直埋头念书的人一下子觉得放松了下来。

卢冰很喜欢南山，尤其是爬到山顶，看到南山寺的飞檐的时候，甚至发出了惊喜的尖叫。

她语文很好，喜欢历史，理所当然也对八百多年历史的南山寺极其喜欢。根据考古认证，南山寺应当是宋朝前后所建，飞檐上蹲坐嘲风兽，隐于山中苍翠之间。飞檐下是各种走兽繁花的雕纹，卢冰凑近了看到金漆，兴奋地尖叫起来，连声说：“金漆！这种老旧的金漆居然维护得很好，太厉害了，太美了！”

她穿着最简单的蓝白校服，扎着马尾，不需要任何胭脂妆容，自自然然就透出清透到极致的美丽来。

那个夜晚的黄昏，陈冰看着她惊喜的笑容，看着她冲到自己面前兴奋地说“这个寺庙有什么传说吗？这么古老的寺庙，我的天，我之前都不知道”，突然感觉到心脏有一瞬间的停滞。

很多年后，陈冰听到一首歌，一道温柔的女音清唱着“少年一瞬心动就是永远”，才终于明白那一瞬间的心脏停滞到底意味着什么。但是当时的他并不理解，他轻慢地忽视了这一瞬间的停滞，看着杨路和昂子开始疯狂跟卢冰说南山寺当年的故事。

南山寺有很多故事，那乡亲们传说中八百年的古寺，在风风雨雨中见证了太多故事。故事里有落难的才子佳人，有殉节忠义的士大夫，有慷慨悲歌的义士，还有走入绝路的商人……

下山的时候，卢冰还有些意犹未尽。

他们顺着南山走到根处，坐上公交车，来到了关南河边。这里有停泊在岸边的小船，不大，是固定在岸边不会离开的那种。

卢冰不太明白他们为什么走到了这里，一脸莫名地跟着他们上了船，才发现船里面居然摆着矮桌和蒲团。

这就是关南到现在还保留着的传统饮食之一——船食。

最早的时候说是因为南山之中有一种极其鲜美的鱼，而唐时人们喜欢吃鱼脍，于是船夫捞起鱼之后直接在船边宰杀，现吃鱼脍，最为鲜美。由鱼脍开始，到后来发展为一种士大夫的游乐饮食方式，因为利于观月吟诗而被普及，在文人气曾十分旺盛的关南越发兴盛，一直保留到了现在。

当然，保留到现在肯定变了很多，首先有菜单，里面基本什么食物都有，然而也有自己的特色——吃船食必须要点河鲜，不然店家就要把人赶出去，而且这道河鲜是店家自己定的。

敢开船食店的人自然都有自己擅长的一道鲜菜，陈冰他们当时吃的那个船家，最擅长的就是做小鱼小虾。

和一般靠水而居的地方不一样，关南人喜辣，店家用特制的香辣酱炒了小鱼小虾端过来，鲜香扑鼻，他们几人的口水都快流出来了。

小鱼小虾炸得香香脆脆，一口塞进嘴巴一咬，鲜香脆之后是一股淡淡的辛辣味道，让人吃了一口就想吃下一口，根本停不下来。

几个都是年轻人，不管男生女生，十几岁的时候胃就是无底洞，这么一大碗小鱼小虾最后被扫得干干净净。卢冰一个女孩子连吃了三碗饭，回去的路上一直在喊“天哪我的肚子要撑破了”。

那次卢冰的周记又一次拿了满分，据说那家船食店之后几个月都不愁生意，店家怕是高兴坏了。

“下次我们有空再一起吃吧！”那时卢冰笑得眼睛如同天上的弯月。

杨路和昂子听说还有下次，当然是疯狂点头，陈冰当时也点了头。但是他当时没想过，那是他们第一次坐在一起吃饭，也是最后一次。

“这个小鱼小虾也太好吃了吧！”

王胖子大口大口吃饭，那架势仿佛是要把整个碗都给戳穿，抽空还喘着气喝了一杯冰可乐。

酒足饭饱后看船外的水波在夜风之中微微荡漾，王胖子忍不住感慨：“我就说冰儿你怎么一回来就舍不得走了，你们这里的人真是会享受啊！你看这吃得爽，景色也美，要我是本地人，我都舍不得走了。”

陈冰被他打断思绪，摇摇头站起来给老板转账付款，然后拉着王胖子往回走。

天上的弯月还是那弯月，走在地上的人却不一样了。

还没走几步，远处突然走来一个跛着脚的熟悉身影，陈冰茫然地看一眼，发现那个人是昂子。

昂子似乎很焦急，他很努力地在往前走，但是根本走不快。他前面走着个什么人，昂子应该想抓住那个人，却被那人狠狠一推，直接跌坐在地上。

“你干什么呢！”陈冰看到这一幕哪里能忍，冲过去一把扶住踉跄的昂子，转身就想和人动手，结果却被昂子一把拉住了。

“别，冰儿，”昂子一把拉住陈冰，说，“是卢冰的堂伯！”

陈冰顿时一愣，看向面前的男人。

他十年前见过卢冰的堂伯，那时候这个人也是这副不耐烦的表情，大声吼着“我不管，你们赔钱，这是我兄弟唯一的孩子”。而现在，他苍老了很多，但是表情和当初如出一辙，带着不耐，大声对昂子吼：“你拉我干什么！当初你们赔的钱早花干净了，这时候你跟我说什么？！”说完他转身就要走。

陈冰想去拉，却被昂子拉住了。他大声说：“我没找你要钱，我就想你去看看卢爷爷和卢奶奶，卢奶奶快没多少日子了，你知不知道？！”

陈冰被这个消息震得脑中一嗡。

然而卢冰的堂伯看了昂子一眼，回答：“我不知道，知道也不想管，又不是我亲爹妈，关我屁事啊！”说完，他逃一样地走了，临走之前只丢下一句“以后再也别来找我，不然小心我报警”。

陈冰看着昂子，昂子躲闪地不敢看他的眼睛。

“什么时候的事儿，为什么不跟我说？！”他一把抓住昂子的衣领，怒声大吼，“你看着我，昂子，你为什么不告诉我？！”

“哎哎哎，二哥，冰儿，你这是干啥，有事好好说啊！”王胖子看着这个莫名其妙的发展，一下子也急了。

5

“我觉得卢冰最喜欢的还是你。”

下了晚自习，骑着自行车分别的时候，昂子突然垂头丧气地对陈冰这么说。

陈冰愣了一下，有些不自然地说：“你说什么呢。”

“我说我看得清楚，卢冰好像喜欢的是你。”昂子有些不服气，还有点儿委屈，但是他接着又说，“我有点儿妒忌你，但是想想，是我兄弟追到女神，总比便宜不知道哪里来的傻子好。哎……我心情好复杂啊冰儿。”

“你神经病啊！”陈冰一脸的尴尬。但是他的心跳得很快，耳朵也红了。

他其实有所感觉，卢冰对他是不一样的。

一开始陈冰以为那是对那天下午英雄救美的感激，但是后来他渐渐发现，卢冰对他真的不一样，她对他亲密很多，四下无人的时候微微发红的脸颊、对视的眼神、偶尔的笑容和亲昵地摸摸脑袋……这些事情卢冰从来不会对其他人做，即使是对现在关系很好的杨路和昂子也不会。

所以杨路和昂子也慢慢看出来了，只是他们从没说破而已，如今昂子这么说出来，显然就代表他真的觉得自己和杨路没希望了。

“哎，你要是喜欢女神就去追吧，哥们儿不耽误你们了！”昂子虽然有点儿垂头丧气，但神色里全是磊落的失落。

陈冰多年后想起来，都觉得自己何德何能，年少时拥有过如此坦荡赤忱的友情。

但是他把一切都毁了……

陈冰记得那些夜里追着风起舞，幻觉自己像是追上了全世界。

年轻的时候总是那么傻，以为自己骑得够快，就能追上所有遗憾。然而命运总会用最简单的方法告诉你，往事不可追。

可惜骑着摩托车在关南的风中追逐的时候，并不知道速度太快，也会遗失掉人生很多重要的东西。

彼时的陈冰原本稍微安静下来的心情正因为老陈匆忙连夜离开、错过母亲的忌日而走上极端。

当时十六岁的陈冰不知道老陈是忙着去救即将离去的生命，还是忙着去帮助自己昔日的友人，只知道老陈带走了他的学费和生活费，匆匆说了几句狗屁一样的话就连夜离开了家，一如以前很多次。但这一次更过分，这一次他离开的第二天就是母亲的忌日。

陈冰一个人带着花去梨花山公墓的时候，心中压抑多年的对老陈的怨怼和怒火再也忍耐不住了。他下了山，打电话给奎子，没有去学校，而是在国道那里盘旋。

在风里的时候，他会忘记一切烦恼。

那只是忘记，并不是解决，可是陈冰不在乎，他一天天地逃课，即便昂子和杨路过来找他，也往往说两三句话就被陈冰转身抛下。

包括卢冰也是这样。

当时卢冰抓住了陈冰的手。想来可笑，那竟然是他们人生第一次触碰到对方，可是当时的陈冰太过愤怒，怒火燃烧了他所有的理智，面对卢冰的劝说，他没有说话，转身骑上了奎子借给他的车。

“陈冰，这就是你想过的人生吗？”卢冰捏着拳头在身后大吼。

陈冰听到了，他停顿一下，随后加快了油门。

几天后，陈冰被昂子逮到的时候，终于憋出了几句话：“我想好了，不想念书了，我想早点儿搬出来工作，离开家里。”

“冰哥你疯了？！”杨路当时这么回应。

“你想好了？”昂子跟陈冰确认，眼神和杨路一样，仿佛是在看精神病人。

陈冰当时真是这么想的，他趴在自己的摩托车上得意地挑眉，然后一拍摩托车说：“我知道你们觉得不靠谱，但是你们看看，这辆车是我赢回来的，一万多呢，怎么样？”

这辆车是前几天夜里的一次赌局中陈冰赢回来的，之后他就把奎子借给他的车退了回去。

不得不说，年轻人大约都是热爱这种钢铁造物的，本来还在慷慨激昂地跟陈冰说话的昂子和杨路在听说这辆摩托车居然属于陈冰后，都露出了羡慕的眼神。于是不知道为什么，这次劝说就变成了陈冰教昂子和杨路开摩托车。

昂子学得很快，比杨路快很多，杨路好不容易能上路的时候，昂子已经可以压着车转弯了。

没多久昂子和杨路也开始迷上了赛车，他们结伴穿行在关南的风里，他们大吼大叫，觉得自己像是电影里末日奔逃的主角，酷得一塌糊涂。

除了卢冰。

卢冰觉得她的好朋友们简直疯了：“喜欢摩托车当然可以，但是为什么一定要半夜去国道那里赛车？你们知不知道这样很危险？！”

“能有什么危险，我们有车，再不济还能跑呢！”当时陈冰是这么回答的，他拍了拍后座，对卢冰说，“来，上来，我带你兜一圈。”

“我不去。陈冰，如果你再这样，我以后就不理你了！”卢冰第一次这么认真地跟陈冰说话。

她往常总能用最简单的语言瓦解陈冰的意志，唯有这一次，陈冰没有听她的话。

他应该听的。

“我告诉你什么？告诉你卢冰她奶奶快死了？我告诉你有什么用，卢奶奶和卢爷爷想看到的是他们的侄子，他们不想看到我们，你说我跟你说了能有什么用？！”昂子猛地甩开陈冰，他显然也是忍耐了很久，胸口剧烈地起伏。

他看着陈冰，猛地咬了咬牙，平静了一会儿说：“冰儿，你别掺和进来，那天开车带着卢冰的是我，归根结底，这是我的事……”

“但你们都是因为我！”陈冰再也忍不住，眼圈一红，冲上前拉住昂子，大声说，“我知道你怨我，我知道我不管做什么你和卢冰的爷爷奶奶都不会原谅我。这些年我不敢去巴别山，不敢去见卢冰的爷爷奶奶，我知道大家都不愿意看到我……可是昂子，你别这样，你别恨我了，十年了，我真的熬不住了……”说到这里，眼睛已经发红。

“我说了你别管！”昂子看着他，眼中掠过一丝悲痛，他猛地一把推开陈冰，指着旁边看呆了的王胖子说，“我就看不得你这副样子。你当初说的什么，你不是要让你爸对你刮目相看吗？如今你就真打算待在这小地方过一辈子了？我都跟你说了这些事我来解决，你别管，你非叽叽歪歪个什么！这事没你管的份儿！”说完，他转身，跛着脚走了。

陈冰想拉他，却根本挪不动脚。

王胖子看着低头咬牙、一脸阴郁的陈冰，半晌忍不住了才期期艾艾地问：“哎，冰儿，这、这是怎么回事啊？”

陈冰这才突然想起来身边还有个王胖子，他茫然地回头，半晌眼神才聚焦到王胖子身上。抹了把脸，陈冰努力整理好心情，说：“没事，没事。我们回去吧。”

“冰儿，”回到家的时候已经是夜晚，洗漱完躺在唯一的一张卧室床上，王胖子扭了半天，轻声说，“冰儿，我不知道你今儿是有什么事，但是我觉得你兄弟那意思不是恨你，他是想让你别难过了。”

陈冰苦笑一声，轻声说：“你不懂，他是恨我。”

“哎，你跟我说说呗，我给你分析分析？”王胖子戳陈冰，就像是每个熄灯后的寝室夜谈一样，缠着陈冰说当年的事情。

“没什么好说的。”陈冰转身就打算睡觉。

王胖子却说：“冰儿，我第一年认识你，就说你这人看着温和好说话，骨子里却倔得跟头驴一样，这么些年了，你看我是不是说准了？你那个朋友我看也跟你一样，你们两个都这么个倔脾气。我怎么琢磨着今儿你们说话鸡同鸭讲，压根儿没搭上线啊……你跟我说说，你今天不是说想让他有啥事跟你说吗，要不要我教教你怎么搞定这个事？”

陈冰沉默了好一会儿才转过来，黑暗之中他看不清王胖子，只认真地问：“……胖子，你真有办法？”

“嗐，你不是不知道，胖子我别的不行，搞人际关系，我可是专业选手！”王胖子的声音从黑暗之中传来，一下子让陈冰心中大动。

他当然知道王胖子这人在和人打交道方面很厉害，大一就能拉起自己的中介班子靠抽成赚钱的除了王胖子再没第二个，毕业之后更是直接进了家大公司，一年多就已经成为小组长，今年临危受命接了个对外贸易的急单还处理得很好，加班加点留下了这个一季度流水一点五个亿的单子，眼见着又要高升……

王胖子对事情的敏锐程度应当是整个寝室最强的，只是他平常基本都不太用，用他自己的说法这是养精蓄锐，没必要把雷达时时开着，但是他一旦认真，确实很会分析局势和人心。

陈冰想了想，轻声开口：“……行吧，但是你别把这件事情告诉老大和老幺啊。”

王胖子自然是连声保证。

“高中的时候，我和昂子，就是咱们今天遇到的那个人，是同学，也是好兄弟。”陈冰慢慢地说着，语调又轻又缓，像是怕惊动什么一样，“那时候我们喜欢夜里去国道那里骑摩托车，玩到大半夜不回家，觉得很刺激……”

山风呼啸而过，少年的岁月踏着月光再次来到了面前，轰鸣的引擎声和尾气张狂燥烈的味道，一瞬之间，似乎跨过时光来到了现实。

十六岁的陈冰骑在摩托车上，对着奎子怒声说：“你放开她！”

而对面，卢冰正被抓着，眼神惊恐。穿着校服的女孩站在一堆着装奇怪的人中间极其扎眼，像是随时都会破碎的流云一般。

6

对不曾身处其中的人来说，陈冰的青春像是老套到有些烂俗的故事——三个好朋友喜欢上了同一个女孩，而女孩和他们成了朋友，之后和陈冰互相有些能暗暗感知的好感。

如果这个故事正常发展下去，或许他们能一起考上同一地方的大学，而后真正在一起,甚至结婚生子,变成一对世俗常见的恋人。也或许他们会半途分开，成为这世间无数无疾而终的初恋之一。未来陈冰可能还会在喝着酒的午夜想起女孩飘荡的长发，而卢冰或许午夜梦回会想起那个在暗巷之中挥舞着砖头冲进来的高大男生。

可是他们都没有这么幸运，他们的故事更加烂俗，像是某篇过时且狗血的青春小说，走到了最糟糕的那个结局。

陈冰在飞扬跳脱的半年里，像是疯了一样地跟老陈怄气、和人飙车。而原本只是赛车爱好者聚集的废弃国道被一些真正的地头蛇注意到，在陈冰还没有发现的时候，他们的游戏里已经悄无声息地加入了一些血腥的金钱赌局。

陈冰和昂子算是这帮人中最优秀的，他们年轻、反应快，且无所畏惧，他们只是在追逐风，不知道当初拉着他们玩乐的奎子已经被人引着真正地堕落，加入了真正的赌局之中，成了地头蛇手下的一员。

当时陈冰和昂子只觉得围观他们赛车的人越来越多，午夜的废弃国道上灯火通明，轰鸣之下满是啤酒花和烟的味道，呛得一塌糊涂。

“我觉得那些人看起来不太对劲。”杨路算是他们三人中反应最快的那个，他悄悄跟陈冰和昂子说，“我看到他们拿很大一沓票子对赌，一次甚至好几沓。”

陈冰和昂子这才警惕了起来，他们商量了一下，决定退出午夜国道上的游戏。

刚巧老陈似乎发现陈冰最近大半夜跑出去玩，以为陈冰是跑去网吧通宵，为此又和陈冰吵了好几架。陈冰便以此作为借口，拒绝了奎子好几次。

可是很多时候，当你真正踏入到一些黑暗面的时候，你早就失去了拒绝的权利。

陈冰后来才知道，奎子靠着他和昂子大大小小加起来赢了二十几万，他当然不会愿意放过他们这两个赚钱的得力人手。

于是某天陈冰下了晚自习，远远就看到奎子带着几个人笑眯眯地叼着烟站在不远处。

很多年后陈冰做梦，无数次对着十六岁的自己大喊“别逞能，快回学校跟老师说”，可是无一例外，事情还是按照他的记忆往既定结局走去。

人十几岁的时候大约都有这种错觉，觉得自己已经长大，可以搞定全世界的事情。

但现实不是那样的。

陈冰那时候一时托大，皱着眉走过去，他没有想到会被奎子带着的人一路半强迫着带走。

“最后一把，你就当帮帮哥哥，比完我就再也不来找你了。”奎子当时是这么说的。他说是隔壁市的人过来砸场子，掂量了一圈似乎没人镇得住，所以特地来找陈冰。

陈冰当时信了，他以为奎子还是当初认识的那个爱玩爱闹的大哥，虽不情愿，但还是答应了。

那场比赛奎子赢了五万。

之后奎子硬塞给陈冰五千块钱，说是给他的分成，陈冰不想要，却被他硬是塞进了口袋。陈冰为了快点儿离开，转身走了，却没想到这事成了他的把柄。

“你收了钱的,现在不比了？”半个月后,奎子就变了一副面孔,他看着陈冰,像是一条阴冷的毒蛇，“那你把钱还我！”

陈冰还真没花那个钱，他总觉得不太对劲，自然就把这个钱留着了。他没想到的是，有些人本来就不是会和他讲道理的。

发现陈冰居然真的能拿出钱来，奎子冷笑一声，又说：“利息呢？”面对震惊的陈冰，他冷声说，“你拿了半个月，利息怎么也得给我个千八百的吧？”

十年前，老陈一个月赚不到一千五百块，陈冰一天的零花钱也就十来块，哪里来的钱给奎子？

“那个时候年轻不懂事，一下被他拿捏住了。”陈冰轻声说着话，素来喜欢叽叽喳喳的王胖子难得没有打扰他的叙述，而是静静地听着。

陈冰想到那段时间的挣扎，继续说着，说他想了无数办法，最终还是被奎子半强迫着带去了国道那边，后来昂子和杨路也知道了这件事情。

“我们应该报警！”杨路当时第一个提出了报警。

“不行！”陈冰和昂子却极力反对。他们有种奇怪的江湖义气，事情明明已经失控，可是他们却还在想着靠自己的力量与那些真正的混混周旋。

那时的他们怎么会那么自大呢？

陈冰很多年后把这件事情归咎于少年时期的骄傲，以及害怕看到老陈失望的眼神。但不管怎么说，他那时候确实连番做了错误的决定，于是导致了最后的那个结局。

“那天晚上还是奎子拉着我，非要我去和人赛车……”陈冰轻声说，“当时我还没下定决心要不要把这件事情告诉老陈和老师，我不知道卢冰当时已经盯着我们很久了……"

卢冰当时大概没想到陈冰他们仨算是半强迫地被人盯上了，她虽然不傻，但到底是个还在象牙塔里的小姑娘，能想到的最大的危险，也就是陈冰他们是去网吧或者是去喝酒什么的，于是偷偷跟着他们。

本来她应该是跟不上的，但是后来杨路说，他曾私下跟卢冰说过晚上他们在国道那边，所以在陈冰他们三个人正在和奎子吵架、差点儿鱼死网破的时候，卢冰出现了。

"我一直都觉得，那天不是卢冰，死的可能是我。她是替我死的。"陈冰说到这儿的时候，声音已经不稳，他一直都不愿意去回想那个慌乱的晚上。

那天奎子突然露出凶悍的一面，还抓住卢冰当作威胁他们的人质。慌乱之中大家互相殴打起来，奎子那帮已经被利益养得凶悍的兄弟们拿来威胁人的刀变成了杀人的利刃。蓝白校服的女孩浑身都是鲜红的血液，昂子猩红着眼睛、带着热泪护着她，杨路又替卢冰挡下了致命一击……

陈冰的记忆十分混乱，他只记得漫天的血，昂子和他骑着摩托车在关南国道上拼命逃跑，奎子那群兄弟是什么时候不再追赶他们，而是反应过来自己闹出大事开始逃命的，他们都不知道。

陈冰只记得那天关南呼啸的风，后座杨路的血慢慢打湿了他的背，他在风里大吼着"杨路你挺住，你挺住啊"。

伤势最重的杨路因及时赶到医院，最终捡回了一条命，只是陈冰还没来得及高兴，就得知昂子带着卢冰逃跑的时候摔了一跤，等他深一脚浅一脚、像是一头走到绝路的野兽般抱着卢冰走到急诊室的时候，他甚至没有感觉到，怀里的女孩已经没有了呼吸。

这一天是十年前的夏末，浮躁和闷热似乎在一夜之间远去，深夜已经需要盖起厚些的棉被才能温暖入睡。

这天的医院，一个普通女孩的离去只是人间悲欢的其中一笔，尔后十年，成为陈冰和昂子心中永恒的噩梦。

杨路的父母在杨路身体稍微好转之后，就带着杨路和他妹妹连夜离开了关南，杨路被迫转学的整个过程都被父母看着，也没有机会跟陈冰和昂子道别。

而昂子不顾所有人的劝说硬是选择了退学，开始学修车，退去之前的飞扬开朗，一日日变成沉默寡言的男人。

至于陈冰，他疯狂地念书，想忘了这一切。

“我是个懦夫。”陈冰在黑暗中闭了闭眼睛，轻声说，“我不敢看卢冰爷爷奶奶的眼睛，我逃了十年……可是我不能再逃下去了。”

十年里，他们假称给卢爷爷卢奶奶联系到了采购商，每年收他们手工做的衣服——老人早些年除了种地就是依靠扎染维生，做衣服还是靠手工缝制。陈冰和昂子一收收了十年，这些年一直穿的是老人做的衣服。

他们用这种方式赎罪，也提醒自己，他们是害死了卢冰的罪人。

“我真的想让他们稍微好过点儿，让我做什么都行。”陈冰最后这么说。

半晌，他没有听到王胖子的回应，忍不住问了一句：“胖子，你还醒着吗？”

“醒着。”王胖子的声音一响起，把陈冰吓了一跳，因为王胖子的声音里带着无法压抑的泣音，显然是听得入神了，这会儿还没从那段回忆里醒过来。

王胖子连声说：“我们问了好几年你怎么总穿得跟上个世纪的人一样，你都不说，原来是这样。冰儿你太不容易了，我们也太不是东西了，居然老拿这事儿开玩笑……”

原来是想起以前的事情了。陈冰满心的低落顿时被王胖子打断了，他有气无力地说：“这不是你们的问题，是我没说……”

“是啊，冰儿。”王胖子却声音一肃，突然认真地打断陈冰，问，“那你跟昂子兄弟说过‘这不是你的问题’吗？你跟他说过吗？”

这话如黄钟大吕，震得陈冰一口气没喘上来，他沉默了几秒，突然翻身而起，穿上外套就往外走：“谢了胖子！我去找他！”

他心跳得飞快，几乎恨不得伸出翅膀飞到昂子所在的地方。

7

“卢爷爷，我们来了！”

一路突突突地开上山，陈冰和昂子带着一个满脸不情愿的中年男人，来到了被鲜花围绕的小屋前。

“你给我高兴点儿，听到没？！”昂子对一脸不高兴的中年男人，也就是卢冰的堂伯卢大洲低声骂道，动作、神态活像是古时候逼良为娼的恶霸土匪。

“知道，知道……哎，伯爹，我回来了！”卢大洲被一骂，全身一哆嗦，忙点头哈腰地应了，像是怕被两人打，冲下车就向闻声出来的老人身边走去。

卢爷爷看到卢大洲，脸上稍微露出一点儿松快来，嘴里低声念叨着：“上次才回来，怎么这个星期又回来了？”言语好像是怪罪，但实际上脸上满是压不住的笑容，“可吃饭了？要不要吃点儿什么？”

“别，伯爹，我最近学了一道四喜丸子，你等我露露手艺！”说完卢大洲回身喊昂子和陈冰：“快把我买的东西拿来！”

陈冰和昂子提了一堆营养品和肉菜往屋里走，熟门熟路地把菜放进冰箱，然后昂子押着卢大洲去厨房做饭，陈冰没事做，就回屋子里拿了花铲在门口移栽自己带来的花。

“你这是种的什么花？”这几个月一直没搭理过他的卢爷爷突然拄着拐杖慢慢走了过来，还主动开口问陈冰。

陈冰愣了一下，受宠若惊地连声回答：“是长寿花。这个花寓意很好的，是长寿、健康的象征，因为这花生长期很长，开花之后可以连续开两三个月不谢……”

“那挺好的。”卢爷爷轻声说，点了点头，“一会儿晚上留下来住一夜吧。”

“哎，好，好！”这些年来卢爷爷第一次和他说话，陈冰几乎只顾得上点头，哪里会拒绝。

他想，大约是卢爷爷年纪大了，卢奶奶前不久又去世了，他骤然一个人，很寂寞吧。

但陈冰没想到的是，卢爷爷第二天一大早就对卢大洲说："你先回关南吧，我让他们帮我做点儿事。"

卢大洲喜不自禁，几乎瞬间就答应下来，然后逃一样地搭村里一个大伯的摩托车下山去了。

陈冰和昂子想着大概是田地里有什么活儿没干完，都已经准备好拿农具了，却听卢爷爷咳嗽了一声，说："你们坐下。"

见陈冰和昂子在凳子上坐下来，卢爷爷才起身，从屋子里拿了个布兜出来。他沉默地打开布兜，里面是一个红本存折，下面垫着绣了花的布料。

"这些年……是我们两个老不死的对不起你们。"

卢爷爷一开口就让陈冰和昂子愣住了，昂子连声说："爷爷，您这是说的什么……"

"你们都听我说。"卢爷爷打断了昂子的话，说，"冰冰的死，我心里明白归根结底不是你们的错。尤其是你，陈冰，你之前还救了冰冰，我们欠你一句谢谢。"

卢爷爷阻止了想要开口的陈冰，轻声说："我们都知道，你们也是受害者。当年冰冰死了之后，那帮人都被抓进去了，他们都罪有应得，这事儿本该就了了。"

只是现如今说得出这么理智的话，当年骤然失去唯一的孙女，哪里有人能保证自己真的能保持全然的理智呢？所以他们嘶吼、怒骂，去学校静坐示威、绝食，去两个孩子的家里闹事……

"我们做了很多不好的事情，其实过了几年就清醒了，知道自己不该这么怪你们，你们也都是孩子……"卢爷爷的声音有些抖，他眼圈一红，微微停顿了一下才说，"你们是冰冰的朋友，她在天有灵，肯定也不想看到我们这样对你们。所以我和老婆子商量，跟你们道歉，偏偏那时候老婆子查出来身体不行了……"

因为怕道歉之后两个孩子反而更加把他们的事情放在心上，甚至出钱给他们治疗，卢爷爷又和卢奶奶商量了一下，干脆就把这事隐了。直到卢奶奶情况恶化再也熬不住离开了，卢爷爷才说起这些往事来。

陈冰没想到会是这样，他茫然地看昂子，昂子显得比他更茫然。

卢爷爷看着两个小伙子，脸颊上都是皱纹，他轻声说："你们两个也算是我看着长大的，我都知道，这些年陈冰你小子没来，但是我和老婆子那些衣服应该是你想办法收去卖了的吧？"他又看向昂子，说，"你这小孩性子真是倔，我们老糊涂了，你就不念书了？这些年我赶着你去念个成人大学，你每次哼哼两声又不去了……我这心里，真的是觉得对不住你们。"

他拿起那个存折，说："老婆子走了，我自己的身体我心里有数，也就是这一两年的事儿了，这个存折是我和老婆子这十年存的，就想给你们一点儿补偿……"

"爷爷，别，千万别！"

"我们有钱！"

陈冰和昂子几乎是同时开口。

陈冰觉得眼前都模糊了，他努力睁大眼睛，想看清楚卢爷爷那满是皱纹、沧桑又温柔的脸。

他很难过，比知道这些年一直被人憎恨着、怨怼着难过一万倍。

他也不知道为什么。

"你们都拿着！"卢爷爷比他们更倔，把存折往昂子怀里一塞，说，"这里面多少也存了快十五万，我和你们卢奶奶都商量过了，里面六万块给陈冰，九万块给昂子。陈冰你也别觉得不公平，昂子这些年忙前忙后，修车行赚的也不多，你要体谅他。"

"我不要，我一分钱都不要！"在眼眶里打转的泪水终于再也忍不住掉了下来，陈冰连声说，"我不要钱，爷爷，你这是让我不做人了！要是卢冰还在，你们哪儿会还在这里。都是我们对不起你们，是我们害死了卢冰，我们是为了赎罪啊，哪里还能拿您的钱！”

昂子也在旁边流下泪来，他看了看老爷子，咬牙说：“我也不要，您还有儿子呢，不行这钱给卢大洲去！”

“你们真当我老糊涂了？我连卢大洲是被你们押回来的都看不出来？！”卢爷爷叹了口气说，“只是到底是亲手养大的孩子，也是我早逝哥哥唯一的血脉，我们老两口到底是放不下心。这屋子我留给他了，也算是对得起他。这钱都给我收好！我还有别的东西给你们！”说完他抖开了包袱里的布料，竟是绣了龙纹的两件团衫，都是大红的颜色，看着极其刺目，正是关南这边早年间结婚时穿的吉服。

关南最早的传说中，从镇南王统治的时候开始，小贵族的婚礼吉服就是红男绿女——男人穿大红色绣鸟雀或三爪团龙的吉服，女人穿绣着三尾凤凰或百花的绿色吉服。这一天是唯一不用讲究穿着礼法的时刻，男子可用龙，女子可用凤。

这两件衣服分别被塞到昂子和陈冰的怀里，意味着什么不言自明。

“你们俩都是好孩子，当年的事情不怪你们，怪那些坏人害了我们冰冰，是他们的错。”卢爷爷说到这里鼻子一酸，落下两滴浑浊的眼泪，他轻声说，“我知道，这些年不只是我和老婆子难过，你们应该也很难过，是不是？”

陈冰和昂子也鼻子一酸，原本还想克制的泪水再也没有一点儿阻碍，猛地掉下来。

“哎，乖孩子，乖孩子，你们都是乖孩子……”卢爷爷摸着两个还想死死咬牙忍住不哭的男人，轻声哽咽地说，“这些年，辛苦你们了……”

屋子里面，哭泣的声音从低到高，然后变成压抑不住的如同受委屈的孩子一般肆无忌惮的哭喊之声。

这是十年前的眼泪。

他们忍了十年，因为知道身为罪人的他们没有资格为受害者哭泣。

而这一刻，眼泪再也无法克制，他们只想号啕大哭，哭完对那个女孩的怀念。

他们仓促分别的朋友、喜欢过的姑娘，以及心中最深的伤口……一晃眼，居然十年了。

卢冰，那个还没来得及说出喜欢就离去的朋友，十年了，他们终于有资格为她的离去哭泣了。

“我们好想你啊，卢冰……”

门外是沙沙吹动的山风。

卢冰，如果你在天有灵，能听到这三个人的哭声，能听到他们对你的怀念吗？

8

“哎，哥们儿真走了啊！”王胖子站在高铁站入口，对陈冰说，“你真不考虑来京市上班？老大都说了他打算自己创业，你过去就直接管人。不行你来我们公司也可以啊，哥们儿给你介绍，过来直接带项目不好吗？”

“真不去。”陈冰无奈地说，“你说这几个月你来几次了，我都说了，真不去。”

“年薪五十万不包括提成啊哥哥！”王胖子这半年基本每隔一个月就往返关南一回，几乎是得空就邀请陈冰去京市发展，每次都被陈冰拒绝了。

但是这一次，陈冰很认真地跟胖子说：“胖子，你放心，我没事了。”

“啊？”王胖子没反应过来。

陈冰笑了一下，捶了王胖子一下，说：“装什么傻呢，哥们儿说没事了！”

王胖子看他一眼，良久才问：“真没事了？”

“嗯，真没事了，爷爷那边我每个星期都去，他不肯来关南这边住。但是大家都说开了，昂子那边也是……”陈冰猛地上前给了王胖子一个熊抱，说，“胖子，谢谢你。”

谢谢你那天晚上的一句话，让我和昂子别扭十年的盲点被发现。

在那之前，陈冰从没想过，昂子一直觉得是自己开车时太着急摔的那一跤害死了卢冰，一直觉得卢冰本来不会死，是因为他才耽误了最佳抢救时机。他觉得他自己才是真正的罪人，所以选择带着内疚放逐自己。

陈冰原以为他是恨自己，但是昂子一直是想着自己赎罪一辈子，照顾卢冰的爷爷奶奶，然后让陈冰去追求更美好的人生。

也谢谢胖子这半年一直往返关南，假装挖角，实际上是不放心，怕他想不开或是走极端。

这大概就是朋友最好的意义，陪伴、治愈，以及在最灰暗的时候用最竭尽全力的方式告诉你："别害怕，我在呢。"

于是黑暗被驱散，光芒照耀大地。

"嗐，有什么好谢的，哥们儿啊。"王胖子愣了一下，也重重地抱了一下陈冰，说，"那哥们儿真走了啊！"

"走吧，下次去京市，我再来看你们！"陈冰对他挥手。

直到王胖子的身影彻底消失，陈冰才转过身，走了出去。

外面，昂子掐了烟，对陈冰说："走？"

"走。"陈冰点头。

昂子带着他走到一辆小车前，陈冰愣了一下，就见他拉开车门，说："总是来往山里，买辆车，卢爷爷体检什么的也比较方便。"

"你小子买的？！"陈冰有些诧异，看到昂子点头，围着车子转了一圈，说，"可以啊，昂子！"

"换了新的发动机，涡轮和化油器是老车里拆下来的，凸轮轴和散热器是人家报废车里拆出来的……搞定这辆车不到一万，怎么样？！"上了车，昂子才得意地拍了拍方向盘，给陈冰介绍。

"厉害，给我整一个呗昂子！"陈冰听到价格，顿时觉得自己真的爱上这车了，他回头大声说，"这车拉花还是小了点儿，你给我整个七座的那种，拆了凳子改成空的，方便我运花……"

车子融入车流，驶上高速，一路往大山深处开。

那里有他们喜欢过的姑娘如今剩下的唯一的亲人。他们曾彼此折磨，但是一切落幕的时候，在满院子摇曳的长寿花之中，他们也将成为彼此生命之中的温暖光源。

或许，这就是成长的意义。

未出口的爱，梗在午夜梦回中心动的姑娘，残酷的青春终结，定格在十年前的那个夏夜……一切都在昨日，心中的痛苦未曾稍减。

但是，起码让我们一起度过。

百草堂，永不打烊

——《草木生》后记

说起来，才看完这本书的读者可能不会相信，《草木生》其实是我在人生极其艰难的岁月里写出的故事。

我知道你们看到这句话，一定会说："不可能，明明这本书里面全都是温柔治愈的故事啊！"

是的，这本书全是温柔治愈的故事。

偷花的小小贼、想去祭奠在战火之中失去了的亡妻的老人、拿着刀差点儿走入歧途的迷茫年轻人、被孙子抛弃的老奶奶、十七岁就要面临死亡的高中生……在《草木生》里，他们是一群各有心事，甚至是在危险与狂乱之中徘徊的迷失灵魂。

但他们都遇到了陈冰，那个在桃花井深处某个巷弄里面，开着一间老旧的、随时都可能亏本的花店的老板。

他曾经有辉煌的过去，高考状元、上顶级名校、没出学校就拿到了很好的工作邀约，他差点儿就走上了世人所认为的最辉煌美好的人生。

直到他爸老陈离世。

陈冰突然就意识到，他那么努力奋斗，也许到头来，不过只是想给老爷子一个人看，想在老爷子面前争一口气。

如今老爷子走了，他唯一的那一口气也就散了。他开始浑浑噩噩，坐在老爷子经营了半辈子的小花店里，一下子失去了人生的方向。

其实，那也是当时的我。

当时的我因为一些私事陷入了绝望之中，我就和陈冰一样，突然觉得一切都那么虚幻，我平静地行走在人群之中，却有种濒临死亡的幻觉。

于是，某个下午我写下了第一个故事——《草木生·康乃馨》。

不瞒你们说，这个故事写到陈冰坐在花店里看着滚滚红尘的时候，我在电脑上打下句号，满脸都是眼泪。

我崩溃地号啕大哭，终于意识到曾经逝去的都会失去，我可以痛苦绝望，但我不会被彻底打败——我还可以做些有意义的事情！

我还有一支笔！我不能就这么被摧毁，不能这么垮掉！

我见识到了人生的溃败和痛苦，见识到了残破和绝望，我日日行走在黑暗之中，然后咬牙熬着，走过了那段艰难的岁月。

所以，我写下这本书，是想跟你们说一切都会过去。

你们也许会在少年时代经历各种无能为力，被压迫、被欺辱、被误解；你们也许会在青年时代遭遇各种痛苦，失去爱情、事业失败；中年时，你们也许还会遇到贫穷和疾病；到了老年，也许又有新的问题……正如《草木生》里的故事，那些人从小到老个个都有自己的人生低谷一样。

有些运气好的人，也许会遇到自己生命之中的贵人，帮助他们熬过这段艰难岁月。但如果你们偶尔感觉人生有些艰难却无处诉说，觉得无助却无能帮扶……我希望这本《草木生》能为你带来一丝治愈的力量。

没错，从那段艰难岁月里熬出来，第一想法是写这样一本书的时候，我的心情就是如此简单——我希望能写出一本书，它不需要华丽的辞藻和百转千回的故事，不需要闪亮的背景和传奇的人生，甚至不需要闪亮夺目的主角……它只需要平凡又彻骨温柔，能成为你们在黑暗之中所看到的人性之光。

这世界很多坑坑洼洼，这世界并不总是阳光美好，但我希望看完这本书的你不要放弃对美好的追求、对快乐的期盼，希望你在看到这些痛苦的人被陈冰拯救了的时候，能相信再熬一熬，你也会遇到救赎，你会得到你期盼的一切，那些你此刻觉得天都要塌下来的事情，未来也许会成为你对着所有人吹牛的资本……

当然，现在你觉得疲惫想要休息也没关系，你可以随时翻开这本书，来百草堂歇一歇，和吊儿郎当的陈冰聊一聊——百草堂，永不打烊，你在任何地方、任何时间翻开，这里永远有一盏昏黄的小灯静静等你。

这就是《草木生》的全部意义。

我希望这本书能成为你心中的净土，希望你的心中永远有一间安静的、带着草木香气的小小花店。它可以陪伴你度过艰难岁月，可以理解你的疲惫任性和小脾气，它永远永远都是你内心温柔的源泉。

无论你遇到什么，在这间花店，你可以好好休息，喝一杯咖啡，享受片刻惬意。等休息好了之后，你随时可以精神满满地出发，好吗？

那就是我写出这本书最大的荣耀了。

草木生

作者
萧十一狼

封面绘图
怂松鼠

内文插图
iiiis

封面设计
杨小娟

内文版式
周沫

图片总监
杨小娟

责任编辑
徐慧

出版社
中国致公出版社

总出品
湖北知音动漫有限公司

制作出品
知音动漫图书•漫客小说绘

官方微博
https://weibo.com/xiaoshuohui

平台支持